混元天天渊域组织架构

域主
苍渊（周元师父）

五大元老
本册出场人物：**郗菁**（苍渊二弟子）、**玄鲲**（天灵宗宗主）

长老团 —地位等同— 总阁主
本册出场人物：**伊阎、锡光**

天渊域年轻一辈汇聚之地

火阁	山阁	林阁	风阁
吕霄（阁主）	韩渊（阁主）	木柳（阁主）	周元（阁主）
朱炼（副阁主）	赵寅（副阁主）	木青烟（副阁主）	叶冰凌（副阁主）

派系：
- 火阁、山阁 → 天灵宗、白族、玄晶族
- 林阁 → 木族
- 风阁 → 郗菁

九百州
本册出场人物：**伊秋水**（小玄州州主）

目录
Contents

005	第七百七十八章	同门相认
009	第七百七十九章	九域大会
013	第 七百八十 章	初到风阁
017	第七百八十一章	入职风波
021	第七百八十二章	凌厉一剑
025	第七百八十三章	竞争阁主
028	第七百八十四章	九府之分
032	第七百八十五章	归源宝币
036	第七百八十六章	五重神府
040	第七百八十七章	敌人设计
043	第七百八十八章	进入风域
047	第七百八十九章	风层异变
051	第 七百九十 章	神魂化境
055	第七百九十一章	打断手脚
059	第七百九十二章	秒杀三人
064	第七百九十三章	该论何罪
068	第七百九十四章	雷霆之威
073	第七百九十五章	统领之位
077	第七百九十六章	统领之争
082	第七百九十七章	捕痕源纹
085	第七百九十八章	风岛局势
089	第七百九十九章	闭关推衍
092	第 八百 章	灵光乍现
095	第 八百零一 章	创风母纹

098	第 八百零二 章	**风阁震撼**			
102	第 八百零三 章	**周元反击**			
107	第 八百零四 章	**四阁震动**			
111	第 八百零五 章	**火阁吕霄**			
115	第 八百零六 章	**初次交锋**			
119	第 八百零七 章	**大争前夕**			
123	第 八百零八 章	**阁主之争**			
127	第 八百零九 章	**林阁木柳**			
131	第 八百一十 章	**达到八成**			
135	第八百一十一章	**周元上场**			
139	第八百一十二章	**完整形态**	147	第八百一十四章	**逆袭翻盘**
144	第八百一十三章	**震撼全场**	152	第八百一十五章	**赤魔虫砂**
			156	第八百一十六章	**又是一剑**
			160	第八百一十七章	**风阁阁主**
			164	第八百一十八章	**争总阁主**
			168	第八百一十九章	**新人大典**
			171	第 八百二十 章	**最富的崽**
			175	第八百二十一章	**阁主会议**
			179	第八百二十二章	**火阁方鳌**
			183	第八百二十三章	**能屈能伸**
			187	第八百二十四章	**优中择优**
			191	第八百二十五章	**全新待遇**
			195	第八百二十六章	**一败涂地**

199	第八百二十七章	第二源纹
203	第八百二十八章	六重神府
207	第八百二十九章	天湮兽心
211	第 八百三十 章	风阁管家
215	第八百三十一章	火阁算计
219	第八百三十二章	西南雨州
223	第八百三十三章	竟是陷阱
227	第八百三十四章	场面混乱
231	第八百三十五章	六纹吞魂
235	第八百三十六章	刚好压你
239	第八百三十七章	葬魂之威
244	第八百三十八章	锡光府主
248	第八百三十九章	暗杀周元
252	第 八百四十 章	法域出手
256	第八百四十一章	颠倒黑白
260	第八百四十二章	天炎祭祀
264	第八百四十三章	联合镇压
267	第八百四十四章	神魂夺炎
270	第八百四十五章	神魂操练
274	第八百四十六章	木柳到访
279	第八百四十七章	风木联手
283	第八百四十八章	吞魂源痕
287	第八百四十九章	又一底牌
290	第 八百五十 章	万事俱备

第七百七十八章 同门相认

黑笔斑驳，上面布满着岁月的痕迹，九道古老的源纹若隐若现。望着这支黑笔，郗菁忍不住内心的澎湃，眼中泪光闪烁。

她认出了这支当年属于苍渊的独特武器。

郗菁失态了片刻，然后迅速收敛心绪，抬头盯着周元，眼中流露出一丝激动，道："师父他老人家没事吧？"

当年苍渊突然离去，不论郗菁如何打探，这么多年都毫无音信，后来混元天内开始有了苍渊陨落的传言，这给她以及整个天渊域都带来了极大的压力。

如今，总算得到了苍渊的消息，她如何能不激动？

周元点点头，笑道："师父没事。不过他不能出现在混元天，这些年一直在与圣族缠斗。"

"圣族么……"

郗菁眼眸微寒，轻轻点头。能够将师父逼得多年不现身，唯有圣族了。

不过，师父并未陨落，这令她心中最沉重的大石终于落下，清丽英气的脸颊上露出了难得的笑容。

她并不怀疑周元说的话，因为不论是混沌神磨观想法还是天元笔，肯定都由师父主动赐下，特别是天元笔，那可是师父的宝贝，当初她与师兄眼馋了好久，师父都未曾给他们。

如果不是苍渊心甘情愿，这个世界上没有任何人能够从他那里取走天元笔。

"没想到我竟然还会有一个小师弟。"郗菁饶有兴趣地看着周元，眼里的光芒犹如小女孩看见了喜欢的玩具。

周元被她那眼神看得打了一个哆嗦。

郗菁笑道:"当初我请求师父再收一个弟子,好让我来调教……教导,可惜师父他老人家眼光太高,这件事让我失望了好久呢。"

"郗菁大……"周元干笑一声。

郗菁脸颊一板,教训道:"叫师姐!"

"郗菁……师姐……"周元老老实实地叫道。

"再叫一声。"

"……师姐。"

"再叫。"

"……师姐。"

……

如此数次后,郗菁总算露出心满意足的神情,道:"当年大师兄那个混蛋每天逼着我恭敬地叫他师兄,如今我总算是找补回来了。"

周元一脸懵——那你去找大师兄还啊,在我身上找补什么?

看得出来,确定周元的身份后,郗菁对他的态度好了数倍,带着一些亲近,身为执掌元老的威压被完全收敛起来。

"小师弟,既然你是师父的弟子,干吗还遮遮掩掩?亮出你的身份,这天渊域无人敢动你,古焱更不敢难为你。"郗菁说道。周元没有当众表明身份,而是偷偷运转混沌神磨观想法,唯有同样修炼了这般锻魂术的郗菁才能够察觉到。

显然,这是因为周元不愿意暴露,所以郗菁才没有当场揭穿,而是谨慎地屏退了古焱、伊阎他们,之后才向他确定身份。

"你可知道,师父创立天渊域时曾立下过规矩,他所收的亲传弟子皆有成为天渊域执掌元老的资格,如果你亮出身份,就算只是神府境的实力,也能够成为天渊域第六位执掌元老。"

周元闻言,暗自咋舌。执掌元老啊,当苍渊师父不在时,就是天渊域的最高执掌者,可谓权倾天下。怪不得师父极少收弟子,有这种身份,就算面对那些法域强者,都能够平起平坐。

不过,他最终面色凝重地摇摇头,道:"师父说过,不可对外泄露我是他第三个弟子的身份,不然混元天其他大尊必然会从我这里打探消息去寻他。

"当年他离去时,曾与混元天其他大尊有分歧,所以要避免被他们找到。"

他没有将夭夭的事情说出来,因为他知晓此事牵扯极大,所以能避则避。

郗菁闻言,脸色一凝,低声道:"原来如此。怪不得这些年我总感觉其他域对我们天渊域有些不对劲……"

周元这种视执掌元老位置如无物的态度让郗菁有些欣慰,能够抵住这种诱惑的人真的不多。

师父的眼光一如既往的好呢。

若是周元知晓她心中所想,怕是会有点尴尬。在他看来,执掌元老固然地位高绝,但若因此带来生命危险,他是绝对不会愿意的。

再高的身份地位,都没他的小命重要!

"师姐,我此次前来天渊域是奉了师父的命令,希望师姐相助。"周元收敛心神,神色变得极其郑重,因为这才是他真正的目的。

"师父的任务吗?"郗菁微微点头。如果真如周元之前所说的师父不宜暴露,此时还将小师弟派来,那必然是极其重要的事情。

"师父说,祖龙灯由九大域轮流执掌,下一次一定要落在我们天渊域手中。"周元沉声道。

"祖龙灯?"

郗菁眼神一凝,显然没想到师父的任务竟与此物有关。

"祖龙灯在诸天圣宝录上位居第二,此灯运转后,可生祖龙混沌炎,此炎有两种形态,一者生,一者灭。

"生之炎,乃是淬炼肉身之圣物,一旦承受,肉身必定大成,甚至还有可能诞生出传说中的祖龙之物。

"而灭之炎,则可焚圣者。"

简单的一句话,却透着一种无尽的霸道。

周元暗感震惊。这祖龙灯可真是绝世圣物,难怪要由九域轮流执掌,没有谁敢独占。

"祖龙灯由九域轮流掌管,每隔几年就会有九域大会,在九域大会中表现最为出色的一域则会获得掌管祖龙灯的机会,直到下一次九域大会……"

"那我们天渊域就必须成为下一次九域大会的冠军了。"周元说道。

郗菁闻言,苦恼地摇了摇头,道:"你可知道,我们天渊域上一次在九域大

会中排名多少?"

周元眨了眨眼睛,心中有些不妙的感觉涌出。

郗菁揉了揉眉心,吐出一个让周元心头一凉的排名。

"倒数第一。"

第七百七十九章 九域大会

"倒数……第一?"

周元面色僵硬地望着眼前的郗菁,这一刻他似乎已经感觉到了祖龙灯的远去。

郗菁嘴角一撇,道:"原本不至于这么惨的。是因为师父当年消失得突然,再加上这些年一直有传言说他老人家陨落了,导致天渊域内部动荡不平,人心不齐,总归很麻烦。如果不是有关师父的消息还不确定,恐怕再熬一段时间,天渊域会从九大域的位置跌落都说不定。

"这也是大师兄闭关的主要原因,唯有他踏入圣者境,方才能够将天渊域稳固下来。"说到此处,郗菁的脸颊有些冷肃,一股令人心悸的压迫感散发出来,可见这些年她所承受的压力极大。

"我记得师父跟我说过,九域大会是让年轻一辈历练的?"周元沉吟道。

郗菁点点头,道:"九域大会最开始是一种交流性质,但各域的高层不会亲自下场,那样有损身份,久而久之就成了年轻一辈一争高下的活动,权当作磨砺。"

"天渊域年轻一辈就这么惨吗?"周元忍不住问道。

"倒不是天渊域年轻一辈不济,而是因为心不齐。"

郗菁的眉尖蹙在一起,道:"师父失踪后,天灵宗便蠢蠢欲动,他们拉拢白族、玄晶族,形成了天渊域最大的派系。

"五大元老,他们占了三席,如今的天渊域中,天灵宗话语权极重。如果不是师父余威震着天灵宗不敢叛出天渊域,我都怀疑他们想要自立了。

"而我天渊域的优秀年轻一辈皆汇聚于风林火山四阁中,眼下还处于我掌控的只有风阁。

"火阁与山阁在天灵宗、白族、玄晶族他们手中,林阁则由木族掌控。

"即使如此,天灵宗他们还在拼命向风阁渗透,想要争夺,导致这些年来风阁阁主一直空悬。"

周元听完眉头紧皱,如此看来,天渊域真的是内忧外患啊!这种情况下能够勉力维持九大域之一的地位已是不易,的确难以再和其他八域争锋。

"以前四阁还会有一位总阁主统御,自从师父失踪后,天渊域内部混乱、彼此争夺,年轻一辈中始终未曾出现过一位真正能够服众的总阁主。这种情况之下,如何能够在九域大会上有出色表现?"郗菁无奈地道。

周元的目光闪烁,沉声道:"不管如何,这一次九域大会我们不能放弃,既然四阁不合,那我们就将其统合!"

祖龙灯关系到夭夭的性命,周元绝对不愿意放弃。

郗菁闻言,有些欣赏地看了周元一眼。这份不言输的斗志与魄力难能可贵。既然这是师父派下的任务,她自然会全力相助。

"有魄力!既然如此,九域大会之前,我觉得你应该竞争上四阁总阁主。"郗菁点点头,一脸的理所应当。

周元一愣,旋即尴尬地道:"那我该怎么做?"

"如果师父他老人家在的话,一句话就能够让你当上四阁总阁主,可我没那个威望,所以还得要你自身有战绩,我才能够推波助澜,让天灵宗无话可说。"

郗菁微微沉吟道:"我之前已经将你任命为风阁副阁主,你接下来的任务是先成为风阁阁主。

"想要竞争总阁主之位,唯有四阁阁主才有资格。

"如今的风阁,除了你之外还有两位副阁主——陈北风与叶冰凌,陈北风是天灵宗安插进来的,叶冰凌是我这边的人。

"前些时候我本就打算再从风阁中提拔一位统领当副阁主,既然你来了,那就正好了。"

"陈北风和叶冰凌的实力如何?"周元问道。

"被你打败的莫渊,在混元天神府榜上排名五百多,而陈北风、叶冰凌均能够进入前百,他们在天渊域中是极为出名的神府天骄。"郗菁说道。

"不过也不必执着于神府榜上的排名,那作不得数。"

周元心中暗暗感叹,不愧是诸天之最的混元天,连那莫渊都只能排到五百多名,简直可怕！

"这么说，我的主要竞争对手就是那陈北风吧？"

"算是吧。不过叶冰凌那丫头是个心气高傲的人，她如果觉得你实力不行，恐怕不会服你。"郗菁笑道。

周元平静地点点头，如果不服的话，那就直接打服吧。

"明日你就正式去风阁任职。只要你接下来能够成为风阁阁主，然后再取得总阁主的位置，统御四阁，九域大会上我们就有与其他八域竞争的资格。

"怎么样，有没有问题？"郗菁盯着周元问道。

周元沉吟了一下，忽然抬起手中的天元笔，道："天元笔是师父的独特武器，我如果在天渊域施展，会不会被人察觉？"

郗菁轻笑道："这个倒不用太担心，天渊域内不知道多少人对师父尊崇无比，笔类武器早已泛滥，师父的独门武器如今怕已不太新鲜了。不过天元笔的九道源纹很特殊。"

她伸手将天元笔接过来，手掌在斑驳的笔身上轻轻一抹，只见那九道古老符文顿时消失了。

"我将源纹隐藏了，只要此笔不落到其他法域强者手中被细细查看，是无法被辨认出来的。"

周元接过来检查一番，发现那九道古老源纹只是被遮蔽，并未抹除，这令他放心下来，笑道："那就谢谢师姐了。"

郗菁摆摆手，道："小事而已，都是为了师父的任务。对了，需要我为你安排住处吗？"

周元摇摇头，道："为了防止别人猜测，我们还是不要太过亲近，我先暂住伊阁长老那里吧。"

"是因为人家的漂亮孙女吧？伊秋水挺不错的，我很看好她。"郗菁戏谑地道，竟有些八卦的意味。

周元无奈地摇摇头，与郗菁说了一会儿后方才告辞而去。

郗菁望着他离去的身影，手掌贴着胸口，眼中有着极为少见的欢快雀跃，与平日里的冷冽强势截然不同。

"师父没事。"

她如释重负,这些年来最担心的事情,如今总算是放心了。

"这个小师弟,性格倒还不错。"

郗菁经过初步的接触,对周元的印象不错,关于他最终能否在风阁立足并夺得阁主之位,她不是特别确定。

毕竟风阁云集了天渊域内诸多出色的神府天骄,个个桀骜不驯,不然阁主的位置也不会空悬那么久。

不过,她最终还是选择相信周元,能够成为师父的第三弟子,必然有他出色的地方。

"其他方面的压力我会帮你顶住,风阁内,就看小师弟你自身的能力了。"

金殿内,郗菁喃喃道。

第七百八十章
初到风阁

周元出了金殿,便看见一直等待着的伊阎与伊秋水,连忙上前。

"周元,怎么样,郗菁大人真的让你做风阁副阁主吗?"伊秋水见到他出来,急忙问道。

一旁的伊阎抚着胡须,没有表现得太过急切,只是一直停留在周元身上的眼神还是透露出他内心的不平静。

"郗菁大人既然开了口,哪还能收回去?"周元笑道。

伊秋水瞠目结舌,道:"那你以后就真是风阁副阁主了?"

她有点难以置信。在天渊域中,风阁副阁主的地位可比她这个小玄州州主地位更高,未来一旦成为真正的阁主,级别上又会非同一般了。

要知道,伊阎可是源婴境强者啊!他在天渊域混了这么多年,才堪堪爬到长老的位置,可周元呢?这才第一天来天渊洞天!

一旁的伊阎忍不住拔了两根胡须,道:"郗菁大人为什么这么看重你?"

周元露出茫然的神色,摇摇头。

伊阎思索了一下,道:"看来真是如我所想,郗菁大人看不惯天灵宗,所以这次用你来反击一下他们。

"你这小子真的是运道太好了,你可得将郗菁大人对你的提拔之情牢记在心。"

伊阎感叹道。他原本最大的期望是为周元在风阁中争取一个副统领的职位,可谁能想到,周元误打误撞反而成了副阁主!

这之间的差距可是相当大了。

周元笑着点点头,道:"郗菁大人说让您老明日带我去风阁任职。"

"这是小事。"伊阎道。

伊秋水柔美的脸颊却现出微苦之色，道："那你岂不是成我的上峰了？"

周元微怔，有些讶异地道："秋水你也要去风阁吗？"

伊阁笑道："风林火山四阁是天渊域中所有年轻一辈梦寐以求的地方，秋水自然也不例外，不过因为她是小玄州州主，所以在风阁中没有职务，只是单纯在其中修炼。

"至于小玄州的事务，伊家会帮忙打理。"

"不仅是我，柳之玄也会进入风阁，真不知道他见到你是风阁副阁主后会是什么表情。"伊秋水笑道。

周元微微点头，有熟人自然是好事。

伊阁笑道："周元你应该还没有住处吧？那就先去我那里住吧。"

看得出来，伊阁对周元的态度变得更为亲和了，因为他很清楚在成为风阁副阁主后，周元已经不再是之前那个毫无背景的无名小卒了。

此时的周元可说是在天渊域中身居中层，以后如果郗菁大人对他还算上心的话，未必不能更上一层楼。

所以，周元有这个资格，让伊阁放下姿态来拉拢。

"那就谢过伊阁长老了。"周元笑着道谢。

看着周元在和郗菁搭上关系后依旧没有丝毫倨傲之态，伊阁心中对他的好感不由得更甚。

翌日。

伊园之外。

白狮车鸾腾空而起，风驰电掣般朝着天渊洞天西南方而去。

一炷香后，白狮速度减缓，周元的目光透过车帘望着前方，只见那里的天空上出现了一座浮空岛屿，这座岛屿比起之前所见的要小一些，而它的周围竟有无数风暴肆虐。

狂风呜啸的声音隔着老远都能清晰听见。

天际之上不断有流光掠来，投入那座被风暴包围的岛屿中。

"风林火山四阁各占一岛，此处便是风阁所在，也就是风岛。"伊阁的声音从身后传来。

周元微惊，整座岛屿都属于风阁吗？这天渊洞天中寸土寸金，看来天渊域对风林火山四阁还真是看重呢！

伊阁袍袖一挥，白狮咆哮，便拖着车鸾从天而降，所过之处的风暴尽数散去。

穿过重重风暴，岛屿内的景象变得清晰起来，只见山岳如卧龙般连绵起伏，山岳间皆是粗壮笔直的巨树，枝丫如金属，闪烁着光芒，任由天地间的狂风如何鸣啸都无法将其撼动。

在山岳间，可见诸多青色建筑，连绵不绝。

伊阁看准位置，便驾驭着白狮朝着山岳中心的一座巨大广场上落去。

青石铺就的广场上此时人声鼎沸，诸多身影汇聚于此，粗略看去有数千人。

这些人影皆是模样年轻、气势不凡，正是风阁成员，实力无一例外都踏入了神府境。

他们是天渊域各方走出的天骄，个个天赋出众，桀骜不驯。

此时，数千道身影云集于此，彼此组成了一个个大大小小的圈子，热闹非凡。

而在数千人最前方的位置，有一男一女两道身影独自而立。男子身躯挺拔，单眼皮的双目狭长而冷厉，浑身上下散发着一股锐利之气。女子则是一身白色长裙，娇躯玲珑有致，那张脸尤为漂亮，只不过面上时刻蕴含着冰冷之色，令她宛如冰山雪莲般让人不敢靠近。

一男一女立于最前方，诸多人影看向他们的目光都带着敬畏之色，不敢上前惊扰。

这两人正是如今风阁的两位副阁主——陈北风、叶冰凌。

混元天神府榜汇聚了整个天地间最出类拔萃的年轻一辈，上面每一个位置竞争之激烈，都让人叹为观止。陈北风与叶冰凌能够名列前百，足以表明两人的实力与天赋。

所以，即便风阁的成员皆桀骜不驯，对两人的实力却是极为认可的。

在两人身后不远处，有一处人气最为沸腾的圈子，中心是一名金袍男子，此时他被众星捧月般簇拥着，意气风发。

"呵呵，我有个小道消息，听说今日我们风阁会出现第三位副阁主，如果所料不差，应该就是金腾统领了。"

"这不奇怪，金腾统领曾经面见过郁菁大人，颇受重视。如今在咱们风阁，

金腾统领的实力仅次于两位副阁主,如果说谁最有资格成为第三位副阁主,那非金腾统领不可。"

……

听到四周那些吹捧之言,金袍男子面带谦和的笑容,连连摇头,只是眼眸深处噙着一丝自得之意。

"还没影儿的事大家就不要乱传了,免得惹人笑话。"金腾笑着道。

他的目光透过人群看向最前方那道白裙倩影,心中隐隐有些躁动。他对叶冰凌倾慕许久,如果此次能够成为副阁主,从地位上来说,自己已经不逊色于她了。

"不过,我似乎听到传闻,第三位副阁主好像是空降而来。"人群嘈杂间,忽然有一道低声响起。

顿时沸腾的声音一滞。

金腾嘴角的笑容僵了僵,旋即淡笑道:"都是捕风捉影的事……风阁的副阁主历来自风阁中选拔,哪有空降的道理?毕竟风林火山四阁云集了天渊域所有的年轻天骄,难道还能突然冒出来一个不成?"

他摇摇头,道:"若真是如此,我可不同意。"

周围的风阁成员闻言,皆点头附和道:"没错,我们也不会同意的!"

在后方吵吵闹闹的时候,最前方叶冰凌微闭的美目在此时缓缓睁开,秀眉微蹙,因为她已经收到消息,第三位副阁主乃是由郗菁大人钦点,并非金腾。

"这的确坏了风阁的规矩,郗菁大人做事颇有原则,此次怎会……"

她抿了抿红唇,对于郗菁,她心中充满着尊敬,那是她崇拜的目标,她一直在朝着那个方向而努力。

正因为这种崇拜,素来心如止水的叶冰凌此时都生起了一丝心思,因为她当初都未曾得到过郗菁大人的钦点。

"希望这位副阁主不会让我失望,不然的话……"

她的美目一闪,她可不愿意让这个人成为郗菁大人完美形象上的一个小污点。

就在广场上这般吵闹时,天空上,白狮带着低吼声呼啸而至,数道身影自车鸾上飘下,最后在数千道目光的注视下,落在了广场的高台上。

第七百八十一章
入职风波

"吼!"

白狮如雷般的咆哮声回荡虚空,三道身影在诸多目光的注视下落于高台上。

伊阎扫视全场,然后视线在陈北风、叶冰凌身上顿了顿。

"见过伊阎长老。"陈北风、叶冰凌二人抱拳行礼。在未成为阁主之前,他们的地位要比伊阎低一级。

伊阎冲着两人微微点头。

叶冰凌的美目看向伊阎身后的一男一女,不过她只瞥了周元一眼,就将视线汇聚在伊秋水身上。

"新来的副阁主就是她吗?虽说也不弱,但远没达到能够成为副阁主的地步。"叶冰凌秀眉蹙着,心中疑惑自语。

与此同时,周元的目光也在扫视着眼前这数千道气焰不凡的年轻身影,如此多的年轻天骄汇聚一堂,这一幕让他忍不住再度惊叹混元天的得天独厚……

"咳!"

伊阎轻咳一声,将所有视线都拉到他的身上,然后淡淡一笑,道:"想必大家都知道了,今日风阁将会出现第三位副阁主。"

在那下方,名为金腾的男子脸庞上的笑意变浓。他先前也看见了伊阎身后的周元与伊秋水,对神府境中期的周元根本没有过多关注,倒是神府境后期的伊秋水让他多看了几眼。

粗略感知下,发现伊秋水的源气底蕴没有他强,金腾很快就放下了心中的担忧,他知道,伊秋水没有担任副阁主的资格。

既然不是她,那么唯一符合条件的人选,除了他金腾还有谁?

"接下来我给大家介绍一下——"

伊阎抚须,然后侧身一步,让出了身后的周元。

这一刻,广场中开始出现低低的骚动声,不少人睁大眼睛,隐隐感觉到一些不可思议以及不安。

"这位就是风阁第三位副阁主——周元,他是由郗菁大人钦点的。"伊阎没有卖关子,一口气说完。

金腾脸上的笑容在此时凝固下来,变得僵硬。

广场上的骚动也在此时平息,只能听见天空上的狂风呜啸。

叶冰凌的目光艰难地从伊秋水身上转向那个一开始就被她直接忽视的周元,这一刻,她甚至有一种荒唐感。

一个神府境中期,成了风阁的副阁主?

陈北风也盯着周元,嘴角掀起一抹玩味之意——那位郗菁大人是想把风阁搞臭吗?什么人都想往这里塞?

周元神色平静地望着陷入诡异寂静的广场,一旁的伊秋水俏脸上却浮现出一些担忧之色,她很明白,风阁里的这些天骄究竟是何等桀骜不驯。

看来今日周元这副阁主上任之日,要引起不小的风波了。

广场上的寂静持续了十数息,然后便爆发出震天般的声音。

"开什么玩笑?一个神府境中期也想成为风阁的副阁主?"

"当风阁是什么地方?!是垃圾堆吗?简直荒唐!"

"此事绝不是郗菁大人的命令,定是有人假传消息!"

"滚出风阁!"

……

所有的风阁成员都怒喝出声。他们骄傲与自豪于自身的风阁身份,如今,一群桀骜的凶狼竟让一匹猎狗来率领,岂非是在侮辱他们?!

"郗菁大人是糊涂了吗?!"

前方的叶冰凌听到此话,顿时柳眉倒竖,冷喝道:"放肆!"

她玉足猛地一跺,冰冷的源气自其脚下蔓延,咆哮间直接撕开后方人群,最后"砰"的一声化为无数尖锐的冰凌,将一道身影团团包围。

那被冰凌包围的男子面色苍白,不敢动弹。

"谁再敢说冒犯郗菁大人的话，可别怪我不客气！"叶冰凌的俏脸上布满寒霜，叱喝道。

瞧见叶冰凌发怒，广场上诸多风阁成员噤若寒蝉。

"叶副阁主不用动怒，他们也是一时情不自禁。对于郗菁大人我们自然心怀尊敬，哪敢冒犯？"身穿金袍的金腾上前一步，缓声说道。

他看了一眼台上的周元，平静地道："不过此事的确有些蹊跷，一个神府境中期究竟有什么资格成为风阁的副阁主？"

"此事若是传入其他三阁中，恐怕风阁就成为笑话了。"

"我们可不想日后抬不起头来。"

高台上，伊阎眉头一皱，道："周元虽然只是神府境中期，但他打败了神府境后期的莫渊，所以莫要以等级来判断实力。"

此言一出，引起一些惊声，一道道目光惊疑不定地看向周元。

这里的人显然都知晓莫渊的名头，好歹也是神府榜上的人，虽说排名不高，但其实力比起在场的绝大多数人都要强。

叶冰凌有些惊讶，以神府境中期的实力打败莫渊，这周元难道还真有几分本事？

金腾也是一愣，旋即面色平淡地道："打败莫渊？那还真是有本事。"语气略带嘲弄。

"莫渊实力虽然不错，但并不是什么标杆，若是打败他就能够成为副阁主，那风阁也不会多年来只有两位副阁主了。"

金腾自己也在神府榜上，排名比莫渊还靠前，周元打败莫渊，或许能让其他人感到震惊，却难以震动他。

伊阎见到金腾这般胡搅蛮缠，面色一沉，道："你这是想要驳斥郗菁大人的指令吗？"

金腾面色恭谨，道："金腾不敢。如果不是为了郗菁大人的声望着想，我何必多言？

"风阁中皆是对郗菁大人心怀尊崇的年轻一辈，我们也不希望一些错误之举引起大家心中的愤懑，从长远来看，此举并不利于风阁的发展。"

伊阎老脸阴沉，还欲说话，一旁的周元却缓步走出，直视着金腾，笑道："那不知道究竟要怎么做，才能够证明我有担任副阁主的资格？"

他已看出,这金腾使尽解数,就是想要阻挠他上任。

见到周元终于出面,金腾的嘴角掀起一抹讥讽,淡淡地道:"简单,我风阁之人只认实力,不认背景。"

周元轻轻点头,下一瞬,他的面色陡然冷冽,眼神也变得森冷。

"轰!"

磅礴雄浑的源气直接自其体内喷薄,两轮灰蒙蒙的神府光环出现在身后。

"嗡!"

他一步踏出,神秘的双翼光影出现在其身躯外。

"太玄圣灵术!"

他掌心一旋,剑丸浮现。

"荡魔剑丸术!"

这一瞬,剑气滔天涌动,引得诸多风阁成员微微色变。

"嗡嗡!"

剑气延伸,包裹着剑丸,化为一柄光剑。

周元依旧未停手。只见他的掌心抹过剑身,镇世天蛟气弥漫而出,竟在那剑身上形成了细密的青色蛟鳞!

寒芒更甚。

剑气充斥天地间。

周元的眼神如剑锋般盯着金腾,袍袖一挥,那一抹森森剑光在无数道震惊的目光中洞穿虚空,直指金腾而去!

与此同时,他冷漠的声音随之响起。

"接得下这一剑,副阁主让你来当!"

第七百八十二章 凌厉一剑

"嗡！"

当那一抹凌厉到极致的剑光呼啸而出的瞬间，广场上所有风阁的成员都震惊了，他们没想到周元如此干脆利落。

一句话都不多说，直接动手！

相比周元的果断，更让他们在意的是那爆发开来的凛冽剑气，在那种剑气下，他们都感觉到了皮肤上刺痛的寒意，而他们原本嘲弄的眼神都变得凝重起来。

眼前的周元虽然看上去只是神府境中期，但其战斗力似乎格外强横。

"好大的胆！"

在其他人震惊间，金腾却是怒笑，声如惊雷："以为打败了莫渊就能够在我风阁为所欲为吗？简直是天大的笑话！

"既然小觑风阁，那我金腾今日倒要来会会你！"

他虽然义正词严，眼神深处却掠过狂喜之色。周元主动挑事，那就怪不得自己了。他就不信，如果今日打败了周元，对方还有颜面继续当那副阁主！

凌厉的剑光在金腾的眼中急速放大。

"呼。"

金腾深吸一口气，磅礴的源气自体内爆发，直接在他身后形成了三轮神府光环，闪烁着八彩之光。

金腾虽然嘴上对周元百般看不起，一出手却是毫无保留。

"嗡！"

磅礴澎湃的源气涌动，在金腾身前的上空化为一只暗金色的巨手，巨手之上布满古老纹路，宛如神灵之掌，散发着强横压迫。

"那是上品天源术,天罡巨灵手……"

"这可是金腾的最强手段,没想到竟直接施展出来,看来他是不打算让那小子有半点机会啊。"

"嘿,那小子大话都放了,看他待会儿如何收场!"

周围诸多风阁弟子见状,顿时惊呼出声。

"天罡巨灵手!"

金腾啸声如雷,只见那暗金巨手呼啸而来,对着那道凌厉剑光狠狠抓下。

"吱吱!"

两者凶狠对碰,金腾的巨手握拢,将那剑光抓在手中,低沉的源气爆炸,音爆声不断地响起。

"看我捏碎你这破剑丸!"金腾冷笑出声,双手陡然结印。

"轰!"

巨手狠狠地握拢,周围的空间都渐渐扭曲,可见那手握之力是何等恐怖,想必就算是一座山岳都难以承受。

"嗡!"

就在那巨手握下的瞬间,一道嘹亮的剑吟声响彻,金腾的面色猛地一变,他突然感到有滔天剑气自巨手中间爆发开来。

"丁丁当当!"

巨手剧烈地震动起来,下一刻,金腾的瞳孔猛地一缩,只见巨手上竟有裂痕正在飞快地蔓延。

"糟糕!"

他心头一寒,正欲催动源气稳住巨手,便是一道巨响,无数道凌厉剑光自手中暴射而出,生生地将巨手撕裂。

"嗡!"

剑光涌动间,一抹剑影宛如闪电般洞穿而出,直指金腾。

金腾面色大变,他没想到周元这道剑光源术竟然强到这种程度,连他的天罡巨灵手都挡不住。

金腾身影急急暴退,身后三道神府光环出现在前方,形成了最后的防御。

"砰!砰!砰!"

那剑影笔直地洞穿而过，剑身之上的青色蛟鳞散发着凛冽寒光，为这荡魔剑丸平添了数分威能！

三轮神府光环尽数炸开。

那抹剑影毫不停滞，虚空震荡间，已在金腾惊骇欲绝间自他的肩膀洞穿而过。

"嗤！"

金腾的身影倒射出去，重重地跌落在地，在那广场上擦出长长的痕迹，肩膀处鲜血溅射，染红衣衫。

在洞穿了金腾的肩膀后，那道剑影方才凭空消散，然而，那令人心悸的凌厉剑气依旧残留在天地间。

整个青石广场一片安静。

风阁成员皆面色震惊，先前周元的出手迅疾无比，短短不过十数息，周元与金腾的交锋就已分出了胜负。而那个结果，让他们难以置信。

金腾竟然败在了神府境中期的周元手中？！

怎么可能？！要知道，金腾可不是什么无名之辈，他同样是神府榜上的有名之人，论起实力，比那莫渊还要强上一线！

可眼下，他就这样被周元一招击败了？！

在满场安静的氛围中，位于最前方的陈北风与叶冰凌用异样的眼神望着这一幕，对周元的表现有些意外。

陈北风的双目微眯了一下，然后慢悠悠地收回目光。周元先前的剑光的确很厉害，不过他能够感觉出来，那应该是周元的极限了。

那对金腾或许能造成威胁，对他而言却不值得在意。

叶冰凌看向周元的眼神因此缓和了一些，也不再将其当作是靠关系晋升的纨绔子弟。

台上的伊秋水将提起的心放下，她同样很惊讶，因为她见过周元那道剑丸之术，比起上一次与莫渊交锋时，如今似乎威力变得更强了。

伊阎平淡地望着这一幕，心中对周元颇为欣赏。这种时候唯有展现出强势的姿态，才能够驯服风阁这些桀骜不驯的天骄。

周元周身涌动的强横源气渐渐平息，他望着安静的场中，语气毫无波澜地道："还有人有异议吗？"

场下一片安静,再无人叫嚣。

他们虽然傲,但并不傻。之前出言反对,无非是因为以周元神府境中期的实力成为副阁主太匪夷所思,可现在周元证明了他的战斗力……

此时若再挑刺,或许伊阎长老不会再坐视他们非议郗菁大人的命令不管了。

金腾面色铁青地捂着鲜血直流的肩膀,虽然心中极其不甘,但他明白先前周元留手了,否则那剑光掠过的就是他的脑袋……

伊阎见到这一幕,上前一步微笑道:"既然大家没有异议,那么从今天开始,周元便是风阁第三位副阁主。

"另外还有一个消息。郗菁大人亲自下令,两个月后风阁将进行阁主之争,此次务必要决出风阁阁主人选。"

此言一出,原本安静的广场再度哗然。

第七百八十三章
竞争阁主

伊阎的声音落下，在广场中引起了骚动。

就连一直显得漠不关心的陈北风，双目都放出精光，眼神变得极为热切。

在风林火山四阁中，唯有风阁阁主之位一直空悬。陈北风在此数年，时刻觊觎着那个位置，只是风阁都在郗菁的掌控中，陈北风属于天灵宗的阵营，郗菁因此一直没有给他这个机会，反而派来叶冰凌将其牵制。

让他疑惑的是，一直压着不让风阁竞选阁主的郗菁大人怎么此次就松口了呢？

"是因为天灵宗、玄晶族、白族那边给的压力吗？"

陈北风自语一声，旋即心中振奋。不管什么原因，对他而言这都是千载难逢的好机会。

风林火山四阁的阁主在天渊域中的地位等同于长老，对他们这种神府境而言是最好的登天捷径。若是按照传统路子，想要成为长老就得踏入源婴境，不知道还需多少年月的修炼。

而且，虽说是神府境的长老，他们所享受的修炼资源并不比源婴境的长老差多少，因此风林火山四阁的阁主之争向来都极为激烈。

如今的风阁在四阁中几乎处于末位，如果换作其他三阁，陈北风未必有实力竞争阁主之位。

好在风阁内只有叶冰凌能够对他造成威胁，所以他的机会极大。

至于周元这位刚刚上任的副阁主，陈北风没有太过在意，即便先前周元在他的面前露了一手，但那用来唬金腾还行，对他却没什么用。

不远处的叶冰凌美目微闪，旋即冷艳的俏脸变得凝重起来。她在郗菁大人的安排下来到风阁，最大的任务便是阻拦陈北风夺得阁主之位。

之前的阁主之位一直被郗菁大人压着不放，如今却突然抛出来，看来她此次必须全力迎击了。

不管如何，她不能让郗菁大人失望。

台上的周元同样双目微眯了一下，然后目光隐晦地掠过陈北风，对方身上若有若无散发出来的源气波动令他感到了一些危险气息。

这个陈北风，远非莫渊以及金腾可比。

"能够进入神府榜前百者，果然不简单。"周元心中自语。

周元评估了一下此时自身的实力与手段，发现如果现在就与陈北风对上，自己有多少胜算还真不太好说。

比起在苍玄天时，他的一些底牌已经没有了。

比如银影，这具战傀曾是周元最大的底牌，数次让他绝地翻盘，可随着他踏入神府境，银影对他几乎没了作用，除非它能够再次进化。虽然夭夭已经推演出了进化的办法，但周元一直没有时间去尝试。

更为重要的，还有苍玄圣纹的失踪……破障圣纹、地圣纹、天诛圣纹以及那第四道圣纹。

当日为了释放出隐藏在苍玄圣印内的苍玄老祖的残魂，四道圣纹再度回归圣印，后来在分裂苍玄圣印时，它们则在那场爆炸中失踪了。

准确地说也不算失踪，因为周元隐隐地感觉到，四道圣纹在苍玄圣印分裂的那一瞬，似乎钻进了他的身躯中。

可后来无论周元如何感应，都未能找到体内隐藏的四道圣纹。

所以眼下来看，曾经作为倚仗的圣纹也失去了作用。

这些手段的缺失，无疑对周元的战斗力造成了不小的影响。

"看来这两个月我需潜心修炼了，最起码神魂必须突破到化境。"周元如今的神魂处于实境后期，距离化境已然不远，如果能够突破，对他会有不小的帮助。

还有银影，如果有可能的话，必须让其进化了。

自从来到天渊域后，周元始终处于奔波中，难以静下心来，如今与郗菁师姐搭上线，进了风阁，他也应该全力修炼了。

两个月后的阁主之争，其他人不知道其中缘由，他却心知肚明，这是郗菁为他找寻的机会，阁主的位置他必须争夺到手。

有资格竞争阁主的三人此时心中皆有心思流转，其他风阁成员对此也极为关注，只是他们的目光都在陈北风与叶冰凌两人身上不断扫视。

"我们风阁总算要有阁主了，如果所料不差，应该会在陈北风与叶冰凌两位副阁主之中产生。"

"唉，有了阁主又能如何？咱们风阁这些年实力衰弱，其他三阁哪个看得起我们？"

"是啊，就算是陈北风与叶冰凌两位副阁主的实力，放在四阁诸多副阁主中，也只能算作中等……"

"哼，还不是天灵宗他们联手挖空了风阁……"

"如今山阁阁主韩渊当初还是我们风阁的人，郗菁大人对他那般重视，结果转眼就被玄晶族挖去了山阁，简直是个白眼狼！"

"唉，人往高处走啊……苍渊大尊失踪多年，在这天渊域内，郗菁大人的话语权也受到了不小的影响。"

……

窃窃私语声在场下传开，诸多风阁成员的面色都有些晦暗，似乎是想到了一些不愉快的事情。

高台上，伊阎眉头皱了皱，轻咳一声，然后挥手道："消息已经通知给大家了，还请有资格竞选阁主的人多多努力，两个月后郗菁大人会亲自前来观战。"

声音落下，他看向周元与伊秋水，道："接下来这段时日，你们就先在风岛上居住吧。"

周元与伊秋水点点头。

伊阎不再多说，身影一闪，出现在车鸾上，白狮咆哮着御风而去。

伊阎离去后，陈北风淡淡地看了周元一眼，便不再理会，径直转身而去。

不少风阁的成员望着这一幕不由得暗自窃笑，按照规矩，若是有新来的副阁主，老副阁主都会招呼一下，显然陈北风并不怎么看得上这位新来的副阁主。

就在众人窃笑间，却见到场下那一抹白色倩影忽然迈足而上，朝着周元走去。

正是风阁中那位出了名的冰美人——叶冰凌。

第七百八十四章 九府之分

在众目睽睽下,叶冰凌径直走向周元。虽说她对周元能够得到郗菁大人的钦点有些不服气,但她知道周元应该是郗菁大人派来的,从某种意义上来说,他们算是一派的。

这应该也是陈北风根本没有兴趣搭理周元的主要原因。

陈北风不搭理,她却不能。虽说她心中对周元谈不上有多少好感,但也没有什么厌恶,她不愿意见到这位新副阁主刚上任就被人冷落,扫了颜面。

"我是叶冰凌,欢迎你们来到风阁。"

叶冰凌淡淡道,眸子掠过周元,然后对着一旁的伊秋水轻轻点头。

伊秋水回以温婉的笑容。

周元笑道:"从郗菁大人那里已经听过叶副阁主的大名了。"

叶冰凌闻言,美丽脸颊上的冷淡之意顿时褪去了一些,道:"郗菁大人那么忙,还能记着我吗?"

周元认真地点点头。

叶冰凌脸上竟极为罕见地露出一丝欣喜的笑意,不过随即收敛,那看向周元的眸子中多了一点好感。

"你们初来风阁,对什么都不了解,我带你们熟悉一下吧。"她说道。

周元连忙道:"那真是求之不得,只是要麻烦叶副阁主了。"

叶冰凌摇摇头,道:"你刚上任副阁主,我带你先去事务阁那里领取你的身份令牌以及薪酬。"

周元自无不可。

叶冰凌率先转身而去,在前方领路,周元与伊秋水也跟了上去。

三人穿过广场远去，让在场的一些风阁成员有些惊奇，谁都知道叶冰凌一向冷淡，可先前她与那周元讲话时竟然还笑了一下？

难不成叶副阁主看上了那周元？

这不免令一些心仪于叶冰凌的人愤愤不平，那周元虽然也是副阁主，但跟叶冰凌比起来，显然是不匹配的。

"小白脸……"

他们痛心疾首地谴责一声，然后便失魂落魄地散去，同时也将这位风阁新任副阁主的消息传遍四方。

周元、伊秋水在叶冰凌的带领下，有些好奇地漫步于风阁中。

叶冰凌的话不多，好在有伊秋水陪同，对着她，叶冰凌脸上那种拒人千里的寒霜也会消去许多。两女一路上时不时交谈，使得气氛并不尴尬。

周元只是跟着她们，没有插话，偶尔目光看向四周，对风阁的独特景象颇感兴趣。

叶冰凌似是察觉到自己冷淡了周元，于是问道："周元，你的神府应该是变异神府吧？"

先前周元出手时，她察觉到他的神府呈现出一种灰蒙的色彩，跟寻常神府有些不一样，不过叶冰凌并没有感到太过惊奇。变异神府在混元天虽然罕见，但也并未绝迹。

周元闻言，微微一怔，笑着点点头。

"看起来应该是七神府变异吧？"叶冰凌道，"这很厉害了，比大多数正常的八神府都要强。"

变异神府也得看是几重神府变异，如果是五六重神府变异，那便算不得什么，如果是七神府变异，倒是不错。

至于八神府、九神府变异，叶冰凌没有想过，因为那种级别的神府在整个混元天神府境中都是凤毛麟角，屈指可数。

周元一笑，没有解释自己乃是九神府变异，毕竟将自身的底子尽数揭开不是他喜欢做的事情。

"叶师姐是九神府吧？"周元问道。叶冰凌先前因为与伊秋水聊得颇为开心，

就让他二人直接称呼她为师姐，以示亲近。

"我和陈北风都是九神府，只不过只能算是下九府。"叶冰凌点点头，道。

"下九府？"周元一愣。九神府还分等级吗？他在苍玄天时可从未听说过。

叶冰凌有些讶异地看了他一眼，道："九神府的品质也有高低之分，所以分为上中下三品。我当年能够开辟出九神府已是侥幸，只能算作下九府，强度可不及那些中上层次的……"

周元暗自苦笑一声。这混元天真是让人艳羡，都能够将九神府如此细致地分级，想必是因为九神府的天骄不少，所以才以作区分。

可在苍玄天内，只要开辟出九神府就是各宗的超级天骄，谁还管你上下之分？

当然，神府品阶更高，只能说明当下潜力更大，论及未来，神府品阶低者若是有韧性有机缘，不见得会比品阶高者弱。

"下九府也是九神府，比我这八神府强多了，叶师姐可莫要拐着弯来嘲笑我。"一旁的伊秋水浅笑一声，道。

叶冰凌不好意思地道："我可没这意思。"

看得出来，叶冰凌虽然有着拒人千里的冰冷性子，论起圆滑手段却远不及伊秋水。其实想想也正常，伊秋水在小玄州可是能够将整个伊家都掌管得有条有理。

在他们说话间，一座巨大如镜的湖泊出现在他们眼前，湖泊中央处有一座青色阁楼矗立，大门处人来人往，显得格外热闹。

"这是风岛的事务阁，每月领取薪酬以及接取任务的地方。"

叶冰凌带着两人穿过湖泊上的石桥，进入阁楼，然后来到一处柜台。柜台后面有一名睡眼惺忪的老者。她恭声道："王老，这是新来的副阁主，前来领取身份令牌与薪酬。"

被称为王老的老者揉了揉眼睛，看了周元一眼，咧嘴一笑，道："据说是郗菁大人亲自指派的？"

他袍袖一挥，数道物品出现在柜台上。

叶冰凌取过其中一枚金色令牌，上面有一个古朴的"风"字，周边铭刻着古老纹路，闪烁着淡淡的光泽。

"这是你的副阁主令牌。风岛之外有风暴结界，以后你不用伊阁长老护送，凭借令牌就能够安然出入。"她将令牌递给周元。

周元连忙接过。令牌入手略显冰凉，隐隐有着源气的波动。

"还有，这是你这个月的薪酬。副阁主的话，一共是二百五十份上品神府宝药。"叶冰凌又取过一个小小的乾坤囊。

"二百五十份上品神府宝药？！"周元大喜，眼中忍不住放光。他没想到这风阁副阁主的待遇如此之高，一个月就能够领取这么多上品神府宝药。

这可比给伊家当代打的收获高多了！

有了稳定的神府宝药来源，他接下来的修炼就不用再省了！

叶冰凌瞧得周元欣喜的模样，摇了摇头，玉手伸向另外一堆丁当作响宛如钱币般的东西，道："神府宝药虽然好，但天渊域无数年轻天骄加入四阁可不是为了这些宝药……他们为的是这个。"

她抬起玉手，露出手中那些如透明晶石打造的浑圆钱币。

叶冰凌望着手中这些小可爱，冷淡如她，都露出一丝浅浅笑意。

"这是什么？"周元好奇无比，有什么比神府宝药还更有吸引力？

叶冰凌屈指轻弹，一枚晶石钱币发出清脆声响，在半空中划起一道明亮的抛物线后落向周元。

"这是归源宝币，咱们天渊域四阁独有之物……"

第七百八十五章 归源宝币

亮晶晶的宝币在半空中划过，然后落在了周元的手中，他满脸好奇地看着。宝币似乎是由一种奇特的水晶所铸，晶莹剔透，正面铭刻着一座造型奇特的塔，塔的上空则有一轮璀璨大日。

"归源宝币？"周元把玩着手中的宝币，却无法从中察觉到源气波动，当即疑惑地道，"有什么作用吗？"

听叶冰凌话中的意思，天渊域诸多神府境天骄都是冲着此物来的四阁？

叶冰凌奇怪地看了周元一眼，这种事天渊域中竟然还有人不知道？

"在风林火山四岛的中央，有一座极为特殊的浮空岛，岛上有一座塔，名为'四灵归源塔'，此塔乃是当年苍渊大尊亲自炼制。"在周元身旁，伊秋水轻声解释道。

"四灵归源塔？"周元自语。

"四灵归源塔内有四块区域，风域、林域、火域、山域。"伊秋水轻笑一声，道，"没错，风林火山四阁便因此而创立。"

"四灵归源塔内能帮助修炼？"周元问道。这种类似的修炼场所并不算罕见。

叶冰凌接过话来，道："并非简单的修炼之地。"

"怎么说呢？"她想了想，又道，"我们进入四灵归源塔，最终的目的是得到一道源纹。"

"源纹？"周元皱了皱眉头，有些不理解。

"一道永久性的古源纹。"

叶冰凌的这句话让他面色剧变，惊骇道："永久源纹？！怎么可能？"

源纹能够刻画于身，增强自身实力，这一点他当然知晓，不过这些源纹都是临时性的，使用过后很快就会消失。

虽然一些古老的顶尖源纹或许能长久地留下，但能够达到永久这种程度的，恐怕唯有天地间最为顶尖级别的源纹！

听眼前叶冰凌的意思，每一个进入四灵归源塔的人都有可能获得永久性的源纹？！

这完全不符合常理，要知道，周元在源纹一道上有着不低的造诣。

"具体原理我也不知道，毕竟四灵归源塔是当年苍渊大尊的手笔。

"四灵归源塔内有四道古源纹，风域的风灵纹、林域的林灵纹、火域的火灵纹、山域的山灵纹。

"我们风阁的风域常年有天灵罡风肆虐，罡风之下的肉身与神魂犹如被万刀洞穿，但只要忍受下来，就能够将天灵罡风中蕴含的一丝丝源痕留在体内，待得这些源痕不断累积，最终则会形成一道完整的风灵纹。"

"那风灵纹很强吗？"周元问道。

叶冰凌道："风灵纹一旦催动，可加快自身速度。而林灵纹可令肉身恢复速度加快，火灵纹会让源气中蕴含爆劲，山灵纹则可令肉身防御力大增。

"最为重要的是，四道源纹皆能增幅自身源气。"

她伸出右手，只见那素手光洁如白玉，仿佛闪烁着光晕一般，漂亮得让人有想要把玩的冲动。

不过周元目不斜视，虽然他心中忍不住连连赞叹。

对他这种表现，叶冰凌颇感满意。平日里没少见那些光是看着她的手就面红耳赤的男人们，那些家伙的脑子里必然是在想些肮脏的东西。

叶冰凌修长的指尖有冰寒的源气凝聚，手背上一点点青光闪现，最后竟形成了一道并不完整的神秘青色源纹。

"嗡！"

源纹闪烁，叶冰凌指尖的源气弹射而出。就在那一刹那，周元能够清晰地感觉到那道源气的强度得到了一定程度的增幅。

"我这道风灵纹的完成度只有一半，若以源气星辰为强度来衡量的话，它能够让我平添一百万源气星辰的底蕴。"叶冰凌道。

虽然她自身的源气底蕴乃是上千万源气星辰的层次，但一百万的增幅依旧不可小觑。

"嘶！"

周元心中疯狂吸气，眼中满是震撼之色，一道并不完整的源纹就能够为其增幅百万源气星辰的底蕴，如果是完整形态，岂非能够达到两百多万？

这是什么概念？

现在的周元，论及源气底蕴才八百万源气星辰，而这么一道风灵纹能达到的增幅就是他的四分之一？

到这个时候他终于明白，为什么叶冰凌会说诸多天渊域神府天骄云集于风林火山四阁所为的并非是神府宝药了。

身怀这般神异源纹，与同等级的对手交锋时无疑会占优势。

瞧得周元那副震撼的模样，叶冰凌难得一笑，道："四灵归源塔在整个混元天恐怕都是独一份，若非苍渊大尊在源纹造诣上超凡入圣，恐怕也难以造就出这般神妙之地。"

周元感叹一声，道："的确很厉害。"

他顿了顿，忽道："一个人可以获得多个古源纹吗？"

叶冰凌螓首微点："当然可以。不过按照规定，唯有将自身所属阁域中的那道灵纹凝练完整了，才能够前往其他域。"

"岂不是一人可以身兼四纹？那源气增幅将会多恐怖？！"周元忍不住道。

一道两百万源气星辰，四道岂不是八百万了？！

他这话一出，连叶冰凌都忍不住莞尔，摇了摇头。

"嗤，你这小子倒有些不知天高地厚。"说话的是柜台后那位睡眼惺忪的王老，"以为凝练出完整的风灵纹很容易吗？你问问叶冰凌这半道风灵纹她凝练了多久？"

叶冰凌抿了抿小嘴，道："一年半。另外最重要的是，每个人进入四灵归源塔的时间都有限制，顶多三年，一旦达到这个时间，就不能再进入了。

"如今的风林火山四阁中，其他三阁的阁主都成功凝练出了一道完整的灵纹。我们风阁要弱一些，这一代只有我和陈北风凝练到了半纹程度。"

周元一愣，有些不解地道："怎么会有这种限制？"

王老慢悠悠地道："一旦进入四灵归源塔，塔身会吸食你们体内的血气与神魂之力，只有这样才能够源源不断复刻出源痕来供你们凝练。

"按照测试,让你们进入三年已是极限,如果超过这个时间,血气与神魂就会受到不可逆转的伤害。

"天地间可没有白拿的好处,想要获得,自然需要付出一些东西。"

周元这才恍然大悟,原来四灵归源塔的原理是献祭进入者的血气与神魂之力,如此说来,倒也并非完全不能理解。

这其中一定还有诸多玄妙,但凭他这点源纹造诣,想必还无法猜透苍渊师父的手笔。

三年的时间想要凝练出四道古源纹,的确是一件不太可能的事,难怪叶冰凌会失笑,想必是觉得他想得太过美好。

即便只是一道完整的古源纹,也是天大的好处了。

"那么……"周元眼神有些火热地轻轻抛了抛手中那如水晶般的宝币,道,"这归源宝币应该就是进入四灵归源塔所必需的东西吧?"

"进入四灵归源塔后燃烧归源宝币,可引来那些蕴含着源痕的力量,燃烧得越多,引来的源痕就越多。如果没有此物,就算进入了四灵归源塔,也无法凝聚古源纹。"叶冰凌解释道。

"普通阁员每个月能领取二十枚归源宝币,你身为副阁主,每月可领取八十枚。若是想要更多,就只能从别人手中交易或者完成任务来换取。"

周元深深地吐了一口气,望着手中亮晶晶的宝币,终于明白为何连叶冰凌这般冷淡的性子看着它都露出了笑容。

这真是让人爱不释手的小可爱啊!

听过叶冰凌所述,周元对那座四灵归源塔已经生出了极为强烈的好奇心,所以眼下他的小目标已经确定——

风域的风灵纹!

第七百八十六章
五重神府

虽然周元对那座四灵归源塔有着强烈的好奇心，但他将此按捺下来，如今已经进了风阁，他往后还有很长的时间。

接下来叶冰凌又带领周元前往居住之处，因为副阁主的身份，他能够拥有一座独立的小楼，小楼位于半山腰处，云雾飘渺，令人心旷神怡。

伊秋水只是普通的风阁成员，因为是女性也获得了一些优待，得到了一座临水小屋，还算简洁幽静。

将两人安顿好后，叶冰凌便直接告辞，并在离去时约好了明日一同前往四灵归源塔。

送走两女，周元简单地吃了一些东西，便在床榻上进行每日的修炼。

距离阁主之争仅有两个月时间，在这之前周元必须尽一切可能提升自身实力。

周元屈指一弹，两株上品神府宝药便闪现而出，他伸出双掌，一手抓着一株。如今成为风阁的副阁主，神府宝药有了稳定来源，他在修炼之时不用再像以往那般节省了。

随着进入修炼状态，周元手中的神府宝药散发着光芒，无数源气光点蜂拥而出，最后尽数涌入周元体内。

体内第四重与第五重神府间的障壁在滚滚源气的消融下，一点一点变得虚薄。

约莫两个时辰后，周元睁开双目，掌间的神府宝药已化为粉末飘散开来。

"这层神府障壁终于有被贯穿的迹象了！"

周元的眼中涌出一丝振奋之色。这层神府障壁他已打磨许久，其间消耗了不少的神府宝药，此时总算有即将圆满的感觉。

这层神府障壁一旦被打通，五重神府尽数相融，他的源气底蕴将再次得到不小的提升。

周元深吸一口气，没有放弃这种难得的突破机会，只见他袍袖一挥，十数株神府宝药出现在周身，静静悬浮着。

他的双眼再度闭拢，周围盘旋的十数株神府宝药顿时散发出光芒，无数源气光点散发出来，然后顺着周元的鼻息涌入。

周元体内散发出来的源气波动也在此时剧烈地沸腾起来。

随着时间推移，一株株散发着璀璨光芒的神府宝药渐渐变得黯淡，最后化为粉末凭空消散……

待最后一株神府宝药消散时，周元体内横隔在第四重神府与第五重神府之间的障壁终于破碎开来。

第四重神府中磅礴澎湃的源气如洪流一般直冲而上，灌注进第五重神府。

而第五重神府内也有玄妙的力量倾泻而出，与那些源气冲撞，然后迅速融合。

融合的结果便是源气底蕴开始节节暴涨。

屋内，天地源气都在沸腾着。

周元体内有青金光芒散发，隐隐间蛟龙长啸传出，他的身躯之外仿佛有一条青色蛟龙盘踞，吞吐着天地源气。

这般情景持续了足足一炷香，方才渐渐散去。

周元再度睁开双目，眼中有掩饰不住的欢喜之色，他感应着神府内的源气底蕴，嘴角忍不住微微翘起。

"这般源气底蕴……应该能够达到一千一百万的规模了吧。"

未曾打通通往第五重神府的障壁之前，周元的源气底蕴是八百多万，此次经过贯穿融合后，足足增长了三百万左右的源气星辰底蕴。

如此增长规模，若是让叶冰凌知晓了，恐怕会震惊得合不拢嘴。

因为按照常理，就算是她的下九府，在打通神府障壁时能够增长的源气底蕴也不过堪堪百万，而周元足足是她的三倍！

最重要的是，周元现在还只是神府境中期，一旦他踏入神府境后期，打通更高层次的神府障壁时，增长规模恐怕还会更大。

"按照这种增长进度，一旦踏入神府境后期顶峰，打通了九重神府，我的源气底蕴应该能达到三千万吧？"想到此处，连周元自己都被震撼到了。

三千万源气底蕴,那是什么概念?

就算不施展任何源术,纯粹凭借源气的雄浑,都能够将一些神府境后期给生生压死!

此时此刻,周元方才感觉到他这变异混沌神府带来的好处。

"不知道跟幼微那传说中的十神府比起来,谁的源气底蕴会更深厚一些呢?"周元对此颇感好奇。

不过他很快就抛下了这些无聊的想法。

"一千一百万的源气底蕴虽不弱,但不见得就会比陈北风、叶冰凌他们强。"周元思忖着。虽然他没有见过陈北风、叶冰凌出手,但今日与叶冰凌一番接触,凭借着感应,他知晓叶冰凌的源气底蕴很有可能超出了一千一百万这个层次。

九神府的神府境后期,即便是下九府,也不容小觑。

所以此次突破只是拉近了与他们之间的距离,实力上并没有赶超,凭此想要应对两个月后的阁主之争,怕是还不保险。

"明日先去那四灵归源塔内看看吧。"

周元的心中升起一些期待,他感觉四灵归源塔应该不会让自己失望。

翌日,清晨。

当周元推门而出时,便见到三道身影立于云雾飘渺的山崖前,当先两人正是叶冰凌与伊秋水。让周元有点意外的是,后面那人竟是之前见过面的柳之玄。

"柳之玄也是风阁的新人,正好今日就一起了。"伊秋水瞧见周元出来,笑着说道。

周元点点头,冲着柳之玄一笑。虽然他与邱凌都是小玄州的世家子弟,但周元对他和邱凌是完全不同的观感。

"没想到数日不见,周元兄一跃成了风阁副阁主,早知如此,在玄州城就该多多巴结了。"柳之玄抱拳道,英俊的面庞上带着笑。

面对他的调侃,周元回以无奈的苦笑。

一旁的叶冰凌没有说话,只是那对如冰雪般的眸子带着一些疑惑盯着周元,今日再见到他,她竟然隐隐感觉到了一丝危险的气息。

她体内的源气微微波动,本能地在防备。

要知道，昨天的周元还无法让她体内的源气产生这等防范姿态。

周元目光一动，察觉到叶冰凌的细微变化，当即明白这是因为自己刚刚有所突破，体内源气未完全压制，导致叶冰凌有所感应。

于是他屏息静气，神府内无数闪耀的源气星辰渐渐安静下来，细微外露的波动顿时消失。

叶冰凌的美眸微闪，然后深深地看了周元一眼，没有多说什么，只道："走吧，我带你们前往四灵归源塔。"

声音落下，她便率先掠空而起。

周元、伊秋水、柳之玄三人见状，连忙跟上。

四人化为光影自风岛掠出，穿过重重风暴，朝着西南方而去。一路上，无数身影皆驾驭源气呼啸而去，目的地显然都是一致的。

他们这般赶路，约莫半炷香后，周元三人便见到一座小型的浮空岛屿出现在了视线中。

四面八方无数道身影铺天盖地地掠过，不断向着那座浮空岛屿落下，彰显着沸腾的人气。

随着接近目的地，周元终于看清，在那座浮空岛屿上有一座巨大的奇特建筑悬空而立。

建筑呈四角之势，每个角都矗立着一座巨塔，巨塔外有长长的石桥延伸着，最后四座石桥在中心处交接合拢，形成一个巨大的圆盘广场。

叶冰凌的玉指指向那座巨大的奇特建筑，看向周元三人，微微一笑。

"欢迎来到四灵归源塔。"

第七百八十七章 敌人设计

周元四人的身影徐徐落下，直接落到建筑中央的巨大圆盘广场上。

圆盘广场的边缘处有一座座酒楼，酒香与食物香气自其中飘出，人来人往，人气不低。

广场中央被划分出一条条纵横交错的宽敞街道，街道上人流汹涌，两旁是以青石搭建而成的小小店铺。

不过店铺里并不是什么商人，看他们的模样以及胸前的阁徽，分明是四阁中的成员。

"来瞧一瞧哟，刚领到手的上品神府宝药，三份宝药换取一枚归源宝币！"

"下品天源兵铁魔蝎刀，源气催动，刀刃可释放铁魔蝎毒，中刀者肉身溃烂，霸道之极，只要三百八十枚归源宝币！"

"本店提供归源宝币兑换源晶，一百万源晶兑换一枚归源宝币。"

"下品天源术残本，一百枚归源宝币拿走！"

"赤蟒心晶，可淬炼火属性源气，罕见的天材地宝，只要三百枚归源宝币！"

"玄体丹，乃淬炼血肉之极品丹药，便宜大甩卖，八十枚归源宝币！"

……

周元站在一条街上，目瞪口呆地听着里面传出的无数吆喝声，没想到此处竟然会如此热闹。而最让他惊异的是，在那些吆喝声中，几乎所有人都是以归源宝币作为衡量货币。

"现在知道归源宝币在四阁中的重要性了吧？"叶冰凌在一旁说道，"归源宝币在其他地方可能一文不值，在这里却是所有人念念不忘的宝贝。只有拥有足够的归源宝币，才有可能凝练出古源纹。"

周元忍不住感叹一声。看得出来，四阁成员每个月领取的归源宝币都不够用，想要获得更多，就只能以这种交易或者任务的形式来换取。

掌控着这个渠道，天渊域就能够将所有神府境天骄掌握在手中。

苍渊师父真的是手段不凡啊！

"走吧，风域是北角的那座青塔。"叶冰凌让他们看了一会儿，然后便转身顺着街道走出，一条长长的石桥出现在周元他们的面前。

石桥的尽头，便是一座青色的巨大石塔。

叶冰凌带着周元三人穿过石桥，来到青塔前，只见塔门大开，形成青色的光罩，不断有人影自光罩中来来往往。

这些大部分都是风阁的成员，他们瞧见叶冰凌，都颇为恭敬地抱拳行礼，面对周元时则目不斜视地离去。

显然，周元这空降而来的副阁主并不怎么得人心。

叶冰凌并未理会他们，只是对着周元三人道："准备进去吧，进入的时候，体内的血气与神魂之力会被归源塔抽离一些，不过不会有太大的影响。"

说完，她便率先踏入光幕中，光幕波动，那道倩影也消失不见了。

周元、伊秋水、柳之玄三人对视一眼，看出对方眼中跃跃欲试的意思，然后相视一笑，迈足踏入，光幕波动间身影消失。

当周元四人消失于光幕时，圆盘广场上一座酒楼的雅间，数道人影将视线从窗户处收了回来。

"那个小子就是风阁新来的副阁主？"一道漫不经心的笑声响起，一名赤袍青年嘴角带着笑问道，眼神轻佻。

"嗯。王尘师兄，正是他废了莫渊师兄一臂。原本古玺师叔念其天赋不错，想要收入咱们天灵宗，结果这小子狂妄异常，直接拒绝了。

"后来连古焱府主都出面了，可谁想到这小子莫名其妙得到郗菁大人的支持，不仅没将他赶出天渊洞天，还指派他为风阁副阁主。"

赤袍青年身旁有一人冷笑出声，模样并不陌生，正是邱家的邱凌。

而被他称为王尘师兄的男子，乃是火阁的副阁主，地位极高，在四阁中有着不小的名气。

王尘闻言，笑着摇摇头，道："古玺师叔这是把我们赤火府当作垃圾回收处吗？

"这种不知天高地厚的家伙还真是欠教训。"他目光一转,看向雅间内的另外一道身影,笑道,"陈副阁主,你说是不是?"

正是风阁的副阁主陈北风。

陈北风喝着茶,面色淡漠,漫不经心地道:"一个新来的副阁主而已。这小子昨日雷霆出手,表演了一出杀鸡儆猴,倒也好笑。"

他瞧着身旁一直面色阴沉的金腾,道:"说起来也是你不够小心,那小子的实力其实不比你高多少,而且你连风灵纹都还没使出来……"

金腾闻言,面色微缓,道:"如果催动风灵纹,他想要赢我可没那么容易。"

王尘笑眯眯地道:"你们想个法子收拾他一下吧,如今他去了风域,我们火阁的人动不了他。"

他伸着懒腰,在他看来,周元不值得亲自动手,如果不是古玺师叔发话,他哪来的兴趣在这里盯着?

"简单。"陈北风看着金腾,道,"我让林铮、吴刀两人跟你进入风域,暗中找寻周元,以你们三人之力收拾他应该不难。他昨日才领了八十枚归源宝币,你们将其抢了,也是一笔不小的收获。"

金腾闻言,有些犹豫地道:"抢副阁主恐怕要受罚。"

陈北风嘴角一掀,道:"受点罚不算什么,如果他真的被你们抢了,你觉得他有脸说出来吗?一位副阁主被下面的人抢了,此事若是传出去,他的名声就算是彻底臭了。所以他只能哑巴吃黄连,有苦自吃。"

一旁的王尘、邱凌闻言,皆忍不住地笑出声来。

"你这一手倒是阴狠。哈哈,堂堂副阁主被下面的人给抢了,这可是头一遭……看他这副阁主以后怎么当。"

金腾咬着牙点点头,那林铮与吴刀是陈北风培养的得力手下,实力并不弱于他,三人联手必然能够对付周元。

"好,我这就去安排。"他面庞凶狠地起身而去。

陈北风望着他离去的身影,冲着王尘一笑,道:"今日有一场好戏了。"

王尘笑眯眯地点点头。

看来那位新上任的风阁副阁主,位置还没坐热,就得臭名远扬了。

第七百八十八章 进入风域

当周元的身体自光幕中穿过的一瞬间,他能够清晰地感觉到眉心的神魂微微一颤,一股神魂之力与血肉中蕴含着的气血之力同时被抽离。

周元的脑子晕眩了一下,旋即恢复正常。

而眼前的景象也在此时出现了变化。

他所在之处是一座巨大的石台,离地百丈,后面有巨大的光幕闪烁,一道道身影不断地自其中踏出。

显然,此地便是四灵归源塔中的风域了。

放眼望去,整个天地间满布着光秃秃的暗黄色山峰,远远看去,宛如巨人的手指矗立于天地间,散发出粗犷古老的气息。

周元望着这风域,突然感到一股令人心悸的波动自上空出现,他抬头一看,瞳孔猛地一缩。

只见高空之上,暗青色的风暴如巨龙盘踞,不知道有多厚重,而且不断地朝四面八方延伸,看不见尽头。

一股无法形容的恐怖气息若有若无地散发出来。

"那就是天灵罡风风层。"

周元身后,叶冰凌清冷的声音传来:"千万要记得,在风域内不可飞太高,一旦陷入风层之中,莫说是神府境,就算是天阳境强者,都必死无疑!"

周元心头一凛,郑重地点点头。从那恐怖波动来看,他丝毫不怀疑它的威能。

他望着远处,忽然发现高空的风层中时不时会有一股股暗青色的风呼啸而下,宛如一个小小的龙卷划过天空。

"那是有人在祭燃归源宝币,招引天灵罡风。"

叶冰凌说了一声，然后道："我们就先在此处分开吧，各自找寻一个无人的地方祭燃归源宝币修炼。

"另外，彼此不要靠得太近，因为招引下来的天灵罡风不会认人，只认位置，如果靠太近被其他人用了，容易产生纠纷。"

声音落下，她便不再多说，娇躯一动，驾驭着源气腾空而起，朝着一个地方疾掠而去。

周元、伊秋水、柳之玄望着她离去的身影，没有拖沓，同时掠出了这座巨大的石台。

三人保持着低空飞掠，一路过去，能够见到不少光秃秃的山顶上都有人影，随着他们祭燃归源宝币，一道道天灵罡风不断地从天而降，那般情形显得格外热闹。

沿途飞掠时，伊秋水、柳之玄各自找寻了一处偏僻无人的区域，落了下去。

周元记着先前叶冰凌的提醒，找了一处离伊秋水、柳之玄有些距离的地方，然后身形落下。

他找的是一处山谷，谷内遍布怪石。

周元在一块巨石上盘坐下来，他没有急着祭燃归源宝币，而是闭目调整着自身状态，待得体内源气尽数平息后，指尖方才抹过腰间的乾坤囊。

一枚水晶般的归源宝币出现在手指间。

周元把玩了一下，然后双指夹着宝币，渐渐凝神。

归源宝币开始绽放出光芒，此时周元感觉到眉心的神魂与体内的血气再度涌出，然后顺着指尖汇聚在归源宝币上面。

"嗤！"

归源宝币上竟有白色的火苗蹿起，将宝币包裹住，然后迅速燃烧起来。

"原来连祭燃归源宝币都要消耗体内的血气与神魂之力。"周元目光一闪。

宝币燃烧，化为袅袅青烟，升空而去。

周元好奇地仰望着天空，只见那宝币燃烧了十数息后，高空的风层中便有一股青色龙卷呼啸而下。

青色龙卷宽丈许，长约四五丈，远远看去犹如一条御空的青蟒。

青色风卷呼啸落下，直扑宝币祭燃的位置。

周元见状，急忙凝神以待。

天灵罡风所化的青色风卷咆哮而至，直接将周元缠绕在其中，一瞬间凌厉的罡风毫不留情地划过周元的身躯。

"嗤嗤！"

只见他的身躯上有一道道血痕瞬间出现。

周元的面庞顿时变得有些扭曲，倒吸冷气，此时此刻他宛如万刀剐身，剧痛无比。

这还不是最难受的，那些罡风直接顺着伤痕钻进了体内，罡风肆虐间，连周元这般心性都咬紧了牙关，身体紧绷。

罡风临身带来剧痛，但周元终归慢慢承受了下来，与此同时，他开始感觉到随着天灵罡风划过肉身，似有什么奇妙的东西留在了体内。

那些东西极为细微，如果不是周元的神魂时刻感知着体内的每一处，想必也难以察觉。

周元心神一动，神魂扫视肉身，接着他便看见一些青色的细微光点在体内流动。

那些光点散发着一种玄妙的韵味，周元对此并不陌生，因为这是所有源纹的基础——源痕。

只不过眼下这些源痕远比周元以往所刻画的要更为精妙、古老。

"这就是风灵纹的源痕吗？"他心中自语。

缠绕在周元身躯外的天灵罡风龙卷在持续了不到一刻钟后，便彻底消散。

周元睁开双目，伸出右手，只见手背上有十来粒青色光点出现，这些是先前在天灵罡风中获得的源痕，若按进度估算，这些恐怕连风灵纹完整形态的千分之一都不到。

"源痕竟然如此难以获得。"周元亲身体验后，终于明白为什么叶冰凌花了一年多才将风灵纹完成一半。

"天灵罡风对肉身有不小的伤害，寻常人恐怕无法接连承受。"周元看了一眼身体上的伤痕，却微微一笑，这种事对他可造不成什么麻烦。

周元心念一动，太乙青木痕散发出勃勃生机，磅礴的血气在体内流淌，短短不过十数息，他身上那些伤痕便以肉眼可见的速度愈合了。

此时的周元已经发现，在这风域中血气与神魂之力尤为重要，不单是进入风域要被抽离，祭燃归源宝币也需要以此为燃料。

寻常的神府境就算拥有足够多的归源宝币,若是自身条件不达标,也不可能毫无顾虑地祭燃。

但周元没有这些顾忌。

体内的太乙青木痕能够为他提供源源不断的生机以制造血气,而他的神魂乃是实境巅峰,距离突破到化境也近在咫尺,神魂之力远胜同等级的人。

四灵归源塔的三种必需之物,血气、神魂之力、归源宝币,周元已占据两种。

于是,周元淡淡一笑,手掌一拍乾坤囊,五枚闪烁着光芒的归源宝币出现在手中,血气与神魂之力涌动,点燃了宝币。

望着五枚宝币化为青烟升空,周元心中却涌起一丝刺痛。

他发现按照这种修炼速度,恐怕不到五天就会把这个月领取到手的八十枚归源宝币挥霍个精光。

他有血气、有神魂,可他没归源宝币!

老天何其不公!

为什么要这么对我?

周元惆怅地望着从天而降的一股大型天灵罡风,内心发出了直击灵魂深处的呐喊。

第七百八十九章
风层异变

"呜!"

天地间风声呼啸。

怪石遍布的山谷内,一股青色风卷如巨大的青蟒一般盘旋于一块巨石外,周围的地面上被罡风撕裂出一道道深深的痕迹。

巨石上,周元的身影静静盘坐着,每当一缕罡风掠过身躯时都会带起血丝,他的身躯也会轻轻地颤抖一下。

天灵罡风足足肆虐了两炷香时间,方才彻底散去。

罡风散去时,周元的身躯上有碧绿光芒浮现,生机涌动,那些血痕开始再度愈合。

他睁开双眼,伸出手掌,只见在手背上游离的青色光点已多达百粒。为了凝聚出这百粒源痕,周元已经付出了二十枚归源宝币……

若是让叶冰凌知道周元一天不到就挥霍了二十枚,就算是她那种性子,恐怕都会忍不住骂一声"败家"……

要知道寻常人在风域中修炼,一日下来绝对不会超过三枚归源宝币!

叶冰凌一天祭燃归源宝币的极限也就八枚左右,因为一旦超出,她体内的血气与神魂之力就无法持续下去。

周元因为体内血气有太乙青木痕支撑,再加上神魂乃是实境巅峰,所以才能够做到一天祭燃二十枚归源宝币。

不过,这二十枚祭燃下来,周元此时眉心的神魂之光都变得黯淡了。

周元伸出手指,轻轻揉了揉刺痛的眉心,这是神魂消耗太大的缘故。

"有太乙青木痕,血气倒是无碍,但神魂消耗实在不小。"周元面色微凝。

他实境巅峰的神魂固然比寻常神府境要强,但也不是强得没有止境。

感觉到神魂在枯竭,周元没有继续强行祭燃,而是闭拢双目,运转起混沌神磨观想法来恢复神魂。

"轰隆隆!"

四周陷入混沌黑暗中,无边神磨出现,滚滚碾压而过,将一切都化为虚无。

周元的神魂在斑驳神磨的碾压下,不断地被碾碎然后重塑。

周元沉浸于观想中。

"轰轰!"

某一刻,周元忽然觉察到外界的天地间似乎有异声响起,与脑海中的神磨共鸣,这令他陡然一惊,睁开双目。

然而空旷的山谷内没有任何异动,先前的感受仿佛是错觉。

周元的眼神惊疑不定,目光微微闪烁,再度闭目运转混沌神磨观想法,这一次他更加留心了。

神磨碾过,带起轰然巨响。

外界的声音自冥冥中再度传来,与神磨共鸣。

周元猛地睁开双目,视线霍然投向高空上那无尽的暗青色风层,面色微变。他发现,与神磨共鸣的声音,竟然来源于那风层深处!

就在这一刻,他感觉到在那风层深处似有什么东西在对他的神魂散发出一种招引之力。

周元的目光闪烁,旋即心念一动,神魂自眉心间掠出,盘坐于头顶之上,然后他继续运转起混沌神磨观想法。

当神魂居于体外时,周元立即发现来自风层深处的共鸣更加强烈了。

"风层有变化?"

忽然间,周元敏锐地发现高空上的暗青色风层似乎有细微的异变,只见那里形成了小小的风旋,似乎化成了一个小小的通道。

风层不断有天灵罡风呼啸,这里的动静几乎引不起半点关注。

周元为此感到有些惊骇,因为他发现随着那小小风洞的出现,他的神魂竟然有飘飞而起的迹象,似乎想要钻入那风洞中。

周元的面色凝重,风层有多可怕他是知晓的,连他本体靠近都会被绞碎,何况只是实境的神魂？

可隐隐的，他却有一个预感，或许应该遵循那个招引。

"四灵归源塔是苍渊师父炼制，而我修炼的混沌神磨观想法也是师父所创，两者会产生共鸣并不是让人难以置信的事。"

周元思忖着，最终眼中划过果断之色。

他不相信苍渊师父炼制出来的四灵归源塔会对修炼了混沌神磨观想法的人有什么敌意。

"那就去看看究竟是怎么回事！"

既然下定了决心，周元便不再犹豫。他双目闭拢，盘坐于头顶上的神魂则睁开了眼睛，看了一眼下方的肉身，然后升空而起。

神魂虽然凝实，却宛如无形，直接与虚空相融，如果未运转神魂之力，即便隔着极近的距离也难以察觉。

再加上周元所找寻的这片地方偏僻无人，所以不怕被人发现。

周元的神魂迅速升空，很快便接近了高空上暗青色的风层，他立即变得小心翼翼起来。

很快他就发现，那小小的风洞中似乎散发出一股奇异的力量，那股力量将他的神魂覆盖，顿时风层周围涌动的天灵罡风便平静了下来。

察觉到这一情况，周元时刻紧绷的心顿时放松下来。

于是他不再抗拒那股招引之力，神魂直接升起，顺着风洞朝着风层深处疾掠而去。

暗青色的风层在周围不断划过，有刺耳的呼啸声响起，隐隐间散发出来的恐怖力量让周元为之战栗。这个时候如果周围护持的那种力量消失的话，恐怕他的神魂会在顷刻间被抹灭。

"师父，你可莫要坑弟子啊……"周元在心中祈祷着。

周元的神魂在风洞中急速前进，好半晌后，他欣喜地发现周围厚厚的暗青色风层开始变得稀薄。

十数息后，风层彻底散去，周元的神魂冲了出去。

神魂凌空而立，周元感觉到四周的空间变得黑暗，仿佛混沌天地。而就在这个时候，神魂震动起来，因为他听见了一种熟悉的轰鸣之声。

他缓缓抬起头,脸上慢慢现出震撼之色。

他见到,在那混沌虚空中有一座巨大无比的斑驳神磨缓缓地转动着,天地都因此而化为虚无、归于混沌……

周元的神魂在此时剧烈地颤动起来,近乎呢喃的声音带着震惊自他嘴里缓缓传出,在这风层之后低低响起。

"这是……混沌神磨?!"

第七百九十章 神魂化境

仿佛混沌般的虚空中，看不见尽头的斑驳神磨缓缓转动着，带来无尽的威压与恐怖。

周元震撼无比地望着这一幕。他对这斑驳神磨太熟悉了，这些年来，他的神魂在神磨之下不知道被碾碎了多少次……

所以，他可以非常确定，眼前这斑驳神磨必然就是混沌神磨！

至于是不是传说中的混沌神磨，恐怕还有待查证……

此时他总算明白，为何他在风域中运转混沌神磨观想法时，风层深处会传来共鸣，原来这座四灵归源塔的核心便是一座混沌神磨。

周元眼中的震撼渐渐褪去，他忽地见到下方有无数光点如繁星般冉冉升起，绚丽至极。

"这些光点……是被祭燃的归源宝币？"周元心中一动，他在那些光点中感应到了血气与神魂之力的波动。

无数光点来到此处，最后汇聚于神磨之下。

神磨转动，所有光点都被碾碎成一股极端纯粹的气息，这些气息被神磨吸收，这个时候周元看见在那庞大的磨身上，似乎隐隐浮现出四道极其古老的源纹……

那四道源纹宛如虚幻，却散发着古老与神妙之感，似乎也吸收了那些纯粹的气息，最后周元见到有四道属性不同的物质喷薄而出，如雨露般洒向下方。

周元脑海中灵光一闪，如果没猜错的话，恐怕斑驳神磨上的四道虚幻古老源纹就是风灵纹、林灵纹、火灵纹、山灵纹的母体！

"将所有进入四灵归源塔的人献祭的血气与神魂之力招引而来，然后以混沌神磨碾碎其中蕴含的杂念，最后化为纯粹之物……

"以此物为养料，供给四道古老源纹的母体复刻出无数源痕，最后再抛洒到四域供进入者修炼……"

周元脸上满是惊叹之色，如此一来就形成了完美循环，这就是四灵归源塔能一直运转下去的原理吧。

虽然说起来简单，但想要将很多人的血气与神魂之力化为纯粹之物，恐怕法域境强者都很难办到吧。

除非圣者出手。但圣者至高无上，让他们每日坐镇于此，然后帮忙净化血气与神魂之力？不怕刚说出这句话就被一巴掌拍死吗？

所幸混沌神磨就具备这种神奇的能力。

恐怕这也是四灵归源塔仅天渊域拥有的主要原因吧。

"而且……"

周元凝视着那斑驳神磨，他隐隐地感觉到，那些由血气与神魂之力化成的纯粹之物，并非全部用来化为四域源痕，也有一部分被神磨本身吸收了。

周元的目光闪烁了一下，心头忽地一惊，眼前的神磨应该并非那传说之物，而是苍渊师父炼制出来的仿制品……

严格说来，它应该算是一道源宝，甚至是……圣级的源宝。

它经年累月地吸收着那些纯净之物，应该也能提升自身品阶……有朝一日说不定就能真的化为那传说之物。

"这难道就是苍渊师父的谋划吗？"周元暗感震撼。如此说来，四灵归源塔还真是一举多得，既能成为天渊域的招牌，又能成为招揽各方年轻天骄的鱼饵，最后还能够暗中蕴养出一座传说之物。

如果有朝一日眼前这神磨真能蜕变成那种传说之物，恐怕对圣者境的强者都会有难以想象的诱惑。

周元感叹着，不过他对混沌神磨没什么想法，反而对那四道古源纹的母体很感兴趣，毕竟那分化无数的子体就已经那么厉害了，身为母体又该是何等恐怖？

可惜他只能看着眼馋，却没办法触及。

周元有些无语。难不成那股招引之力将他的神魂引来，只是为了让他看一下师父的手笔有多大？

"你们好厉害，看完了，那我可以走了吧？"周元望着神磨嘀咕道。

"嗡！"

就在周元的声音落下时，那斑驳神磨似乎微微震动了一下，周元惊异地见到神磨中竟飞出了一股由无数血气与神魂之力所化的纯净之物，并直奔他而来。

"咦！"

周元惊讶出声，还不待他明白过来，那些纯净之物已撞击在了他的神魂上。

然后，周元感到自己的神魂之上荡起了无数涟漪，神魂开始以一种惊人的速度壮大起来。

"见鬼！"

察觉到自身神魂的巨大变化，周元骇然一跳，旋即急忙盘坐，运转起混沌神磨观想法。

神磨转动，将那些投来的纯净之物尽数碾碎、炼化。

周元那凝实的神魂在此时绽放出微光，表面仿佛有一种天然而古老的纹路渐渐浮现，一股玄之又玄的波动细微荡漾着。

虚空中的神磨不断地释放出纯净之物，一股脑地对着周元灌注而去，完全不管他能不能接受。

此时的周元处于一种狂喜与痛苦之间。

他狂喜于自身神魂在急速变强，痛苦于灌注的纯净之物太多，让他的神魂感到胀痛……

随着灌注之物越来越多，他发现神魂表面那些奇特纹路的出现似乎让他对天地间的感知愈发敏锐。

"这是……魂痕？"

周元心中一震。所谓魂痕，乃是自身神魂强到某种层次方才衍变而出，能够令神魂更加敏锐地感知天地。

但魂痕是踏入化境的标志……

周元的心潮猛然涌动，一时间福至心灵。

他压制着内心的情绪，全力运转混沌神磨观想法，神魂在此时开始忽大忽小地变化着……

在源源不断的纯净之物灌注下，神魂上的痕迹越来越多。

直到某一刻，周元的脑海中有着神磨轰鸣声猛然炸响，天地仿佛都在这一刻

归于寂静，一种难以言喻的玄妙感在周元的心中涌荡。

他缓缓睁开双目，世界仿佛变得异常清晰，他甚至能够感应到下方在厚厚风层中涌动着的罡风流动的方向。

他低头看着神魂躯体，只见皮肤上铭刻着古老的痕迹，那痕迹闪烁着微光，令他对天地间的波动极为敏感。

感受着那种从未有过的澎湃的神魂之力，周元迈出步伐，一脚踏下，神魂却宛如瞬移般直接出现在数百丈之外。

神魂挪移！

那种速度远非周元此时的肉身可以达到。

周元的心神微颤，然后伸出手掌，掌心间有神魂之力凝聚而来，最后"噗"的一声，竟形成了一朵无形的火苗。

魂炎！

周元望着这朵魂炎，嘴角掀起一抹难以遏制的弧度，内心的澎湃让他几乎要忍不住长啸出声。

不论神魂挪移还是魂炎，都不是实境的神魂可以企及的……也就是说，他的神魂境界终于在这一刻突破到了梦寐以求的化境！

出神入化，变化万千，是为化境！

第七百九十一章 打断手脚

风层之后。

周元的神魂绽放着微光,不断地来回闪烁瞬移,以往从未有过的速度让周元乐此不疲。

许久后他终于停了下来,脸上还残留着兴奋。

突破到化境的神魂比实境巅峰强悍了太多,而且更加实用!

化境神魂,变化万千,能够与虚空相融,若用作窥探,就算是天阳境的强者都不见得能轻易发现。

最重要的是,化境神魂能够凝练魂炎。

这是化境神魂最主要的攻击方式,而且能够完美地与周元自身的战斗力叠加使用,它能够覆盖在任何事物上——包括源术,为其平添威能。

之后周元若是再施展荡魔剑丸术,不仅能够让天蛟气为其增幅,还能够将魂炎覆盖其上,那般威力应该比之前击溃金腾的一剑更强。

为了神魂突破到化境,周元已经努力了很久,只是一直欠缺一个契机,今日神磨抽离出的纯净之物为周元填补了最后的缺陷。

周元努力将心中的欢喜平息下来,然后对着远处虚空中的神磨微微弯身,感激道:"多谢神磨前辈。"

此时他已知晓,这座神磨有灵性。

或许正是因为这种灵性,它才能够感应到修炼过混沌神磨观想法的周元,然后将他招引而来,送了他一份机缘。

巨大的神磨在混沌般的虚空中微微颤抖了一下,似是回应。

周元见状,顿时一喜,愈发恭敬地道:"神磨前辈,往后晚辈若是在四灵归

源塔内修炼到神魂枯竭，不知道前辈能否赏赐一点纯净之物？"

那纯净之物乃是无数人的血气与神魂之力所化，对神魂而言可谓大有裨益，周元已体验过其玄妙之处。

如果有此物相助，周元觉得自己在四灵归源塔内根本不用担心神魂枯竭。

周元对那纯净之物可谓垂涎到了极点。

听到周元此话，神磨似乎犹豫了一下，最终极为勉强地发出一点震动。

周元大喜："神磨前辈，您真是个好人！既然您这么慷慨，要不再送我一些源痕，助我直接凝练风灵纹吧！"

"轰！"

神磨剧烈地一震，发出轰隆之声，周元的神魂猛地感觉到天旋地转，竟是急坠而下，周围风啸不断。

十数息后，周元的神魂恢复，愕然发现此时自己在暗青色的风层之下，下方的大地已是风域。

周元抬头望着恢复狂暴的暗青色风层，没了神磨的保护之力，他可以感受到风层的恐怖。

他似乎是被神磨赶出来了？

周元的神色有些悻悻，嘀咕道："一点源痕都舍不得么？"

周元叹息一声，极为惋惜。看来神磨的灵性不低，没有被他忽悠得真的赏赐源痕，想来这是原则问题，否则就破坏了塔内的公平。

好在周元对此也没有抱太大期望，能够突破到化境已是出乎他意料的收获了。

"谢过神磨前辈，晚辈往后有时间再来看望您！"周元的神魂对着风层弯了弯腰，不过没有引来任何动静。

周元对此也不在意，神魂微微一晃，便迅速缩小，化为一道拳头大小的光团急速往下，朝着肉身所在之地疾驰而去。

这就是踏入化境的好处，神魂可大可小，能随意变化。

此次归去的速度可谓风驰电掣。

短短不过百息，肉身所在的山谷已在神魂的感知内了。

就在周元朝着山谷而去时，他的眼神忽地一闪，视线转向了另外一个地方，眉头微皱。

随着踏入化境，他的神魂感知比起突破之前扩大了十倍之多，方圆百里只要有源气波动，都会被他察觉。

周元的神魂凌空，目光朝着一个方向投射而去，只见那里有数道人影。周元的感知继续蔓延，将其中发生的情形也印入心中，眼中顿时怒意涌动，旋即身形迅速落向肉身所在的山谷。

"嘭！"

一道源气冲击狠狠地轰在柳之玄的胸膛上，他顿时倒飞出去，身形重重地砸在一座山岩上，一口鲜血喷出，神色萎靡。

"柳之玄，莫要不知好歹。"金腾负手而立，眼神冷冽地盯着柳之玄，道，"告诉我们周元那小子去了哪个方向。我们的目标不是你。"

柳之玄抹去嘴角的血迹，英俊的脸庞上浮现出一抹冷笑，却一声不吭。

"好，真是个硬骨头，一个初入风阁的家伙竟然也敢跟我犟！"

金腾见状，眼中顿时怒意涌动，道："既然你不识抬举，那就不要怪我不客气了。虽然风域中不可杀人，断手断脚却是常事，你真以为周元那个副阁主保得住你吗？"

"把他手脚打断。"他看向林铮与吴刀二人，吩咐道。

林铮与吴刀露出狰狞的笑容，两人的身影暴射而出。

柳之玄周身源气运转，身形暴退。

然而他的实力比起林铮、吴刀皆要弱上一筹，不过十息工夫便被追上。那两人一左一右，大手直接将柳之玄的双臂拉扯住，任他无论如何挣扎都无法将他们撼动。

"说不说？"两人寒声道。

"噗！"

柳之玄直接对着两人吐出两口血沫，依旧一言不发。

林铮与吴刀勃然大怒，源气涌动，手上爆发出惊人之力，就要生生把柳之玄的手臂捏碎。

"嗡！"

就在他们力量凝聚的那一瞬，天地间忽有嘹亮的剑吟声响彻，剑光洞穿虚空而来，直指二人。

突如其来的攻击令林铮与吴刀一怔，感觉到那股剑气的凌厉。他们不敢怠慢，

一脚踹在柳之玄的胸膛上,将他朝着剑气袭来的方向踢了过去。

剑气在接近柳之玄时直接凭空散去,一道鬼魅般的身影出现在他身后,手掌搭在他的肩膀上,将其身形稳了下来。

柳之玄见到来人,面色骤变,急道:"周元快走,去找叶副阁主!"

来人赫然是赶来的周元。

柳之玄有些不安,虽然昨日周元打败了金腾,但眼下对方有三个人,看那模样明显是有备而来。

周元面色平静,只是拍了拍柳之玄的肩膀,道:"你先休息一下。"然后走到柳之玄身前,眼神冷冽地望着金腾三人,道,"你们是来找我的?"

"哟,周副阁主还敢出现啊?"金腾瞧见周元现身,面露喜色,旋即阴阳怪气地道。

"你们还敢以下犯上?"周元望着三人,淡淡地道。

金腾笑道:"兄弟们的归源宝币用光了,想找周副阁主借点花花而已。你将昨日领到的归源宝币都交给我们,我们立刻就走,如何?"

周元的双目微眯道:"谁给你们的胆子来找我麻烦?"

金腾面色一凝,冷笑道:"你算个什么东西,还需要有人给我们胆子吗?"

他眼神的变化虽然细微,但依旧被周元察觉到,当即目光微闪。

"以为找了两个帮手,你就有了挑衅我的资格吗?看来昨日给你的教训还不够。"周元眼神淡漠地道。

"大言不惭!"

金腾怒笑,林铮与吴刀也露出讥讽的笑容,三人渐渐将周元包围在中央,三道雄浑强悍的源气爆发开来。

柳之玄见到这一幕,面色变得煞白。

周元的神色却是毫无波澜,他伸出手掌,掌心间有一枚剑丸已凝聚成形,天蛟气在上面形成细密的青色鳞片,一缕缕无形之炎也升腾了起来。

"既然不说,那就先将手脚打断吧。"

第七百九十二章
秒杀三人

"嗡!"

凌厉的剑气咆哮,肆虐。

金腾见状面露冷笑,讥讽道:"还想来?昨日不过是我大意,今日我们有三人,你这一剑还能有什么作用?"

"轰!"

说话时,磅礴雄浑的源气自其体内爆发,手掌之上青光凝聚,隐约间形成了一道极其不完整的源纹,虽说完成度不高,但还是增强了金腾体内的源气,同时他的身躯也变得更加轻灵,速度更快。

林铮与吴刀同样毫不犹豫催动了源气以及完成度不高的风灵纹。

昨日周元展现出来的实力他们有目共睹,今日既然要出手,就必须联合三人之力。

周元眼神平淡,手中的剑丸缓缓升起,剑气凝现,化为修长的剑身,剑身上覆盖着青色鳞片,寒光闪烁,同时还有无形的火焰在悄然跳动。

"嗡!"

他屈指一弹,剑光陡然暴射,剑吟响彻四周。

一抹剑光洞穿虚空,直指林铮而去。

"哼!"

林铮见状,顿时一声冷哼,身后三轮神府光环出现在前方。他明白,只要自己抵挡瞬息,金腾与吴刀就能过来支援,三人同时出手必然能够击败周元。

"咻!"

金光速度极快,眨眼间便出现在林铮面前,然后一剑对着那横拦在前方的三

道神府光环暴刺而去。

"嗤！"

剑光掠过，细微之声响起，林铮的瞳孔猛然一缩。他骇然发现，那倾尽自己全力所形成的三道神府光环的防御竟连一瞬都未挡住，便被洞穿。

"怎么可能？！"林铮面色剧变，骇然失声。

有了金腾的前车之鉴，他刚才可谓倾尽全力在防御，甚至连不完整的风灵纹都催动了，怎么可能还被周元一瞬间击破？

"咻！"

就在他惊骇间，剑光继续向前，他的右臂处忽有剧痛传来，霎时鲜血溅射，整条右臂直接齐根而断。

"啊！"林铮惨号出声。

金腾与吴刀面色大变，没想到这一个照面林铮就被斩断一臂！

"他的剑丸变厉害了！"金腾震惊地低吼道。此时他才察觉到周元那道剑丸所化的剑光跟昨日有些不同，隐隐间散发出的凌厉之气将虚空都切割开来，比昨日显然强横了不止一筹。

昨日交手时，金腾虽然被周元一剑击败，但在他的感知中，那一剑已是周元最强的一招，当时如果自己倾尽全力，不见得挡不下，所以今日他们有备而来，做好了全力防御的打算。

可谁能想到，林铮竟然瞬间就被斩断一臂，要知道林铮的实力不比他金腾弱。

"难道他昨日还留手了？"金腾有些难以置信。他无法相信仅仅一夜的时间，周元的实力就能得到如此巨大的提升。

周元没有理会金腾的震惊，他的神色不起波澜，因为这一日自己的实力的确是突飞猛进。昨日的修炼让他的神府有所突破，源气底蕴暴涨三百万。而今日在风域中又将神魂突破到了梦寐以求的化境，虽然明面看上去没有多大变化，但实力提升却不是一星半点。

"咻！"

剑光斩断林铮一臂，再度一闪，直奔吴刀而去。

"狂妄！"

吴刀面色阴沉，双掌一握，一柄凤嘴刀出现在手中。他一声咆哮，百丈刀光狠狠地劈斩而下，大地都被撕裂开一道深痕，所过之处，巨岩爆裂，破坏力极其惊人。

"当！"

剑光与刀光硬碰，爆发出嘹亮的巨声。

冲击波爆发开来，吴刀手中的凤嘴刀顿时疯狂震颤起来，最后竟直接被震飞，而他的双手崩裂，满是鲜血。

剑光如巨蟒穿梭而来，闪烁而过，带起漫天鲜血以及一条断臂。

吴刀顿时倒地，抱着手臂惨号出声。

金腾冲出的身影顿时止住，面色惨白地望着周元，眼中满是震骇。他无法想象，短短不过十数息，周元就直接击败了林铮与吴刀……

不仅是他，连后方的柳之玄都目瞪口呆地望着这一幕。

当日在玄州城，周元与莫渊对战时还缠斗了一番才取胜，这才过了多久，他就已经强到能直接碾压这种级别的对手了……

"看来你的准备还是不够充分。"周元凌空而立，眼神如剑光般凛冽，盯着金腾。

金腾的面色变幻，下一瞬直接倒射而退。此时此刻他已明白，现在的他们找上周元不过是羊入虎口，如果再不逃，下场将会与林铮、吴刀二人一模一样。

"现在想走，已经晚了。"周元并不打算放走这个罪魁祸首，他袍袖一挥，剑光冲天而起。

金腾将速度催动到极致，脸上满是惊恐之意。

"咻！"

剑光直接在他前方出现，微微一颤，便化为无数道剑影，铺天盖地地对着他笼罩而下。

三道神府光环出现在金腾周身，同时有磅礴源气运转，形成了无数重源气防护。

"砰！砰！"

剑影急速而去，三道神府光环上荡漾起无数的涟漪波动，进而迅速变得摇摇欲坠，最终在金腾恐惧的目光中直接轰然爆裂。

那诸多的源气防护也瞬间告破。

"副阁主饶命！"金腾尖叫道，先前的硬气荡然无存，脸上满是骇然。

然而周元无动于衷。他以为昨日已经立威，没想到这金腾得寸进尺，竟然还敢请来帮手以下犯上找自己的麻烦，这件事若是轻拿轻放了，他这副阁主往后在

风阁中恐怕没什么威严了。

"咻!"

剑光毫不留情地斩下,直接将金腾一臂斩断。

金腾惨叫出声,滚倒在地,三道先前还异常嚣张的身影此时皆变成了滚地的葫芦。

周元手掌一招,剑光呼啸而回,化为一枚剑丸落回掌心,然后微微一转,消失不见。

"柳兄,你没事吧?"周元转过头来看向柳之玄,眼中那瘆人的冷冽消失不见,变得温和起来。

柳之玄虽然有些狼狈,但没什么大碍,他摇摇头,目光依旧有些不可思议地望着金腾三人,似乎还没完全清醒过来。

周元笑笑,望着金腾三人,道:"现在能说说是谁指使你们来的吗?"

林铮面色惨白,眼神凶狠地道:"周元,你不要得意,我就不信你敢杀了我们!"

吴刀也低吼道:"我们老大是陈北风,你敢动我们试试?!"

"陈北风?"周元微怔道,"是他指使的?"

吴刀冷笑一声,道:"我们只是见不惯你一个新来的这么嚣张而已,还需要陈副阁主指使吗?"

周元的目光轻轻闪烁,没理会他们的嘴硬。他知晓此事必然和陈北风脱不了干系,只不过这家伙针对他做什么?如今的他应该没表现出对他有多大的威胁吧?

不过,既然陈北风敢对他起歪念头,那就别怪他不给面子。

周元眼神冷漠地盯着金腾三人,道:"杀了你们的确有些不合规矩。"

林铮三人顿时露出冷笑。

"不过……你们以下犯上,竟敢刺杀副阁主,因此在与我交手中被斩断四肢也是罪有应得。"周元的阴冷声音令三人脸上的冷笑直接凝固。

"你、你敢!"三人色厉内荏。

周元根本不理会,手掌一握,将吴刀的凤嘴刀吸入手中,然后源气运转,带起凌厉刀光狠狠对着三人的双腿斩去。

刀光印入眼瞳,金腾三人面色剧变,再也绷不住了。若是真被斩断了四肢,就算之后能够找到宝药修复,也会让他们元气大伤,而且修炼也会停滞,损失太大。

"你究竟想怎么样？！"金腾颤抖地道。

刀光止住。

周元在巨石上坐下来，肩上扛着凤嘴刀，懒洋洋地道："听说你们刚才想抢我的归源宝币？"

金腾闻言，心中升起一股不安的感觉。

"你们各自还剩两条腿、一只手……这样吧，一条腿三十枚归源宝币，手也一样……你们每个人交九十枚归源宝币出来，我就留下你们的手脚。"

金腾三人望着周元脸上温和的笑容，忍不住打了一个寒战，宛如看见了恶魔。

第七百九十三章 该论何罪

"九十枚归源宝币?"

听到这个数字,金腾三人连惨号都停下了,面色铁青地咆哮道:"你怎么不去抢?!"

"现在不就是么?"

周元耸耸肩,手中的凤嘴刀对着三人的手脚比画着,淡淡地道:"看来你们不想给?那就用手脚抵押吧。"

他作势欲砍。

金腾面色发青,连忙道:"周副阁主,我们每个月领到手的就三十枚归源宝币,能留下来的也没几个,哪里拿得出这么多?"

"你以为现在是在买菜吗?还讨价还价?缺多少,我就斩多少。"周元丝毫不为所动,眼神渐渐冷下来。

"十息之后,若是拿不出就不必拿了。"

周元双目微闭,周身隐约有杀意散发。

金腾三人面色变幻不定,没想到周元如此油盐不进。

十息转瞬即过。

周元睁开眼睛,不多说一句废话,手中凤嘴刀带着凛冽刀光直接斩下。

"我给!"金腾感觉到周元下手的狠辣,明白他真的会砍了他们手脚,不敢再多言,急忙应道。

他一拍腰间的乾坤囊,顿时有着数十枚亮晶晶的宝币升起。

周元袍袖一挥,将那些璀璨如水晶的归源宝币吸入掌心,神魂一扫,面色平淡地收起,冷冽的目光投向另外两人。

林铮与吴刀满脸的苦涩，最终只能乖乖掏出归源宝币，破财消灾。

收起三人上交的归源宝币，足足两百七十枚，让周元心中涌起一丝难以掩饰的欢喜。先前他还在头疼归源宝币不够用，谁想到转眼间送财童子直接上门来。

两百七十枚，应该够他修炼一个月了吧？

周元屈指一弹，五十枚归源宝币飞向柳之玄，对方有些茫然地看着他。

"见者有份。"周元笑道。虽然自己和柳之玄只见过几面，但周元对他颇有好感，而且先前他也看见了，柳之玄宁愿被金腾他们打伤，也不愿意将他的行踪说出来。

柳之玄连忙摇头。

周元却没管他，直接将五十枚归源宝币塞进他的手中。

"你被他们打伤，这就当伤药费。"周元道。

柳之玄苦笑一声。他知晓五十枚归源宝币的价值，可不是挨这么一顿打就能够得到的。但他明白这是周元的好意，想了想还是收了下来，笑道："那就当我捡了个大便宜。"

两人分完赃，一时间关系变得更近了一些，彼此相视一笑。

"周副阁主，我们可以走了吗？"此时，金腾小心翼翼地问道。

周元目光斜瞟过去，似笑非笑地道："走哪儿去？"

金腾一惊："我们已经给了你归源宝币！"

"这些归源宝币只是保住了你们的手脚，我什么时候说过会放了你们？"周元冷笑一声。这些混蛋以下犯上，今日哪能轻易饶过？

"你！"三人皆面现怒色。

还不待他们说话，周元袍袖一挥，源气化为匹练，直接将三人缠绕捆缚，并将他们的嘴巴也堵了起来。

"周元，我听闻林铮与吴刀皆是陈北风的人，此事……"柳之玄低声道。

周元微微点头，道："麻烦你去找一下叶副阁主，请她来风塔门口。"

柳之玄见到周元这模样，知道他今日不会善罢甘休，只是如此一来势必会得罪陈北风，那位可是如今风阁阁主最有力的竞争者，声望极高，远不是金腾这等人物可比的。

不过他终归没有多说什么，经过这次接触，他知道周元不是那种会轻易改变主意的人。

"好,你多加小心。"他点点头,不再废话,身形直接冲天而起。

周元目送柳之玄离去,眼神冷冽地看了一眼还在挣扎中的三人,冷笑一声,吊着捆缚着三人的源气匹练,直接朝着风域入口的方向疾掠而去。

他一路自半空中疾掠而过,拖着不断挣扎的三人异常醒目,一时引来无数惊愕的目光。

"那是……周副阁主?"

"他拖着的是什么东西?好像是三个人?"

"呃,看那模样有点眼熟……"

"那不是金腾统领、吴刀统领、林铮统领吗?!"

"我的天,发生什么事了?这三位统领怎么被周副阁主吊风筝了?!"

"吴刀和林铮两位统领可是陈北风副阁主的人……周元副阁主竟然敢动他们?"

"快走,跟去看看,看来今日要有好戏了!"

……

周元拖着三人大张旗鼓地掠过风域,引来骚动,一时间众人连修炼都放在了一边,急忙远远地跟在后面。

周元看了一眼不断自四面八方赶来的风阁成员,面色颇为平静。他今日就是要将事情闹大,让别人知道挑衅他的后果。

很快,周元来到了风域入口的悬空石台上,这里早已汇聚了不少风阁成员,但他没有过多理会,抓着金腾三人踏出了风域。

四灵归源塔,风塔之外。

周元踏出,只见这里的人更多,不仅有风阁的人,甚至其他三阁的人有所耳闻后也都跑来看热闹了。

周元抓着金腾三人,目光扫视四方,沉声道:"金腾、林铮、吴刀三人在风域内以下犯上,竟敢偷袭我,被我斩断一臂后生擒。他们此举可谓胆大妄为,视我风阁规矩于无物!"

此言一出,顿时引来无数惊哗声。

一道道目光有些震惊地盯着周元。一是因为金腾三人胆子这么大,竟敢明目张胆地对一位副阁主出手;二是因为周元竟然能够抵挡住三位统领的偷袭,还将三人的手臂斩断,这是什么实力?!

看来昨日这位新来的副阁主还有所保留啊!一些看向周元的目光已有了一丝敬畏。

"可有人知晓,按照风阁规矩,谋刺上峰该论何罪?"周元慢悠悠地问道。

人群安静了一下,然后有人低声道:"按照风阁规矩,若是统领犯此罪,当剥夺其职位,一年不得进入风域。"

周元喝道:"既然有规矩,那就按照规矩办事!从此时起,剥夺三人统领之职!"

听到周元的喝声,所有风阁成员倒吸一口冷气:竟然直接剥夺了三位统领的职位,这可不是什么小事。这位周副阁主看上去温和,没想到动起怒来如此凶狠。

"放肆!"

就在周元声音刚落下的瞬间,一道怒喝之声如惊雷般炸响。

"周元,风阁何时成了你的一言堂了?!

"想要污蔑我的人,你当我陈北风是什么?!"

一道光影破空而来,眼神含怒,目光冰寒地锁定周元,喝声响起时,猛地一掌拍出,只见磅礴源气排山倒海一般呼啸而出,化为洪流,铺天盖地地对着周元镇压而下,霸道异常。

"给我把人放开!"

第七百九十四章 雷霆之威

"轰!"

陈北风那厉喝声如惊雷响起的瞬间,磅礴源气洪流直接自虚空上镇压而来,所过之处不断震颤,一股惊人的压迫笼罩开来。

围观的诸多人影皆面色一变,赶紧后退,不敢被牵扯进去。

他们能够清晰地感觉到陈北风的怒意,出手这般凌厉,显然是打算狠狠地教训一下周元。整个四阁谁不知晓林铮、吴刀是他的人,周元却敢在大庭广众之下剥夺他们的统领职位,简直一点都不把他陈北风放在眼中!

周元同样感觉到了那笼罩而来的惊人源气,当即双目微眯。这陈北风还真是霸道啊。

不过,想要凭此就将周元震慑住,他还没这个能耐!

周元眼中有着冷冽之色涌现,既然陈北风选择以武力镇压,那也没必要跟他客气了。

他掌心一旋,剑丸凝现而出。

"嗡!"

滔天剑气涌动,下一瞬,覆盖着蛟鳞、燃烧着魂炎的剑光在周元神府内一千一百万源气星辰的灌注下,化为一道巨大的青光剑影暴射而出,然后在众多视线中与呼啸而来的源气洪流凶悍对撞。

"轰隆!"

撞击的那一瞬,有狂暴无匹的源气冲击波爆发开来,周围不少人被震得倒射而退。

冲击波肆虐间,对撞的剑影和源气洪流同时湮灭。

青光剑影倒飞而回，化为剑丸被周元收走，不过那残留的强悍力量让他的身躯微微一震，后退了数步。

他目光微闪，初步接触便感知到了陈北风的厉害，难怪能够成为风阁阁主最有力的竞争人选。

"唰！"

半空中，一道身影闪现而出，正是陈北风，此时的他眼神有些惊疑不定地盯着周元。他先前含怒出手，原本打算以雷霆手段将周元打伤，震慑住场面，可怎么都没想到，周元竟然将他那一击给化解了，付出的代价只是后退了数步，这跟自己的预料完全不一样。

从他昨日的感应来看，周元应该不太可能将他这道攻势毫发无损地接下来。

陈北风皱了皱眉头，很快便不再多想。不管周元表现得如何，他今日都不可能让他把林铮等人的职位解除。

要知道，如今整个风阁共有八位统领，其中四位是他的人，这是自己努力了许久的成果，若是一下子让周元解除了三位，对他而言简直就是重大损失。

当然更重要的是，这必定会伤及他的颜面。

"周元副阁主，虽然金腾昨日的挑衅让你很不愉快，但你莫要私自报复，徒惹人笑话，将他们都放开吧，此事我可既往不咎。"陈北风淡淡地看了周元一眼，道。

他的语气平淡，但有着一丝习惯性的指使之意，想必这些年在风阁中无人能够忤逆他的意思。

周元眼皮一抬，道："陈北风副阁主，我先前说的话你难道没有听清楚吗？这三人敢在风域内偷袭我，以下犯上，你当风阁的规矩是你定的吗？"

他的言语平静，却强硬得跟石头一样。

周围不少人微微哗然，特别是风阁的一些成员，忍不住睁大了眼睛，想来这些年从未见过风阁内有人敢这么对陈北风说话，甚至同为副阁主的叶冰凌在与陈北风的屡屡交锋中都有些落入下风。

周元的态度令陈北风的眼神一寒，旋即他阴沉地道："胡说八道！他们三人好端端地怎么会去偷袭你，不要以为你是新来的副阁主，就能够随意污蔑他人！"

"我也怀疑他们的动机，感觉像是有人指使。"周元冷笑一声，眼带深意地看向陈北风。

陈北风的眼神愈发冰寒，冷冷道："一派胡言！"

旋即他一步踏出，磅礴的源气自体内爆发出来，在身后形成了三轮九彩光环，然后他冷冰冰地道："若是周元副阁主执意要给他们三人乱扣帽子的话，本副阁主可不会坐视不管。"

他这般模样竟是打算强行抢人了。

"哼，陈北风副阁主，你好大的威风！"

就在此时，一道冷冽的声音忽地响起。诸多目光看去，只见三道身影自风塔入口处走出，领先一人正是叶冰凌，其身后还有柳之玄与伊秋水两人。

"什么时候你陈北风的话能够凌驾于风阁的规矩之上了？你以为自己现在是风阁的阁主吗？"叶冰凌的声音清脆好听，却弥漫着寒气。

陈北风瞧见叶冰凌现身，眉头皱得更紧，道："这只不过是他的一面之词！"

叶冰凌看了一眼身后，柳之玄走出来，道："周元副阁主所说完全属实，他们三人未能找到周元副阁主，便对我大打出手，想要从我这里探听他的方位，如果最后不是周元副阁主及时赶来，我应该已被他们扭断了双臂。"

周围的人群中传出哗然声。

陈北风的眼皮抽搐了一下，没想到金腾这三个蠢货竟然还会搞出一个人证！

"这柳之玄与周元关系颇近，他的话不足为信。"陈北风死咬着不松口，此时就算是狡辩，也绝对不能承认。

叶冰凌见他还在嘴硬，不由得柳眉微竖。

"呵呵，真是好热闹啊！"

就在叶冰凌刚欲说话时，一道笑声掺和进来。只见一道身影出现在陈北风的身旁，那是一名身穿赤袍、面带轻佻笑容的青年。

此人一现身，顿时引来一些惊呼声。

"火阁副阁主王尘？"叶冰凌瞧得此人，微微一怔。

名为王尘的青年笑吟吟地摆了摆手，道："叶副阁主，好久不见呢。"

他的目光扫了扫周元，然后道："今日之事无非是个误会罢了，没必要闹得这么僵，传出去对你们风阁不太好。要不就由我来当个和事佬，这位周元副阁主把人给放了，让他们给你道个歉，此事不就圆满解决了吗？"

周元面色平淡地盯着这位火阁的副阁主。从他出面的那一刻起，周元就明白今日这些事情的源头了。

恐怕还是跟天灵宗赤火府那边有关系。

火阁正在天灵宗的掌控下，说不定今日之事都是这位看上去人畜无害的王尘在暗中推动，当然，最后必然跟赤火府脱不了干系，那些人显然没有因他进了风阁就善罢甘休。

叶冰凌秀眉紧蹙，没想到王尘突然蹿出来。此人乃是火阁的副阁主，在四阁之中有着不小的名气。

陈北风面色变缓，道："既然有王尘兄当和事佬，那我自然不会过多追究。"

然而他的话尚未落下，周元便面无表情地直接打断道："一切还是按照规矩来吧，风阁之事哪有外人插手的道理？我虽然刚进风阁，却也知晓规矩，如今阁主之位空悬，如果某些惩处有争议，可由副阁主共同表决。

"所以，我建议解除金腾三人的统领职位。"

陈北风的面庞一僵。

王尘脸上的笑容也微滞了一下，然后又笑眯眯地盯着周元，道："这位周元副阁主就这么不给我面子吗？"

"如果王尘副阁主对我的做法有异议，可上报五位执掌元老。"周元认真地道。

王尘的双目微眯，笑着指了指周元，只是眼眸深处似有着森冷与怒火在涌动。他没想到，风阁一个新来的副阁主竟然敢当众驳他的脸面。

周元没有理会他们，只是将目光看向叶冰凌。只要她支持他，这般处置就能够生效。

叶冰凌没想到周元如此强硬，不过她没过多犹豫，她与陈北风之间的关系本就极为恶劣，而今日之事完全是陈北风他们咎由自取。于是，她螓首微点道："我支持。"

陈北风的脸色顿时阴沉下来。

周元抬头，眼神不起波澜地盯着他们二人，声音传开。

"三位副阁主，两位赞同。那么即刻起，惩处生效，解除金腾、林铮、吴刀三人统领之位，同时一年内不得进入风域修炼，如有再犯，逐出风阁。"

当周元声音响起时，诸多风阁成员皆面色微变，再度看向周元的目光已充满了敬畏。此时此刻他们方才明白，这个看上去温和的新任副阁主，动起怒来也有

雷霆之威。

"好,好!"

陈北风最终只能发出阴沉的声音,然后袍袖一挥,源气卷起面色惨白的金腾三人,直接转身离去。

王尘眼神冷漠地看了周元一眼,慢条斯理地道:"周元副阁主真是好大的脾气,不过在此我要奉劝一声,你这脾气若是不改改,在这四阁中恐怕是要吃大亏的。"

他言有深意,旋即一声冷笑,转身踏空而去。

众多围观的人望着这一幕皆暗暗咋舌,这位新来的风阁副阁主的脾气还真是又强硬又刚烈,这一下不仅得罪了陈北风,还得罪了火阁的王尘,真不知道是鲁莽还是自有盘算?

不管如何,此事之后想必周元的名声要传遍四阁了。

第七百九十五章 统领之位

周元解除风阁三位统领职位的事很快在四阁之中传开了,引起不小的骚动,大家议论纷纷。

"风阁新来的副阁主有点魄力,竟然一次性解除了三位统领的职位。"

"呵呵,我倒不觉得是魄力,反而觉得他是个莽夫。那小子在风阁都还没站稳脚跟,就直接得罪了陈北风,据说还拂了火阁副阁主王尘的颜面。"

"火阁之内,天灵宗的天骄占了绝大部分高位,他们素来抱团,风阁的副阁主得罪了王尘,以后别想火阁对他们有什么好脸色了。"

"风阁的陈北风副阁主放了话,等到他夺得风阁阁主之位,便会直接下令,让周元解除职位的命令无效,到时金腾三人就可恢复统领之位。"

"陈北风是风阁阁主最有力的竞争人选,叶冰凌还真不一定能争得过他。"

"是啊,一旦陈北风夺得阁主,周元怕是会为此次行为付出代价。"

......

这些天来诸多议论声不断,原本周元的名气顶多只是在风阁内部传,经由此事后,整个四阁内几乎无人不知这位风阁新上任的副阁主,也算声名鹊起了。

当然了,这个声名只能说是毁誉参半,因为很多人明白,一旦两个月后陈北风夺得风阁阁主之位,周元这般行为恐怕就得成为一个笑话了。

依山小楼中。

"你这次倒是在四阁出名了。"

叶冰凌修长的娇躯倚靠着木栏,秀眉微蹙盯着周元,道:"如今陈北风已经放出话来,待他夺得阁主之位,你对那三人的处置他都可以推翻。"

推翻周元的指令，无疑会对所有人放出一个信号，那就是在这风阁中，周元说的话没有半点作用。这对于一个副阁主而言，将是致命性的打击。

"叶师姐，你也是阁主之位有力的竞争人选，你能打败陈北风吗？"一旁的伊秋水有些期待地问道。

如今周元与陈北风交恶，伊秋水与周元关系近，她自然不愿意见到陈北风得势，而眼下风阁里能够阻止陈北风竞争阁主之位的，应该只有叶冰凌了。

"是啊，叶师姐，你在风阁的呼声不比陈北风弱。"柳之玄也说道。

叶冰凌沉吟道："陈北风实力很强，此次阁主之争，我与他之间恐怕只能是四六开。"

显然，她稍稍落入下风。

不过，她还是看着周元安抚道："你也不用太担心，我会竭尽全力阻挠他。只要他登不上阁主之位，就翻不了什么浪。"

周元是郗菁大人安排进来的，从某种意义上来说和她是一路的，她自然会帮助他。

周元闻言笑道："他没那么容易登上阁主之位，就算到时候叶师姐没挡住，我也不会让他得逞。"

叶冰凌蛾首微摇，只当是周元要面子。虽然如今周元的实力似乎变强了，但与陈北风抗衡还是有不小的差距，这次的阁主之争恐怕只能依靠她自己。

"听说最近陈北风不断地在拉拢人，尤其是风阁其余的统领，想为自己顺利登上阁主之位造势。"柳之玄说道。这些天他混迹风阁中，认识了不少人，也知晓了不少信息。

周元的眉头微皱。陈北风还真是会搞事，如果真让他在风阁聚拢了人心，无疑会成为他登临阁主之位的助力。而且统领乃是各阁的顶尖力量，若都被他拉拢了，往后就算周元成了阁主，恐怕也会面临手下无人可用的局面。

叶冰凌紧蹙秀眉，但又不知道该怎么办。她平日里不怎么管事，只是专心修炼，对拉拢人心更是不知道如何下手。

"此事其实不难。"一旁的伊秋水忽地一笑，道，"拉拢人心无非是给人好处，如今解除了金腾他们三人的职位，正好有三个统领之位空缺，我们大可以叶师姐和周元的名义发话，在风阁中重新提拔三位统领。这对很多有实力的人来说可谓天大的诱惑，而且最终决定权又在我们的手中。

"准确来说是在叶师姐和周元的手中，因为按照规矩，决定统领人选需阁主点头，如今阁主之位空悬，那么就得由副阁主投票表决。

"三位副阁主，我们有两位，陈北风无论如何都不具优势。

"我想其他人应该也能想通这一点，想要上位就得先站队，一旦他们得到了统领之位，也该明白万一陈北风成了阁主，必然会想办法恢复金腾三人的职位，这就需要他们退出来。

"尝到了统领位置的甜头，想要他们心甘情愿地让出来恐怕没那么容易，届时为了保住位置，想必他们只能选择成为叶师姐与周元的死忠拥趸。"

听到伊秋水这番话，周元与叶冰凌都愣了愣，然后细细想了想，眼睛一亮。

这般谋划还真是绝妙！用金腾等人空出的位置来拉拢人心，而且还能恶心陈北风一把，关键是他们可以这么做，陈北风却不能，不然就寒了金腾、林铮、吴刀三人的心。

"还是伊师妹有办法。"叶冰凌冲着伊秋水露出笑容，赞道。

周元也竖起大拇指，不愧是帮助伊家将整个小玄州都治理得井井有条的人："就这么办吧，只是这些事就要麻烦秋水和柳兄了。"

伊秋水点点头，笑靥如花道："这些小事交给我们，你们两位全力修炼便可。这些总归只是小道，堂堂正正夺得阁主之位才是最重要的事。"

只要能成为阁主，就算人都被陈北风拉拢了，也能慢慢将其瓦解。

叶冰凌对此深感认同，她看向周元，告诫道："实力永远是最重要的，你莫要以为打败了金腾三人就可以自得自满，四阁中比他们强的人还很多，接下来这段时间，你最好老老实实地修炼。"

在她看来，此次周元行事过于高调，不仅得罪了陈北风，还得罪了火阁的王尘，而周元的实力真要说起来，却不足以如此招摇。

一通告诫后，叶冰凌也不理周元会如何反应，直接破空而去。

伊秋水瞧着有些无语的周元，偷笑一声，然后与柳之玄告辞而去。

周元无奈地摇摇头。不过他也知道叶冰凌的告诫是为了他好，不然以她那冷冰冰的性子，怎么可能跟他多说这些话？

其实她说得不错，实力才是最重要的。

　　以他如今的实力,要打败陈北风还没有十足的把握,最关键的是,他的目标可不只是一个风阁阁主,而是四阁的总阁主。

　　周元深吸一口气,看来接下来这段时间他需要将所有精力都投入到风域中。他已经决定,在阁主之争来临之前,起码要将风灵纹完成一半。

　　只有如此,他才能够确保风阁阁主之位不出丝毫偏差!

第七百九十六章 统领之争

当四阁还在为周元议论纷纷时，接下来的时日里，周元却变得极其低调，他每日几乎大部分时间都在风域之内，收拢源痕，凝练风灵纹。

余下的时间便用来修炼自身的源术，巩固战斗力。

在他这般低调行事下，有关他的议论渐渐平息下来。不管如何，周元只是一个风阁的副阁主，论起实力在四阁诸多副阁主中并不出挑，如果不是这次他行事太过高调，恐怕其他三阁根本不会有人关注他。

所以，周元的热度很快冷了下来。

对于这种冷清，周元却求之不得。他本就不愿意将自己置身于那么多目光的审视中，此前如果不是金腾三人故意挑事，他根本懒得搭理——这种冷清正适合他全心修炼。

就在周元每日于风域中修炼时，风阁内却并不平静，反而喧嚣涌动。

不平静的根源正是周元。叶冰凌把要新提拔三位统领的消息一放出，整个风阁都为之震动，诸多有实力的风阁成员面露狂喜。要知道统领之位可是一个萝卜一个坑，如果不是上面直接指派，寻常弟子想要升任，不仅需要实力出众，还得有不小的贡献才行。

如今金腾三人被罢免，立即就空出了三个位置。

原本就有人对此觊觎着，但他们心知肚明，这三个位置是金腾他们的，日后一旦陈北风成了阁主，必然会推翻周元的决定，让三人重回统领之位，所以他们只能眼巴巴地望着，不敢妄加动作。

可谁能想到，周元、叶冰凌两位副阁主竟直接将这三个位置抛了出来！

如此一来，他们就有了正当竞选的理由！

于是这段时间,风阁诸多自诩有资格的竞争者,无不在周元、叶冰凌的楼前汇聚,而当周元当众将此事交给伊秋水、柳之玄负责后,他们二人一时间成了风阁中炙手可热的人,每日应酬不断。

此事传入陈北风的耳中,不出意料地被气得暴跳如雷。如今风阁谁不知道那三个位置是他预留的,周元、叶冰凌竟敢拿出去招揽人心,简直就是不把他放在眼里!

陈北风找上周元、叶冰凌,双方言辞激烈,险些就要动手,但最终陈北风盛怒而去,因为周元、叶冰凌此举符合规定,他再如何反对也于事无补。

这般不欢而散后,谁都知道,陈北风与周元、叶冰凌算是彻底撕破脸了。

回去之后陈北风便放话出来,其他人不准竞选这三个统领之位,否则即便选上,日后待他成为阁主,也会重新选拔。

此话一出,在风阁中引起了一些骚动与不满。

有资格竞选统领的人大多实力与天赋都不错,他们觊觎统领之位许久,如今好不容易有机会,陈北风却恐吓他们,就算以陈北风的威望,都难免引人愤懑。

然而,一些人忌惮陈北风的威望,还是选择了放弃。他们担心日后陈北风真的成了风阁阁主,此时得罪他,往后的日子就要难过了。

只是放弃的人终归是少数,伊秋水在与周元、叶冰凌商量之后,决定在半个月后开启统领之争。

消息传出,又引得一片欢呼。不得不说在伊秋水这番操作下,如今风阁内很多成员对周元这个空降的副阁主渐渐消除了成见,甚至有了一些支持者。

此时的周元,方才算是站稳了脚跟。

而半个月时间,在诸多风阁成员的期盼中飞逝而过。

风阁,当日周元任职的青石广场上,人影绰绰,热闹非凡。

绝大部分风阁成员再度汇聚于此。

在广场最前方的高台上有三道身影端坐着,正是周元、叶冰凌以及陈北风三位副阁主。

周元、叶冰凌的神色颇为平淡,陈北风却满脸阴沉,眼中的怒火宛如火山般,似乎随时都会喷发。

广场上，此时一道道源气喷薄，人影交错间激烈地交锋着。

统领之争，已经开始。

周元、叶冰凌、陈北风三位副阁主坐镇于此，静看着下方的比试争斗，其中实力最为优秀的三人方才能获得空悬的三个统领之位。

陈北风盯着下方的激烈争斗，手掌都握出了青筋。他知道自己今日就是一个摆设，他不来，周元与叶冰凌二人就能够决定人选，毕竟按照规矩，他一个人怎么都投不过他们两个人。

"这个王八蛋！"

陈北风斜睨了一眼正笑眯眯望着下方的周元，心中忍不住怒骂。他原本对这个新来的副阁主并不在意，毕竟周元的实力对他没有什么威胁，但哪里能想到，这小子刚来不到一个月，就让自己的境地变得如此狼狈。

所以此时陈北风心中对周元的恨意简直比对老对手叶冰凌还要来得强烈。

场下的比试交锋足足持续了半日方才落幕。

最终胜出的三人为两男一女——萧弘，李法，陆明月。

这三人之前就身居副统领之位，实力不弱，如今统领之位腾出，自然有优势。

在诸多羡慕的目光中，三人上前，朝着上方的三位副阁主抱拳行礼，看得出来，三人眼中有着难掩的兴奋之色。

周元冲着三人一笑，声音洪亮地道："三位能够脱颖而出，实力已有目共睹，应有资格升任统领之位。"

"谢过周副阁主！"三人眼露喜色，连忙行礼。

叶冰凌也螓首微点，道："可。"

三人不禁面露感激。

然后诸多目光便落到陈北风身上，却只见他面色阴沉，一言不发。

场面略有些尴尬。

萧弘三人眼中掠过一丝愤懑，但不敢出声指责。

周元慢悠悠地开口："三位副阁主有两位认可，今日统领之争的结果理应有效。恭喜你们，升任统领。"

萧弘三人立即对着周元行礼，态度略显恭谨。他们算是彻底看明白了，陈北风根本不乐意他们上位，如果不是周元、叶冰凌两位副阁主有投票优势，他们与

统领之位可以说根本无缘。

虽说陈北风在风阁威望甚高，还有望成为阁主，但拦人前路如杀人父母，萧弘三人怎么肯放弃？

而且……陈北风虽然在争夺阁主上有优势，但也不是板上钉钉的事，万一到时候叶冰凌胜了呢？

随着周元宣布结果，场中的气氛又沸腾起来，虽然只有三人获得了统领之位，但周元此举无疑得到了不少风阁成员的好感。

陈北风面无表情地从椅子上站起，任谁都能够感觉到他心中隐藏的怒火。他的目光直接投向周元与叶冰凌，声音淡淡地道："你二人少折腾些吧，真以为这能给我带来麻烦吗？雕虫小技罢了。待我成为风阁阁主，你们自然会知道这些举动有多幼稚。"

周元微微一笑，道："陈北风副阁主的话听起来，就像阁主之位是你的囊中之物似的。"

陈北风看向周元的眼中有着一丝讥讽与不屑，道："若非有叶冰凌在，你也配给我造成麻烦？"

叶冰凌一声冷哼，刚欲说话，陈北风却摆了摆手，懒得多说，直接身影一动，卷起源气光虹破空而去。

"还有一个多月就是阁主之争，希望你们到时候还笑得出来！"

陈北风的冷声远远传来。

周元神色平静，没有因陈北风的讥嘲而愤怒，倒是叶冰凌看了他一眼，出言安抚了一句，然后俏脸微凝道："我感觉陈北风似乎又变强了，看来这段时间我也要全力修炼了。"

她说完便不再多留，雷厉风行地起身离去。

周元望着她离去的倩影，然后瞟了一眼自己的手背，只见那里有淡淡的青光凝聚，隐约间浮现出一道残缺的古老源纹。

半个多月修炼下来，他的风灵纹已完成了三成，这个速度超出他的预料。

"我倒想看看，若阁主之争那天失利了，你是否还能如此张狂？"周元瞧着陈北风离去的方向，神色平淡。他现在不是很担心陈北风带来的威胁，眼下更头疼的反而是归源宝币。

凝练风灵纹的速度超出他的预料，同样的，归源宝币消耗的速度也超出了他的预料。

从金腾他们那里得来的归源宝币怕是撑不到将风灵纹完成到半纹的程度……而在见识到自身凝练风灵纹的速度后，半纹已无法满足周元的胃口了，或许他可以尝试更震撼的东西。

想到此处，周元惆怅地叹了一口气。希望能坚持到下个月吧，这样起码还能领到副阁主薪酬，否则他只能去找叶冰凌借了……只是那样的话，恐怕真的要丢光老脸了。

"看来得找个赚取归源宝币的路子……"他期盼地喃喃道。

第七百九十七章 捕痕源纹

如果算上金腾，曾经风阁的八大统领有四位都是陈北风的人，两位是叶冰凌的人，还有两位是始终保持中立。

独占一半的统领席位，是陈北风在风阁声势强大的底蕴所在，可谁都没想到，经过此次波折，四大统领折损了三个，他的损失不可谓不惨重。

反观周元、叶冰凌这边，新上任的萧弘三位统领早已被打上了他们的印子，加上叶冰凌原本的两位，八大统领便占了五席，比陈北风之前的声势还要强盛！

于是，统领之争结束后的这段时间，周元、叶冰凌在风阁内的呼声日益高涨。

不过也有冷静的人没有参与其中，他们知晓眼下这种声势其实都是虚的，一旦下个月的阁主之争中陈北风取胜，这些所谓的声势会如同海水边的沙堡一般，被海水一冲就化为乌有。

统领之争终归只是小道，唯有堂堂正正取得阁主之位，方能形成真正的碾压之势。

所以，风阁内越来越多的目光不由自主地汇聚在陈北风与叶冰凌的身上，因为风阁的阁主之争唯有这两人最有机会。至于周元，很多人只是将他当作叶冰凌拉拢的盟友，从不觉得他真的具有和陈北风抗衡的资格。

甚至在很多人看来，如果不是有叶冰凌支持，恐怕周元刚蹦跶，就被陈北风直接镇压了。

所以，未来风阁究竟谁说了算，还是要等下个月阁主之争时叶冰凌与陈北风那一场惊心动魄的较量了。

"这小子还真能折腾。"

四灵归源塔一座酒楼的雅间，火阁的副阁主王尘瞧着面前一脸阴鸷的陈北风，冷笑着说道，他已知晓了风阁内的统领之争。

"你也用不着气恼，只要等到一个月后赢了阁主之争，成为风阁阁主，周元与叶冰凌就再难对你产生威胁，那个时候你想要报复，有的是办法让他们苦不堪言。"他安抚道。

陈北风面色阴沉道："我倒不担心阁主之争，只是那个周元上蹿下跳如猴子般，实在让我觉得恶心。

"哼，若不是有叶冰凌护着，早就寻个由头跟他切磋一下，直接打成废人，看他还敢跟我们怎么横！"

想起周元，王尘笑眯眯的眼中掠过一抹冷意，道："这小子不知道是从哪里冒出来的，简直不知天高地厚。"

那日周元当众拂了他的颜面，此时再回想，王尘都感到心头发堵，恨得咬牙。

王尘的手掌摩挲着茶杯，忽地冷笑一声，道："其实要教训那小子也不难。他不是想在风阁收拢人心吗？我有个法子，自能让他焦头烂额。"

"哦？"陈北风看向王尘。虽说他认为周元此时搞出来的这些事等自己成为阁主后都能够抹平，但如果王尘真有手段提前将周元的折腾镇压下来，倒能够省去他一些精力。

王尘微微一笑，道："其实很简单。"

他伸出手掌，将一枚铭刻在玉牌上的源纹玉简放在桌面上。

陈北风接过看了一眼，疑惑道："这是……你们火阁出品的捕痕纹？"

在四灵归源塔内修炼，祭燃归源宝币可招引蕴含着源痕的天灵罡风等物，不过每次招引来的天灵罡风等物中，蕴含的源痕几乎只有不到一半能最终留在体内，更多的会随风而散。

这就导致了凝聚源痕的效率大大降低。

火阁出品的捕痕纹则能够稍稍弥补这种遗憾。只要在祭燃宝币之前将这捕痕纹烙印到身上，它就会在肉身中形成一种奇妙的网状，当天灵罡风等物穿过肉身时，就可以捕获一些试图溜走的源痕。

按照估算，一道捕痕纹能使用一炷香的时间，它能令留在体内的源痕数量增加约莫两成。

可不要小看这两成，长期积累下来，源痕数量将会达到相当惊人的地步。

所以四阁中，火阁出品的捕痕纹销量极好，而火阁成员的待遇比其他三阁更好，可以说捕痕纹功不可没，毕竟一道捕痕纹售价就要半枚归源宝币，而且还是两道起卖。

其他三阁不是没想过复制，但捕痕纹极为精妙，一旦拆解，源纹就会自动分解，让人难以知晓其原理，久而久之，捕痕纹就成了火阁独有之物。

王尘把玩着玉简，淡笑道："我们火阁可以将捕痕纹在风阁的销售权给你，以后风阁的人想要购买捕痕纹，只能去你那里买，而要给购买者设定什么条件，你应该知道吧？"

陈北风闻言，眼睛顿时一亮，道："你是说不卖给叶冰凌、周元的人？"

"呵呵，也不是不卖，毕竟没人会跟归源宝币过不去，不过你可以区别对待，你的人按原价，他们的人就双倍价格。"王尘笑嘻嘻地道。

"你觉得，叶冰凌、周元的笼络手段会比真金白银的归源宝币更实在吗？如何抉择，我想并不难。"

陈北风忍不住大笑一声："如此一来，恐怕要不了几天，叶冰凌、周元好不容易聚拢的人心就得分崩离析了！他们若是强行阻拦，反而会惹人生厌。"

他对着王尘竖起大拇指，赞叹道："王兄这一招，必然能让他们有苦说不出。"

王尘这一手，明明没有动武，造成的结果却能让叶冰凌、周元难受至极，如同深陷蛛网的毛虫。

"在绝对的实力面前，他们那些小手段毫无意义。"

王尘淡笑一声，道："原本我不打算这么做的，只是那周元实在惹人厌，若是不给他一点教训，别人还真以为我这火阁副阁主是摆设。"

他轻描淡写地说着，有一种谈笑间便可将周元打入尘埃的怡然自得。

陈北风端起酒杯与王尘碰了一下。虽然计划还没开始实施，但他已经想象到周元与叶冰凌难看的脸色，当即心中畅快，忍不住大笑出声。

"我倒要看看那小子这次怎么收场！"

第七百九十八章 风岛局势

四灵归源塔，风域。

周元望着手背上闪烁着青光的风灵纹，完成度已经达到四成，这种速度如果放在其他人身上，就算是叶冰凌恐怕也会欣喜若狂，然而周元却有些忧郁。

因为他这个吞金大户已经将手中三百多枚归源宝币挥霍精光了。

而此时距离下个月领取薪酬的时间还有三天！也就是说接下来的三天他都没办法再来风域修炼了，而且就算领到了下个月的薪酬，也只有八十枚归源宝币，以他的消耗速度，恐怕没几天就能用光。

归源宝币的缺乏，成了周元此时最大的难题。

周元面露愁容，最终只能长叹一声，站起身来，身影破空而出。没有了归源宝币，留在风域也无用，只能出去再想办法了。

周元出了风域，便离开四灵归源塔，直往风阁而去。

周元回到风岛，却察觉到气氛有些不对，不少人都面露焦急，特别是当他们瞧见周元时，神色变得略微复杂，目光躲闪。

周元的目光扫过那些有点眼熟的人，眉头微皱。

他的脚步忽然一顿，因为他在不远处看见了一群人，领头的正是金腾，他似乎在宣扬什么。当他看过去时，金腾也瞧见了他，当即脸上浮现出一抹幸灾乐祸的冷笑，然后带着人趾高气扬地离去了。

"什么情况？"周元心中想着，然后迅速赶往小楼。

当他回到小楼时却微微一怔，只见楼前站着三道身影，正是叶冰凌、伊秋水、柳之玄，此时他们的面色格外凝重。

"怎么了？"周元上前问道。

"周元,你总算出来了!"伊秋水见到周元现身,急忙道,"出大事了!"

"慢慢说。"周元安抚道。

叶冰凌走上前,俏脸笼罩着寒霜,道:"今日火阁宣布将捕痕纹在风阁的售卖权暂时转给陈北风,以后风阁的人如果要购买,只能去陈北风那里。可陈北风放出了话,凡是支持你我二人的,购买捕痕纹要付双倍的价格,否则不卖!"

"捕痕纹……"周元闻言,眼神顿时一凝。此物他自然知晓,不过他用得不多。化境神魂的缘故,他吸收源痕的效率比旁人更高,捕痕纹对旁人能有两成的功效,对他而言却还不到一成。

当然,他明白自己只是个特例,不是所有人在神府境时都能够将神魂修炼至化境。

更多人还需要借助捕痕纹来提高修炼效率,所以他很清楚捕痕纹对他们而言是必备之物,其重要性不言而喻。

一道捕痕纹的价格是半枚归源宝币,两道起卖,看似价格不算太高,但长久下来也是极大的消耗。一般来说,每个人每个月光是购买捕痕纹恐怕就要花费五枚归源宝币,而四阁有多少人?累积起来会是一个相当可怕的数目。

如果这个价格再翻倍的话,一个月就得十枚,对他们而言无疑是不小的负担。

陈北风这一手不可谓不狠辣,显然,这是对周元最近这些动作的凌厉反击。

"是那个王尘?"周元的眼神微冷。只有那个火阁副阁主王尘才有权利将一部分的售卖权转给陈北风。

叶冰凌点点头,眉宇间有一丝焦虑,道:"捕痕纹很重要,如今此事刚刚传出,就已经在风阁引起震动,很多人虽然不满,却拿陈北风没有任何办法。如果长久下去,恐怕人心会散。"

虽说如今有不少支持者,但叶冰凌并不盲目,因为她不可能让每个支持她的人每个月能够多拿一枚归源宝币,可如今这些人却有可能因此承受每个月五枚归源宝币的损失。

或许极少数的死忠能够咬牙坚持,但绝大部分人都会选择离去,这就是人心。

这种情况一旦长久下去,就算下个月叶冰凌打败陈北风夺得阁主之位,处境也会很尴尬。

周元同样明白此事的严重性,他眉头紧锁,道:"捕痕纹是谁制作的?"

"是火阁的副阁主朱炼,他是火阁真正的二号人物,地位仅次于火阁阁主吕霄。"

叶冰凌的俏脸上充满忌惮与凝重,道:"他虽然只是神府境初期,但神魂已踏入化境,并且精通源纹,整个火阁这一代的捕痕纹都出自他的手。"

周元有些惊讶,四阁中除了他竟然还有人能将神魂修到化境,天渊域年轻一辈真是藏龙卧虎啊。

"你们手中有捕痕纹吗?"周元问道。

柳之玄立刻拿出几枚玉简递了过来。

伊秋水的美目一闪,惊讶道:"你、你难道打算复刻捕痕纹?"

叶冰凌摇头,道:"没用的。捕痕纹是火阁的底气所在,一旦被拆解或者被探测,源纹就会自动分解。以前不是没人尝试过,但都失败了。"

周元微微沉吟道:"我先观察一下,若是能够发现什么端倪,捕痕纹未必就只是他火阁的专属。"

先前那一刻,当他盘算了火阁每个月在四阁中赚取的归源宝币数量后就忍不住心动了。没想到四阁中竟然还有这种暴利行当存在。

哪怕能够在其中分小小的一杯羹,赚取的归源宝币都能够完全满足他的消耗了。

原本他就在为如何得到稳定的归源宝币来源而头疼不已,火阁这一手反倒让他重新重视起这个曾经被他忽略的小小捕痕纹。

叶冰凌见到周元不死心,有点无奈,她可是很清楚捕痕纹对火阁的重要性。这些年火阁能够不断吸纳诸多天骄,最大的诱惑便是他们的待遇高,而待遇从何而来?就是用捕痕纹赚来的。

所以,对于这种重量级产品,他们的保密工作做得极好。

眼下,她觉得周元只是在做无用功。

周元见状笑了笑,他知道还是得给叶冰凌他们一点信心,不然他们怕是会焦头烂额。于是他伸出手掌,无形的火炎在手中升起。

"这是……"叶冰凌的美眸一凝,微微动容道,"魂炎?你的神魂也踏入化境了?!"

伊秋水与柳之玄目瞪口呆。四阁中出现一个神府境后期都难以引起大动静,但如果出现一个化境神魂,却是稀罕得很。他们没想到平日里不怎么显露神魂的

周元竟然悄无声息地达到了这种境界！

"我在源纹上面也有一些造诣。"周元笑道，"所以先让我研究一下吧。如果能够研究出什么，不仅能够破掉陈北风他们的阴谋，以后说不定也能给我们风阁带来巨大的好处。"

叶冰凌他们面面相觑，最终点点头，眼下似乎只能如此了。

"那你……先尝试一下吧。风阁内的情况我们先尽可能地稳定一下，但你也知道，我们恐怕维持不了多久。"伊秋水犹豫了一下，最终咬着银牙道。

周元冲着他们笑了笑，没有再多说什么，抓着那捕痕纹便转身进了小楼。

瞧着他的身影消失在楼里，叶冰凌他们对视一眼，然后轻叹一声。其实，就算周元有着化境的神魂，这个事情恐怕也不好解决，毕竟以往四阁中不是没有出现过化境神魂，可最终没有谁能够破解捕痕纹。

陈北风的反击的确凌厉得让人难以招架，如果周元这里没有进展的话，那他们之前所做的努力将会化为乌有。

第七百九十九章
闭关推衍

床榻上，周元静静盘坐，手中把玩着那铭刻了捕痕纹的玉简，思忖着。片刻后，他的眉心处有神魂光芒闪烁，一缕神魂之力散发出来，朝着玉简悄无声息地侵入。

神魂之力刚刚进入，似乎触动了什么，一股细微的力量从玉简中散发而出，瞬息后玉简上的源纹犹如残雪一般迅速消融，化为一面光洁的玉简。

"自毁设置得如此敏感。"

周元的目光微闪，并不感到意外，这只是第一次尝试，如果这么简单就成功了，反而不值得相信。

他随手捏碎玉简，又取出一枚捕痕纹。

周元直接将这枚玉简拍在胸膛上，拍碎的瞬间，顿时有一团光芒爆发，在周元的胸膛处凝聚，渐渐形成一道奇特的源纹。

这道源纹直接渗透进血肉，一道道光线蔓延，然后形成奇特的交织网，粗略看去宛如蛛网。

蛛网遍布上半身，每一条线路的链接都相当巧妙。虽然看上去极为脆弱，不具备任何防御及攻击之力，但周元知晓，如果在四灵归源塔内，那些源痕一旦穿过身躯，其中一些就会被蛛网黏附，然后留在体内。

"好精妙的源纹。"周元以神魂观测，不断点头，发出赞叹的声音。

捕痕纹看似简单，其实颇为复杂，因为它的线条始终在不断变化中，这应该就是其他人无法复刻的主要原因吧。

而且……

周元敏锐地感觉到，刻画捕痕纹应该需要某种特殊的材料作为媒介，至于具体是什么，他无法推测出来，想必这也是火阁最大的秘密。

他如果想复刻出捕痕纹，就必须搞清楚是什么材料，然而这不是一件简单的事。

而且捕痕纹极其脆弱，稍稍有点动静就随时会崩裂，让周元无法直接以神魂侵入观测。

一个时辰后，周元收回神魂，他看了一眼胸膛处，捕痕纹已渐渐消散。

周元的眼中露出沉思之色。其实捕痕纹的原理并不算特别复杂，只是其中某些关键点很难攻破，比如那特殊材料……

所以想要复刻的话，难度还真是不小。

"既然无法复刻，那我就自己创一个！"周元冷哼一声。他当年八脉未开，好歹是将源纹当作本命技能来练习的，即便后来开始修行源气，但源纹的修行也没有放下。后来又因身边有夭夭这种源纹宗师级别的人存在，他的源纹造诣也在不断加深。

火阁那位化境神魂能够创造出捕痕纹，他就不信自己会比那个人弱。

此时想起夭夭，周元的眼神忽地黯淡了一下。如果有她在身边，这捕痕纹恐怕分分钟就被破解了。

"夭夭，等着我，我正在努力，努力得到祖龙灯，然后再努力找到祖龙血肉，那样你就能够恢复了。"周元轻声自语，手掌却忍不住紧握，他很怀念当初身旁时刻有夭夭与吞吞的日子。

与那个时候相比，现在他独自一人在这陌生的混元天的确有些孤独。

不过周元终归不是沉湎过往难以自拔的人，他深吸一口气，将心中的情绪压下。既然现在已经无法回到以往的生活，那就要不断地努力，而不是在这里做一些无谓的空想。

周元的双眼渐渐闭拢，眉心神魂闪烁起来，接下来他打算尝试推衍，看看能否创造出一道与捕痕纹有相同效果的源纹。

周元这一闭关推衍便是三日没有动静。

在这三日里，风阁内因为捕痕纹的事引起了不小的动荡。为了安抚人心，叶冰凌都没时间进入风域修炼，但即便如此，取得的效果也不大，毕竟归源宝币太重要了，而且因为有三年的时间限制，很多人都浪费不起。

一些原本支持叶冰凌的人慢慢开始动摇。

为此，叶冰凌被折腾得精疲力竭，却只能黯然地听着那些不断报来的坏消息，毫无办法。

当叶冰凌他们头疼万分的时候，风岛的另外一座小楼中，陈北风却是满脸笑意，他站在栏杆前，望着小楼下面沸腾的人气。这些都是来购买捕痕纹的风阁成员，其中不少人曾是叶冰凌的拥护者。

再忠心的拥护者，都抵不过归源宝币的诱惑。

"陈哥，这三天叶冰凌那边的人恐怕已经散了将近一半。"陈北风身后，金腾满脸快意道。

陈北风淡笑一声，道："时间再长点，恐怕她那边就只有野猫两三只了，不成气候。之后的阁主之争我再将她打败，我倒要看她这冰美人究竟会不会臣服！"

他一副意气风发的样子，之前被周元搞出的狼狈之相此时已消散殆尽。

"对了，那个周元呢？"陈北风忽然问道。

金腾咧嘴一笑，道："据说躲在楼里，已经好几天没现身了，想必是没脸出现吧。眼下这种局面，他出来了也是无济于事，还不如当瞎子躲起来。

"叶冰凌真是瞎了眼才会这么支持他。"

陈北风摇摇头，不屑道："不知天高地厚的东西，现在知道踢到铁板了？哼，晚了！

"现在先不理他，等我成为阁主后，找个理由将他副阁主的职位免掉。得罪了我陈北风，还以为副阁主的身份保得住他吗？"

"那就提前恭喜阁主大人了。"金腾笑道，眼中掠过解恨之色。等那家伙丢了副阁主之位，定要好好羞辱一番。

"继续把消息扩散出去吧，我看他们还能够坚持几天。"陈北风拍了拍金腾的肩膀，然后转身进了屋内。

床榻上，当周元的推衍进行到第五天时，他那紧闭的双目终于缓缓睁开了，只见其中似有神光涌动。

第八百章 灵光乍现

当眼中神光涌动的刹那,周元的手掌一握,天元笔出现在手中,雪白的笔尖微微一抖,便在面前的虚空以闪电般的速度勾勒起来。

笔尖所过之处,一道道奇妙的源痕开始成形。

这些源痕彼此交织、链接或者融合,瞬息间便出现了千万种变化。

无数道源痕渐渐凝聚,宛如形成了一幅神奇的图画,而此时的周元好似一个画家,不断修补着尚有缺陷的地方,使作品更加圆满。

周元的眼神极其专注,手中天元笔有时带起残影,下笔有如神助;有时却会突然凝住,许久后方才缓慢下笔,极为艰难地勾勒出一道玄妙源痕……

随着时间的推移,半日很快过去了,周元的额头上开始冒出一些细密的汗珠,眼瞳中闪烁着无数源痕。他已将神魂之力运转到极致,不断进行着各种推衍。

某一刻,周元手中的天元笔终于停了下来。

他重重地喘了一口气,凝望着眼前的虚空,只见那里悬浮着一道约莫半丈的光纹,那光纹颇为晦涩复杂,每一道纹路都是由无数源痕所化。

这是一道源纹的雏形,也是周元多日来推衍的结果。

"这道源纹还只是一个外壳,只不过比那捕痕纹更精妙一些。"周元自语,声音中隐隐有些自傲。对自身的源纹造诣,他相当有信心,毕竟曾经经过夭夭严格监督学习的!

"不过……"旋即周元的眉头紧皱。源纹的架构已经成型,但还缺少最重要的核心,这才是最难的一步。

如捕痕纹,最核心的东西就是那火阁极度保密的奇特材料,以这种材料形成的核心,才能让捕痕纹最终产生功效。

周元不知道火阁捕痕纹的核心之物是什么，但他必须找一个替代品，这就是最难的地方。火阁为了找出这种奇妙之物，必然经过无数次试验，最终还要依靠运气，才能够完成。

"可我没那么多时间……"周元眉头紧锁。如今的局面，多拖一天，那陈北风就得势一天。

所以，周元只能绞尽脑汁、竭尽全力。

捕痕纹的作用，是犹如蛛网般具备奇妙的黏性，能够对游离于天灵罡风等物上的源痕产生效果，那么，还有什么特殊材料也能对源痕有这般作用呢？

周元脑海中飞速闪过一些他所知晓的材料，但最终又尽数抛掉，因为都不合适。

时间飞逝，转眼间夜色已笼罩大地。

周元依旧瞪着爬满血丝的眼睛盘坐在床榻上，不断地喃喃自语。

最后，他失望地叹了一口气，无力地倒在床上。他推衍出了新的源纹构架，却止步于核心材料，此时的他真有点心力交瘁的感觉。怪不得火阁的捕痕纹能够独步四阁，这玩意的确很独特。

"实在不行，就只能等下个月直接把那陈北风打爆了……"

周元撇撇嘴。他就不信，等他将那家伙捶个半死后，他还敢如此蹦跶？

只是，无法解决捕痕纹带来的麻烦，就算他成了阁主，到时也会受到掣肘。万一那王尘因他成了阁主而直接中止对风阁售卖捕痕纹，到时候真的会把他搞得灰头土脸，风阁的成员也会因此对他心生不满。

一想到此，周元就有些憋屈，这种被别人扼住咽喉的感觉真让人不爽。

而这种事情，他总不可能去找郗菁师姐吧？简直说不出口啊！

周元恨恨地咬了咬牙，再度盘坐起来，双目闭拢，运转起混沌神磨观想法，恢复消耗的神魂。他打算今夜不歇，继续推衍！

"轰轰！"

当脑海中的神磨开始转动时，玄妙的轰鸣声开始回荡。

周元的神魂立于神磨之前，仰望着那庞大的神磨，当它碾压而下的那一瞬，周元的心中似有一道灵光闪过。

他猛地睁开眼睛，直接中断修行，眼睛睁得滚圆，想要抓住心中那一丝灵光。他的身体如雕像般凝固了许久，某一刻，他猛地一巴掌拍在床上。

"啪！"

整架床都塌了下来。

周元的眼中燃烧起狂喜的光芒，他抓住了那道灵光！

那是——铭刻于风域风层深处那座斑驳神磨上的风灵纹母体！

天灵罡风中所蕴含的源痕都是从风灵纹母体复刻而出的，两者间的关系犹如母子，天然有着极为玄妙的联系与吸引。如果他能够临摹一丝风灵纹母体的气息，将其作为这道新源纹的核心，一旦催动，必然会对风域的风灵纹源痕形成莫大的吸引力！

而且效果绝对比捕痕纹更强！

因为捕痕纹只是被动地等待源痕上门，然后侥幸将其黏住，而若有风灵纹母体的气息，那么风灵纹源痕一旦掠过身体，只要感应到，必然会如飞蛾扑火般主动汇聚而来！

一个被动，一个主动，高下立判！

世上绝对没有任何一种材料，能够比风灵纹母体的气息对风灵纹源痕产生的吸引力来得更强！

"找到了！"周元激动不已。

就是它，就是它！

周元仰天大笑，直接破门而出，化为一道流光冲出风岛，来到四灵归源塔，然后进入风域。

他已经迫不及待地想要尝试一番了。

进了风域，周元立马运转起混沌神磨观想法。轰鸣声响起时，不出意料外界再度传来共鸣，那是来自风层后的斑驳神磨。

周元的眉心光芒一闪，神魂直接破体而出，化为一道无形的光团迅速升空，来到风层下。风层微微卷动，形成了小小的风洞。

"谢过神磨前辈。"

周元的神魂微微波动，顺着风洞急速而上，不一会儿便穿过风层，来到那虚无混沌空间。混沌中，斑驳神磨仿佛亘古般存在于那里。

周元的目光第一时间投注到斑驳神磨上铭刻着的一道青光古源纹，那正是风灵纹母体！

第八百零一章
创风母纹

周元眼神炽热地凝视着那一道散发着极其古老气息的风灵纹母体，许久后方才冷静下来，然后他的神魂对着斑驳神磨发出一道请求的波动。毕竟风灵纹母体存在于神磨之上，如果没有神磨的允许，他的神魂只要靠近，恐怕就会被碾碎。

接受到周元的请求，神磨没有拒绝。只要不触及原则问题，它一般不会拒绝周元的请求，因为这是当年苍渊创造它时留下的一道命令。

从某种意义上来说，凡是修炼了混沌神磨观想法的人都有可能操控它，只是现在的周元还太弱小，根本做不到这一步而已。

神磨允许后，周元欣喜地盘坐下来，然后神魂之力散发，渐渐接近斑驳神磨。

随着慢慢接近，周元能感觉到神磨带来的恐怖压迫，即便它已特意收敛了威压，但那种压迫依旧令周元的神魂之力剧烈波荡，仿佛将要溃散。

好在周元强行抵御住了那股压迫，神魂之力开始接近风灵纹母体。

他以神魂之力盘旋在风灵纹母体外，感悟着那种玄妙的气息波动。

这种波动与风灵纹的源痕有些相似，但要更为浩瀚。

周元的神魂之力盘踞于风灵纹母体之上，不断熟悉着它的气息与运转痕迹，如此将近半炷香后，他才将神魂之力撤了回来。

周元面露沉思状，伸出手指在面前虚空划动，无数源痕涌出，渐渐形成了一道复杂晦涩的源纹，正是他花费数日推衍出来的源纹构架，只不过因为缺少核心之物，这道源纹毫无波动，死气沉沉。

周元的神魂波荡，神魂之力在面前迅速凝聚，他开始临摹风灵纹母体的气息。

刚开始，临摹不断失败，随着失败的次数越来越多，周元变得越来越熟练，毕竟本体就在眼前，他可以随时更改出错的地方。

不知道经历了多少次失败后，某一刻，一道以神魂临摹而出的细微气息终于出现在周元的面前。

当那缕气息出现时，周元分明见到斑驳神磨上的风灵纹母体开始绽放出了一丝微光。

"成了！"

周元虽然心中大喜，但还是保持着冷静与专注，心念一动，这缕细微的气息便飘向那一道源纹外壳，最后来到最核心的位置，盘踞，流动。

"嗡！"

流动起来的瞬间，这道死气沉沉的源纹忽地爆发出光芒，犹如复活了一般。

周元运转神魂，将源纹缓缓压缩，最后只有巴掌大小。他迅速取出一枚空白的玉简，将这枚源纹铭刻在上面。

这一刻，他制造的新型源纹终于成形了！

"终于成功了吗……"周元的眼中涌出一抹激动，旋即他的神魂卷起玉简，穿破风层，迅速落回本体。

"尝试一下效果！"

周元在乾坤囊里翻了半天，最后脸色发黑地在角落找出了一枚可怜巴巴的归源宝币，不知道是什么时候遗漏的。

"已经这么穷了吗？"周元嘟囔一声，然后将其取出，迅速祭燃。

随着最后一枚归源宝币被祭燃，很快天空上就有一股青色的风卷呼啸而下。

周元迅速将那枚玉简拍碎，只见光芒涌动，一道源纹出现在胸膛处。那源纹不似捕痕纹的网状，反而像一个小小的旋涡……

天灵罡风笼罩而来，如刀刃般划过身躯。

周元凝神感应。

一缕缕罡风划过身躯，周元甚至能够感应到罡风内蕴含的一些源痕。

就在它们与肉身接触的时候，胸膛处的源纹旋涡忽然一动，似乎有某种波动传出。

下一瞬，周元清晰地感觉到那些掠过身躯的罡风似乎微微凝滞了一下，紧接着他便震惊地见到，一道道如细微光点般的源痕竟从罡风中脱离而出，如飞鸟投林般直接自动地投入到那源纹旋涡中。

半响后，天灵罡风尽数散去时，周元的眼睛还瞪大着。

"这比平常高了将近五成！"周元震撼不已。要知道，捕痕纹提升的效果也就两成左右，而他这道源纹竟有五成！

如果说每次天灵罡风中蕴含的源痕有十成，那每次肉身不依靠外物吸收的基本只有四成，凭借着捕痕纹能够达到六成，而眼下，他这道源纹却能够提升到九成！

就这三成，常年累积下来，绝对是不小的规模。

这效果简直让周元心惊。

"这就是被动和主动的差距吗？"周元忍不住咋舌。他之前就猜到以风灵纹母体的气息作为源纹核心对风灵纹源痕产生的作用可能不小，眼下看来，他仍然低估了母体气息对风灵纹源痕的吸引力。

"五成的功效太高了，应该是我临摹风灵纹母体太完美的缘故，之后如果要大量制造这种源纹，没必要做得这么完美，不然太浪费精力与时间了。"

周元的目光闪烁。捕痕纹的效果是两成，他觉得将自己这道源纹的效果压制到四成进行售卖就不错了，至于五成效果的可以给一些值得信任的人专用，比如叶冰凌、伊秋水、柳之玄他们……

总之，可算是成功了。

周元的脸上露出如释重负的神色，然后再度盘坐下来，神魂破体而出，穿过风层，来到神磨所在之处。

他需要大量制作，以备明日所用。

于是，接下来的大半夜时间，周元不停歇地临摹着风灵纹母体的气息，然后将一枚枚新型源纹玉简制造出来。

待察觉到第二日清晨来临时，他的面前已漂浮着两百多枚玉简。

周元的神魂伸出手掌，握住一枚玉简，望着上面铭刻的源纹，嘴角浮现出一抹满意的笑容。

"还没给它起名字呢……

"就叫风母纹吧。"

第八百零二章
风阁震撼

风岛，叶冰凌所住的小楼中。

叶冰凌坐于上方，原本冷艳的脸颊此时有些憔悴，紧抿的红唇显露出她心情极差。

一旁，除了伊秋水、柳之玄外，还有十数道神色萎靡的身影。这些人算是叶冰凌的核心支持者，在风阁中地位不低。

叶冰凌纤细玉指揉了揉眉心，美目扫过屋内，忽然问道："黎坚呢？"

听得此话，在场一些人的面色微变了一下，片刻后，方才有人压抑着怒意回答道："那个混蛋似乎去陈北风那边了。"

叶冰凌闻言，玉手忍不住紧握起来，眸子中有寒气凝聚，但最终她只是重重地一拍桌子，没有说话。

任谁都看得出来，此时叶冰凌的心中怒火极盛，因为黎坚身居统领之位，是叶冰凌长期以来的支持者。

如果其他人因为捕痕纹而选择投靠陈北风，她并不会特别愤怒，毕竟别人没有从她这里得到什么实质的好处，支持她只是因为她的个人魅力。但黎坚不同，如果不是叶冰凌，他根本不可能坐上统领之位。

没想到的是，这位受了她极大恩惠的人如今会因捕痕纹而选择背叛她，要知道，就连最新加入他们的萧弘、李法、陆明月三位统领，都未曾显露过动摇之心态。

"这个白眼狼！"有人恨恨出声。

伊秋水轻声道："这位黎坚统领恐怕早就有这个心了，捕痕纹只是一个引子而已。"

其他人闻言更加愤怒，叶冰凌的银牙忍不住咬得咯吱作响。

最终叶冰凌只能颓然一叹，如今这个局面她根本无能为力，捕痕纹的杀伤力对寻常成员来说简直太大了。

眼下只能等到阁主之争，如果她能够取胜，夺得阁主之位，就可以直接下令禁止陈北风这种行为。

想要打败陈北风夺得阁主之位，却不是那么容易的事啊！

"周元呢？"叶冰凌问道。

伊秋水苦笑一声，道："似乎还在闭关，没什么动静。"

听得此话，叶冰凌的铁杆支持者有些不满地道："这位周元副阁主太不靠谱了，明明此事是他招惹王尘搞出来的，如今出了事就躲起来！"

伊秋水闻言不知道说些什么好，总体说来此事周元的确占了不小的责任，大家有怨言也是理所应当。

叶冰凌摆了摆手，道："这种没意义的话就不用再说了，周元并非是躲起来，他只是在尝试能否破解捕痕纹，然后将它复刻。"

其他人面面相觑，最终苦笑着摇摇头："如果捕痕纹这么容易就能复刻出来，火阁哪有今日的声势？"

他们又哪里会被搞得如此狼狈？

这位周元副阁主真的是太想当然了。

叶冰凌心中叹了一口气，对周元那边也没抱太大期望，只不过这么多天没有消息，难免会让人失落。

"算了，就任由那陈北风折腾吧，暂且忍忍，等阁主之争到来再一决胜负。"叶冰凌强打起精神道。

众人沉默着点点头，眼下只能如此了。

"嘎吱！"

就在此时，客厅的门忽然被推开，一道身影走进来，笑道："我这人可不喜欢忍，有仇就得当场报。"

众人看去，来人不正是闭关数日不见踪影的周元吗？

叶冰凌白了他一眼，没好气地道："不忍你还能干吗？去把捕痕纹抢过来吗？"

周元在叶冰凌一旁的椅子上坐下，伸了一个懒腰，眼中有一丝疲倦。数日高强度的推衍，显然将他累得够呛。他随手将一旁的茶杯端起，如牛饮般喝得干干

净净。

当他将茶杯放下时,却在杯口处闻到了淡淡的幽香之气。

他愣了愣,抬头一看,发现叶冰凌的美目正带着寒气盯着他,放在桌上的玉手也有寒霜开始弥漫。

显然,这茶杯是叶冰凌先前喝过的。

"周元,你不声不响地躲了好几天清净,倒是悠闲得很呢。"叶冰凌咬着银牙,有点手痒,想将这家伙收拾一顿。

周元讪笑,道:"别这么大的火气。"他轻咳一声,"我才不会去抢那捕痕纹,现在他们送给我我都看不上。"

叶冰凌一怔,轻嗤道:"少说大话!"

其他人包括伊秋水与柳之玄都有些无语地瞧着周元,觉得他说话太不着调。

周元瞧着满屋人怀疑与无奈的眼光,笑了笑,取出一枚玉简放在桌上,淡声道:"这是我所创的风母纹,同样能够提高吸收源痕的效率,而且提升的效果比火阁的捕痕纹要高一些。他们有两成,我这风母纹应该能达到四成。"

"啪!"

他声音一落,客厅内顿时响起一连片茶杯被捏碎的声音。众人皆目瞪口呆地望着周元,就连叶冰凌都檀口微张,脸上的神情有些凝固。

"风母纹?!"

"四成?!"

数息后,一道道难以置信的惊呼声响起,所有人的眼神都是震惊无比。

"你、你瞎说什么呢?"叶冰凌震惊不已。她望着桌上那枚玉简,实在不敢相信周元所说的属实。

周元能够在数日里创造出一枚能吸收源痕的源纹已经很不可思议了,然而他还说这道源纹的效果竟然比火阁的捕痕纹高一倍?!

如果不是对周元有些信任,叶冰凌真的以为他是在故意戏耍她。

"周元,这数日的闭关,你真创造出了能够吸收源痕的源纹?"伊秋水忍不住问道。她真担心周元是为了安抚他们故意瞎说,那样只会弄巧成拙。

瞧着他们怀疑的目光,周元有些无奈,懒得再多说,屈指一弹,一道道源纹玉简飞向在场的众人,他懒洋洋地挥了挥手,道:"自己去风域试试吧,要不了多长时间。"

叶冰凌一把抓起桌上的源纹玉简，咬着银牙盯着周元，警告道："如果发现你忽悠我，你就死定了！"

她匆匆起身而去，打算亲自尝试一下，不然她不可能真的相信周元的话。

伊秋水、柳之玄以及其他人也抓起玉简冲了出去。

刹那间，房间内便空空荡荡。

周元见状有点郁闷，竟然真的没一个人信他吗？连伊秋水都跑这么快！

他摇了摇头，只得取过茶壶，自斟自饮。

当他将一壶茶喝尽时，外面传来源气破空的声音，然后房门被猛地推开，叶冰凌带着众人急急地跑进来，他们的脸上都涌动着难以置信的狂喜之色。

他们的目光凝聚在客厅内周元的身上，这一刻，连叶冰凌的美目中都放出异彩。

"效果如何？比捕痕纹要好一些吧？"周元放下茶杯，略微有点不太确定地问道，毕竟之前就自己尝试过。

所有人都眼神狂热地看着他，然后疯狂点头，那萧弘更是忍不住激动地道："捕痕纹跟元哥你的风母纹比起来就是垃圾！"

有了这风母纹，他们往后修炼的效率无疑会大大提升。

周元轻笑道："这些风母纹只是用来售卖的，效果只有四成。往后我会制作一些专供你们使用的，效果还能再提升一成。"

他知道，直到现在还能够留在这里的人都算是铁杆，他不介意给他们一些甜头。

周元此话一出，所有人都吸了一口冷气，看向周元的眼神已经狂热得近乎崇拜了。提升五成？这是什么源纹啊？简直要把捕痕纹甩到连影子都看不见！

叶冰凌走到周元的身旁坐下来，此时她的眼神还有点恍惚，最终还是镇定下来看向周元，贝齿咬着红唇，道："周元，你太厉害了！"

即便骄傲如叶冰凌，此时也不得不服气。

周元一笑，旋即将手中茶杯重重地往桌面上一放，眼神冷冽下来。

"各位，把消息放出去吧，他们高兴了这么久，也该到哭的时候了。"

第八百零三章 周元反击

风岛,一座小楼前。

人流不断来往,排成长队,热闹非凡。

陈北风站在二楼,笑吟吟地望着这一幕,心中忍不住赞叹捕痕纹的诱惑力之强,如今风阁中恐怕十之八九的人都汇聚于此。

"黎坚,你倒是识时务。"陈北风偏过头看着身后的一名男子,淡笑道。

那名男子的面色略显苍白,鼻翼略深,显得整个脸庞有些深沉。他听到陈北风的话,身躯微弯,露出谦卑的笑容,道:"良禽择木而栖,未来整个风阁都属于风阁阁主,我只是提前来报到而已。"

言下之意他已认定陈北风必然是风阁未来的阁主。

陈北风大笑起来,手指着黎坚道:"你倒是会说话。"

黎坚道:"叶冰凌副阁主不会是您的对手,她斗不过您。唉,我平日里也劝过她,可她太倔强了。"

陈北风微笑道:"不急,她是不见棺材不落泪。"

他将目光转向长长的人流,颇有些傲然地道:"如今风阁人心尽在我手,不论他们怎么玩,都玩不过我的。"

黎坚点头认同。只要陈北风手握捕痕纹,就不可能落入下风。他太清楚捕痕纹的诱惑力了,这也是他决定抛弃叶冰凌,投向陈北风的主要原因。

"归根究底,还是那个新来的副阁主在从中捣鬼,不然叶冰凌副阁主不至于和您闹成这样。"黎坚出声说道,眼神深处掠过一丝嫉恨。

自从周元来到风阁后,叶冰凌就极其信任他,令黎坚颇为不舒服。之前周元得罪陈北风与王尘时,他就劝过叶冰凌不要掺和其中,可她非不听,但还要力保周元。

叶冰凌鲁莽的行为同样是黎坚此次背叛的缘由之一，当然其中有多少男人之间的嫉妒，外人便不得而知了。

提起周元，陈北风的眼神也微冷起来，淡淡地道："放心吧，一个蚂蚱而已，蹦跶不了多久。"

感受到陈北风言语间的森冷，黎坚的嘴角掀起一抹弧度，他很乐意见到那个新来的副阁主倒霉。

就在两人说话间，长长的队伍中忽然出现了一些骚动与混乱，紧接着便有一些人面带迟疑陆续离去。

陈北风见到这一幕，眉头微皱，伸手将金腾招来，道："怎么回事？"

还不待金腾说话，下方已有惊讶声响起。

"听说周元副阁主自创了一道源纹，同样能对风灵纹源痕产生效果，而且能够增加四成！"

"四成？！那岂不是捕痕纹的两倍？！"

"瞎扯吧？这么多年都没有人能复刻出捕痕纹，更别说效果远超捕痕纹的源纹了！"

"不知道，价格据说跟捕痕纹一样！"

"现在周元和叶冰凌两位副阁主已经带人在风湖处售卖了，据说数量不多。"

"这是玩真的？"

"走，先去看看再说！"

……

随着窃窃私语声传开，越来越多在此排队购买捕痕纹的风阁成员成群结队地离去，很快此处的人气便降了大半。

二楼，陈北风面色阴晴不定地望着那些人离去的方向，旋即讥讽道："那周元在搞什么东西？以为将人骗过去就能够化解此次的麻烦吗？"

先前那些人说的话，他一个字都不信！

自创一道源纹？效果还比捕痕纹高了一倍？！这种话是用来骗小孩的吗？捕痕纹是火阁这些年壮大最主要的原因，凭借捕痕纹，火阁可谓赚尽了其他三阁的归源宝币，他们为之眼红了很多年。

这些年不是没有人想要摆脱捕痕纹的制衡，可最终有人成功了吗？

一个都没有！

然而现在一个到风阁不过一个月的新副阁主，却说他自创了一道效果比捕痕纹好了一倍的源纹？

这是骗鬼呢？！

这些人都是蠢货吗？竟然连这种话都信？

随着越来越多的人离去，陈北风的心中升起一股邪火，一脚便将面前的木栏踢得粉碎。或许连他自己都没察觉到内心最深处那一丝令自己都有些不敢相信的心悸。

"副阁主，要不要去看看那周元在玩什么花招？"金腾的眼神惊疑，低声问道。

黎坚也点点头，信誓旦旦地道："周元必然在使诈，绝对不可能如传言所说的创出了比捕痕纹效果更好的源纹！"

陈北风的眼神阴冷，旋即一挥手，道："走，去看看，若是这小子散布假消息，我今日非得让他吃不了兜着走！"

声音一落，他的身影已冲天而起，在其身后，金腾、黎坚等人急忙跟上。

风岛中央，巨大的湖泊如镜面一般，周围是连绵的训练场。

此时，在近湖的一座广场上，人气格外鼎沸，远处还不时有光影破空而来。

来到此处的人都汇聚向广场中央处，那里搭建了一座小棚，周元、叶冰凌等人立于小棚后，面前的石台上摆放着一枚枚源纹玉简，正是风母纹。

小棚四周被黑压压的人群围绕，不过他们都只是眼神惊疑地望着那些源纹玉简，暂时还没有人上前。

"诸位，我所创的源纹名为风母纹，先前已经说得很清楚了，在风域之内，对风灵纹源痕的吸收它能够提升四成效果，价格则与捕痕纹相同。"周元扫视四方，朗声传荡开来。

周围传出阵阵骚动，所有人都感到震惊。但更多的还是怀疑，毕竟四成的提升效果实在太惊人，足足是捕痕纹的两倍！

"哼，胡说八道！"

一道冷哼声突然响起，数道光影从天而降，领头的正是陈北风。

陈北风眼神冰冷地注视着周元、叶冰凌，道："捕痕纹这些年来在四阁中是独一份,不知道周元副阁主花了多长时间创出的这风母纹啊?"

周元淡笑道:"四五天吧。"

陈北风仰天大笑,道:"四五天创出一道远超捕痕纹的源纹,我看你是失了智吧!"

其他人面面相觑,眼中的质疑更重。他们来这里的时间不算短,当然知道这些年有多少精通源纹的天骄曾经试图破解捕痕纹,然而最终都失败了。所以捕痕纹一直屹立至今,成了火阁壮大的根本。

可现在周元说他只用四五天就创出了比捕痕纹更强的源纹,可信度的确极低。

"诸位,想必是周元副阁主这些天心急如焚,走投无路之下只能来这么一手。大家放心,如果真有人被他欺骗了,尽管说出来,我陈北风今日第一个不放过他!"陈北风大义凛然地喝道。

周围顿时传出喝彩声,将陈北风衬托得高大伟岸。

周元有些腻味地望着陈北风的表演,懒得多说废话,只是懒洋洋地道:"先前已有一些人拿着免费的风母纹去了风域,想必很快就会回来了。"

他知道几天时间就创出风母纹是有多么让人不可思议,不怪其他人不相信自己,所以眼下多说无益,直接用事实说话吧。

陈北风的眉头一皱,周元这种态度让他内心深处浮现出一抹不安。

他最终一咬牙,目光转向没有说话的叶冰凌,道:"叶副阁主,你算是风阁的老人了,也要跟着这小子胡闹吗?"

然而叶冰凌根本没理会他,布满寒霜的眼神只冷冷地盯着他身旁的黎坚。

黎坚瞧见叶冰凌的眼神,面色有些不自然,旋即他看了一眼周元,道:"叶副阁主,这位周元副阁主神志不清,你还是莫要跟着他乱来,免得被牵连。"

叶冰凌闻言,只是厌恶地瞥了他一眼。

她的目光如刀一般剐过黎坚的心,黎坚眼睛低垂,眼中却满是愤恨。哼,愚蠢的女人,待会儿谎言被拆穿,看你们还有什么颜面竞争阁主之位!

"咻!咻!"

就在此时,天空中忽然有急促的破风声响起,众人便见到十数道身影从天而降。

这些人面色涨红,眼神仿佛有些恍惚,疯狂地喘着气,似乎受到了某种强烈的冲击。

他们正是之前拿了免费风母纹去测试的人。

其他人见到他们这副神情，眉头顿时紧皱起来：莫非真的被周元、叶冰凌耍了？

陈北风则心中大喜，眼神温和地看向他们，沉声道："你们可是被他们戏耍了？放心，不必忌惮他们的身份，今日有我在这里，他们不敢做什么！"

然而，那些人没有理会陈北风，他们将一口气喘匀，最后面色涨红激动道："风母纹无敌！"

"四成效果，半点不假！"

"捕痕纹根本就比不过！"

"我今天墙都不'服'，就服你周元副阁主！"

当那近乎失态的赞叹声此起彼伏地响起时，这片广场上原本质疑的喧哗声陡然停住。

陈北风脸上的笑容一点点变得僵硬，他的心在这一刻开始不断下沉，只觉得遍体生寒，如临深渊。

第八百零四章
四阁震动

沉默的气氛在这湖畔的广场中持续着,所有人的内心在卷动着滔天巨浪,那种震动令他们不知道此时该做出什么样的表情。

这位周元副阁主难道真的创出了一道远比捕痕纹更强的源纹?!

看着那十几位测试归来、眼神狂热得近乎要将周元融化的人,所有风阁成员的心脏都在狂跳。如果、如果这是真的……恐怕整个四阁都会因此掀起惊涛骇浪!

浑身冰寒的陈北风渐渐清醒过来,他嘴巴干涩,最后发出刺耳的干笑声,声音嘶哑地道:"这些人是你请来演戏的吗?"

他犹自做着最后的挣扎。

然而这一次却无人再应和。很多人都知晓,这十几个人里面,不少人是风阁里的中立派,以他们的性格,恐怕不会故意欺骗他人,毕竟太容易被拆穿。

周元同样没有搭理他,只是看向四周,淡淡地道:"一道风母纹售价半枚归源宝币,两道起卖。因为时间有限,这次只制作了两百道,如果要购买,每人限购两道。

"因数量有限,此次售卖只面向我们的支持者或者中立成员,至于陈北风副阁主那边的人以后再说吧。

"另外,待以后产量大了,对一些老朋友,价格还能有所优惠。"

周元的声音落下,陈北风的面色变得极其难看。周元这是明目张胆地在针对他们!

陈北风身旁的支持者们都面色变幻,他们之前还在嘲笑周元,没想到转眼间自己也沦为别人的笑柄。

"开始吧。"周元拍了拍手。

"轰!"

下一刻,喧哗声陡然爆发,黑压压的人群顿时眼神狂热地扑了上来。

望着有些疯狂的人潮,周元与叶冰凌退后两步,伊秋水则带人迅速迎了上去,稳住秩序。

周元的目光透过人群看着不远处的陈北风,此时对方的面色阴沉得可怕,一对眼睛如刀一般将他锁定,但周元夷然不惧,回以淡淡的笑容。

一切,都是你们自找的!

两百道风母纹几乎不到一刻钟便被一抢而空,更多没有抢到的人满脸失望。在听到周元承诺明日会有更多的风母纹时,沸腾的人群方才渐渐散去。

伊秋水十分激动,短短时间内,一百枚归源宝币便已入手。

周元倒是很淡定,他知道这只是开胃小菜而已,随着风母纹的功效被传开,它必然能将捕痕纹彻底打败,以后恐怕捕痕纹在风阁是卖不动了。

有了制作风母纹的经验,以后他甚至可以制作火母纹、林母纹、山母纹……到那个时候,整个四阁都将没有捕痕纹的市场。

当然,饭要一口口地吃,周元不打算一下子把另外三种源纹暴露出来,起码也要等他成为风阁阁主后才可以开始着手准备。

随着人群散去,陈北风带着人走上前来。他眼神阴沉地盯着周元,缓缓地道:"周元,你的确是个天才。"

能够在短短数日内制造出风母纹,周元在源纹上的造诣不得不让人惊叹。

"不过……搞出风母纹,恐怕会给你带来更大的麻烦,到时候你可别后悔。"陈北风牙缝中蹦出森冷的声音,然后便转身而去,只不过那身影怎么看都透着一丝狼狈。

周元眼神平静地望着他们离去的方向。他知晓陈北风说的麻烦应该是火阁,毕竟风母纹的出现会抢夺捕痕纹的市场。

只希望火阁不要做什么愚蠢的举动,真要惹毛了他,把其他三道母纹造出来,捕痕纹就真的要退出四阁了。

在风母纹尽数售出后的半日,越来越多的人把它的功效宣扬出来,直接令整个风阁为之震动,所有人激动得面色通红,大家都在议论着同一个话题:风母纹!

四成的提升效果，让所有人都震撼得有些失语，如果不是越来越多的人亲自体验证实，恐怕依旧有人不敢相信。

四成效果是什么概念？几乎能让人提前将近三分之一的时间凝练出风灵纹！

而在四阁中，时间最为重要。

因为三年的时间限制，所有人都在争分夺秒，如果能多出许多的修炼时间，那能带来多大的好处？

很多没有买到风母纹的人看着那些体验过其玄妙的人兴奋得手舞足蹈，眼中满是羡慕嫉妒，同时心中打定主意，明日一定要买到风母纹，不然长此以往下去，自己必然会被人甩到身后。

越来越多的议论声在风阁内传播，最后更是直接传出风阁，在其他三阁中也引起了巨大的震动。

特别是火阁，诸多火阁成员神色惊疑，面面相觑并感到惊惧。如果风母纹真有传闻中的那么厉害，那往后在风阁内，他们的捕痕纹恐怕将无人问津。

这对火阁而言，将会是极大的冲击。

毕竟，火阁的待遇远超其他三阁，凭借的便是捕痕纹这独门绝技。

然而现在，青出于蓝而胜于蓝的风母纹已在风域内炙手可热……

接下来的数日，周元因为更加熟练，每日制作的风母纹数量已可达近千，然而即便如此，每当售卖时依旧被一抢而空，火爆程度简直惊人。

而当风母纹畅销于风阁时，捕痕纹的销量却一落千丈。到后来，很多人宁愿等第二天的风母纹，都不愿再来购买捕痕纹。

这些消息传到火阁，立即引起了火阁高层的重视。

火岛，整座岛屿弥漫着赤红之色，岛中遍布炎石，散发出灼热的高温，令岛内的空气都带着滚烫的气息。

此时，岛上的一座楼阁内，火阁的所有统领以及副阁主齐聚于此。

王尘同样在列，只不过以他的身份，在这里只能位居第六。大厅内气氛压抑，所有目光都看向最上首处，那里有两道身影端坐着。

居右者是一位一身白袍的青年，他双目微赤，眉心间有一朵火莲纹路，略显奇异。他的周身没有丝毫源气波动，但隐隐间散发出来的威压令在场所有人看向

他时都眼带敬畏。

他正是火阁的阁主,吕霄。

他是如今天渊域年轻一辈中,在混元天神府榜上排名最高者,位居第九,可谓天渊域年轻一辈神府境中的招牌。

吕霄手中有一柄赤红的扇子在轻轻敲打着手掌,他微微偏头,看向身旁一名身穿赤袍的男子。该男子周身散发出的源气波动并不强,但他的眉心处神光凝聚,显露出强大的神魂修为。

朱炼,火阁二号人物,捕痕纹的创造者。

"怎么样?"安静的大厅里,吕霄忽然淡淡开口。

朱炼微闭的双目缓缓睁开,一枚玉简被他轻轻放在桌上,里面一片空白。

他的面色有些不太好看,最终缓缓地摇了摇头,道:"这风母纹内有自毁设置,极其敏锐,我稍一探测,便直接抹除了所有痕迹……不过从源痕手法来看,这人的源纹造诣相当高。

"而且,这风母纹……我无法复刻。"言语间有着恼怒与不甘。

此言一出,大厅内本就压抑的气氛顿时变得更为沉重,让人几乎无法喘气。

第八百零五章
火阁吕霄

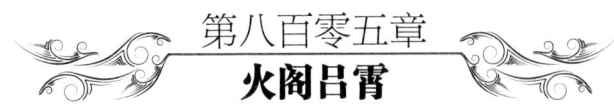

大厅内的气氛凝滞、压抑。

王尘沉默了半晌，忍不住道："朱炼师兄，您可是我们天灵宗年轻一辈中最精通源纹之人，怎会无法复刻那小子胡乱折腾出来的源纹呢？"

朱炼缓缓道："从这源痕构造来看，那小子可不是在胡乱折腾。不论是捕痕纹还是风母纹，其实源纹品级并不算高，只是胜在特殊，我当初能够创出捕痕纹，也有些运气成分。

"如果不是我偶然间得到了白灵蛛的蛛丝并将其分解融入，捕痕纹也难以产生效果。"

他身旁的吕霄轻声道："他那核心之物是什么？难道也是白灵蛛蛛丝？"

朱炼摇摇头，道："肯定不是。此物对源痕的效果远比白灵蛛蛛丝更强，这也是风母纹比捕痕纹效果更强的主要原因。

"如果我们能够知晓他所利用的核心之物，要复刻这风母纹倒是不难。"

吕霄淡淡地道："风母纹的出现几乎断绝了捕痕纹在风阁的售卖，长此以往，火阁的损失将会极其严重。"

他微赤的目光看了王尘一眼，道："据说是你将捕痕纹在风阁的售卖权转给陈北风，才逼得那周元创出了风母纹？"

王尘被吕霄的眼神看得一个激灵，连忙道："吕霄师兄，我也是收到古玺师叔的消息，说周元得罪了我们天灵宗，让我找机会给他一个教训。"

"是得罪了你们赤火府吧？"吕霄皱眉道。

天灵宗九府，吕霄并非属于赤火府。

他没有再多说，不管如何，九府皆是天灵宗，于是他摆了摆手，道："此事

终归是你惹出的麻烦,令火阁损失不小,不得不罚……就罚你两个月的薪酬吧。"

王尘不敢反对,只能苦着脸点点头,旋即他又一咬牙,道:"那这风母纹怎么办?如果任由那小子继续售卖下去……"

"我之前说让你们将那周元请来一叙……"吕霄眼皮微垂道。

王尘道:"我已经派人传信过去,但被那小子拒了,他说要抓紧时间炼制风母纹,没有时间。"

大厅其他人闻言皆面有不悦。他们火阁这些年在四阁如日中天,吸纳了各方年轻天骄,隐隐有四阁之首的迹象,那周元不过是最为没落的风阁的副阁主,却敢在他们火阁面前摆谱。

这小子要不是创出了风母纹,凭他一个副阁主,恐怕还没资格让他们火阁高层尽数齐聚来讨论他。

吕霄神色无波,让人看不出心中的喜怒,手中赤扇轻轻敲打着掌心,片刻后他淡声道:"既然那位周元副阁主请不来,那我就去风域亲自见见吧。"

此言一出,王尘率先不满地道:"吕霄师兄,您是什么身份,怎能屈尊去见那小子?要不再给我几天时间,我定让那小子主动来见您!"

吕霄笑了笑,道:"虽然一个风阁副阁没这资格,但风母纹有。"

他站起身来,身姿挺拔,气态不凡,微赤的眼眸深处却有一种居高临下的淡漠。

"这风母纹令我火阁每天都在损失归源宝币……

"我先去和那位周元副阁主谈谈吧,若是他能给我一个面子,大家和气生财,自然最好不过了。"

声音落下时,他的身影已渐渐虚幻,最后凭空消失在大厅中。

风域。

一座光秃秃的山峰上,周元盘坐,他的神魂已破体而出,在风层之后炼制着风母纹。

数日来,他大部分时间都在炼制风母纹,眼下是风母纹最紧俏的时候,不过随着时间推移,他应该不用再这么忙碌了。

这次炼制耗费了小半日,此时周元的神魂破空而下,回到肉身。

随之而来的还有大量风母纹,观其数量,应有近千。

周元袍袖一挥,将风母纹尽数收起。随着自己越来越熟练,风母纹的炼制也越来越快了。

"如今每日归源宝币的入账不下五百,简直就是暴利。"周元忍不住感叹。

数日下来,他身上归源宝币的存量已将近两千,这还是分了不少给叶冰凌、伊秋水、柳之玄等人之后。

创出风母纹后,周元已经不用再为归源宝币头疼,如今他每次修炼祭燃的归源宝币都是一把一把的!

当然修炼效果也是杠杠的,即便这些天周元大部分时间都用在了炼制风母纹上,但他手背上风灵纹的完成度已在悄然间达到了六成!

按照这种进度,他极有可能在阁主之争来临前,将风灵纹凝练完整!

两个月的时间修炼一道完整的风灵纹,这种速度若是被人知晓,恐怕整个四阁都会被震撼。

周元心满意足地笑了笑,打算起身,就在此时,他眼神忽然一凝,然后望向不远处,只见那里的虚空微微波荡,一道白袍身影渐渐浮现出来。

"周元?"那道白袍身影望着周元笑道。

周元目光扫视,眼中掠过一抹惊讶之色,道:"若是我没认错,阁下便是火阁的吕霄阁主。"

虽然他没有见过吕霄,但早已听叶冰凌说过他的特征——白袍,眉心有火莲纹。

更重要的是,从眼前这个人身上,周元感觉到了一股极其危险的气息,那种危险程度令他浑身的皮肤都发出微微的刺痛感。

吕霄一步跨出,身影直接出现在周元面前。他上上下下打量了一下周元,微笑道:"没想到风阁又出一个如此人物。"

周元淡笑一声,道:"吕霄阁主来此,应是有事吧?"

对方来这里显然不是为了跟他客套。

吕霄闻言笑了笑,然后道:"周元副阁主创出来的风母纹,可是令我火阁损失惨重呢。"

当这句话说出时,周围的天地源气仿佛都变得炽热起来,一股让人喘不过气的压迫感似有似无地弥漫开。

周元运转起天蛟气,体内有蛟龙长啸传出,同时眉心的神魂之光闪烁,将那

压迫尽数抵御住，进而神色平静地道："那真是不好意思了，不过我有本事创出风母纹，应该怪不到我身上来吧？"

吕霄面带笑容，摆了摆手，道："能够创出风母纹，的确是周元副阁主的本事。"

他周身散发出来的强大气势微微收敛，然后盯着周元轻笑一声，道："其实我来这里只是想问一声，你有没有兴趣来火阁担任副阁主？你应该知道火阁如今是四阁之首，未来我若是担任了四阁总阁主，火阁阁主的位置腾出来，到时候或许会落在你头上。"

他面带从容笑意，语气漫不经心，似乎并不担心周元会拒绝。因为任何人都知晓风阁与火阁之间的差距。

更何况，他抛出了火阁阁主这个天大的诱惑，寻常人恐怕根本无法拒绝。

"周元副阁主觉得怎么样？"

周元第一时间的确惊讶了一下，他没想到吕霄会用火阁阁主的位置来拉拢他，旋即他心中便一笑——如果去了火阁，恐怕就得将风母纹的炼制方法交出去吧。

这吕霄，算盘倒是打得贼精啊。

所以他笑着摇了摇头。

"不怎么样……因为，未来我也想竞争四阁总阁主呢。"

第八百零六章 初次交锋

当周元那句话说出来的时候,吕霄似乎愣了一下,然后面带微笑地摇摇头,道:"看来周元副阁主心气不小,还看不上我火阁阁主的位置。"

他没有将周元这句话当真,只以为是他推拒的借口。

周元创出了风母纹,的确能够证明他在源纹上面的造诣,但如果凭此就想去竞争四阁总阁主,简直就是个大笑话。

周元不置可否,也没过多解释。

"周元副阁主真的不多考虑一下我火阁的善意吗?"吕霄淡笑一声,似是有些开玩笑地道,"就算不给火阁面子,也给我几分薄面吧?"

周元面色不变,心中却有些腻味。吕霄看似态度温和,实则语气中始终蕴含着居高临下的自傲。或许以他的能力的确有自傲的本钱,但如果说凭借这些就想让他纳头便拜,那真的是想得有点多。

"吕霄阁主不用再说了,你应该知道我是郗菁大人推举进入风阁担任副阁主,怎可能又去火阁?"周元平静地道。

吕霄闻言,却不在意地道:"那又如何?如今山阁的阁主韩渊曾经也是风阁的人,当初还被郗菁大人看重,最终不也良禽择木而栖了吗?若是他还留在风阁,恐怕难以有如今的成就。"

周元淡淡地道:"这种忘恩负义的事似乎不值得拿出来说。"

吕霄哂笑道:"周元副阁主,这种话未免有点不成熟,这是识时务。"

旋即他眼皮微垂,语气淡漠道:"有时候若是走错了路,就算再有天赋的天骄,恐怕也会泯然于众人。"

周元犹如听不出他言语深处的警告之意,依旧面无波澜地摇了摇头。

　　吕霄见周元屡屡拒绝，英俊脸庞上的笑容变淡，他双目微眯道："如果周元副阁主对我先前的提议没有兴趣，其实还有个法子。我的确对你所创的风母纹非常感兴趣，这样，我给你一万归源宝币，你将风母纹的炼制之法卖给我。如果你觉得自己的归源宝币已经足够，不再需要的话，我可以为你求来一道上品天源兵。"

　　直到此时，他的目的终于暴露了。

　　周元闻言叹了一口气，道："吕霄阁主，你怕是有些算不清楚账。如今我售卖风母纹，每天能入账数百归源宝币，这样下去，不到一个月就能赚到一万。"

　　至于上品天源兵虽说稀罕，但他有天元笔，只要再觉醒一纹，想必就能够踏入这个品阶。

　　所以，吕霄开出的条件看似高昂，实则缺乏诚意。

　　吕霄淡声道："归源宝币是赚不完的，我觉得够用就行，太贪心不是好事。"

　　周元摇摇头，道："那看来是谈不拢了。抱歉，不远送。"

　　吕霄盯着周元，眼神中似有些危险，然而周元毫不畏惧，神色始终波澜不惊。

　　开什么玩笑！吕霄虽说号称是如今天渊域年轻一辈神府境中的第一人，但在混元天神府榜上也不过第九而已，周元连比他排名更高的武瑶都不怕，怎么可能会怕一个吕霄？

　　可能他暂时还打不过，但要说怕，那是不可能的。

　　两人对视半晌，最终吕霄面无表情地点点头，道："没谈拢真有些遗憾呢，不过我还是希望你能够理智一些……"

　　他伸出手掌拍了拍周元的肩膀："年轻人不要太冲动，如果你的想法改变，可以随时来火阁找我。"

　　声音落下，他的身影微微波动，直接凭空消失而去。

　　周元望着吕霄身影消失的地方，眼中掠过一丝惊讶。这身法相当玄妙，能在神府榜上高居第九，这家伙的确实力不低。

　　"不知道跟影仙术比起来如何？"周元心中自语。影仙术是苍玄宗雪莲峰那道身法源术，当初李卿婵拥有此术，可是令他头疼了许久。

　　"说到身法，这的确是我现在的一个缺陷，待阁主之争后，也该修行一下影仙术了。"周元目光微闪。今日见识了吕霄的身法源术，倒让他把影仙术提上了修炼日程。以后若是与吕霄交手，仅凭化虚术，他恐怕会吃亏。

他拒绝了吕霄，对方最后几句话已暗含了威胁之意，想必不会轻易善罢甘休。

不过，想要他交出风母纹的炼制之法，简直就是做梦。

周元冷笑一声，他希望吕霄也放聪明一些。风母纹虽然减少了他们的收入，真要说起来只是有些肉痛，还不算伤筋动骨。真把他逼急了，如果将火母纹、林母纹、山母纹都研制出来，那火阁这摊生意就要直接崩盘了。

风域出口的悬空石台上。

吕霄的身影闪现出来，等待于此的陈北风见状，立即面色恭谨地迎了上去。

"阁主，那周元怎么说？"陈北风问道，他显然知晓吕霄出现在风域的目的。

吕霄英俊的面庞有些阴郁，但很快收敛起来，淡淡地道："他拒绝了。"

陈北风闻言顿时一惊，咬牙道："这小子真是狗胆包天！"

这家伙竟然连吕霄亲自出面都敢拒绝，简直狂妄到没边了，在这四阁中他还真没见过敢不给吕霄面子的人。

"这种有点本事的人都是自傲的。"吕霄面无表情，只是嘴角掀起了一抹淡淡的讥讽。

其实，他说的火阁阁主之位不过是个诱饵罢了，周元就算真的来了，顶多就是一个副阁主，至于火阁阁主之位，根本没什么指望。

但出乎他意料的是，周元竟然对火阁阁主的位置无动于衷。

"那怎么办？"陈北风有些焦急地道。如果任由周元掌控风母纹，对他在风阁的威望打击不小。

吕霄眼中掠过一抹冰寒之意，道："既然敬酒不吃，那就怪不得我了……陈北风。"

陈北风立即应道。

"距离风阁的阁主之争还有半个多月，此次你务必要夺得阁主之位。只要你上了位，便能让周元上交风母纹的炼制之法。其实本就该如此，这种重利之物他一人难以享尽。

"独占必然惹人非议，就如捕痕纹在我火阁，其实也是造福火阁成员。

"你得到风母纹炼制之法后可暗中泄露出来，再找人私下散播流言，说是周元对上交炼制之法不满，故意泄露，如此一来，他在风阁将再无立足之地。"

听到吕霄那漫不经心的话，陈北风感到背心一阵冷汗。这番手段实在太狠了，简直会让周元万劫不复。

不过很快他便兴奋起来，毫不犹豫地点头，道："阁主高明！"

周元得罪了吕霄，真的是他做得最蠢的一件事。

吕霄随意地摆了摆手，道："既然给脸不要，那就只能让他一垮到底了……希望在阁主之争前，这位副阁主能够想明白，主动低头，或许还能保全一下自己。若还是这般态度……"

他摇了摇头，似是轻笑一声，没再说什么，直接迈步踏出了风域。

有人要找死，就怪不得他吕霄不容人。

第八百零七章
大争前夕

接下来一段时间，风母纹在风阁的销量持续走高，每日都会出现断货的情况，反观捕痕纹，已在风阁渐渐销声匿迹，再也无人问津。

同等价格，功效却翻了一倍，捕痕纹简直是被风母纹按在地上暴捶，毫无反抗之力。

风母纹在风阁的畅销同样让周元的声望为之暴涨。

凡是体验过风母纹的风阁成员皆对周元怀着感激之情。他们很清楚风母纹的出现为自己节省了多少时间，长此以往，三年过去，风阁内能够将风灵纹凝练完整的人无疑会更多。

这是很多人来到四阁的最终目标。风母纹的诞生虽说没到让他们对周元感恩戴德的地步，毕竟这不是免费赠送，他们也付出了归源宝币，但相对以往而言，现在风阁成员真正认同了周元，不会再因空降的身份而排斥他。

在这种情况下，周元在风阁的声望自然是一日高过一日。

而与周元的如日中天相比，陈北风的日子就难过得多。因为周元、叶冰凌一直不松口，他的人始终难以买到风母纹，个中原因，他们心知肚明，这是周元对他们之前所作所为的报复。

陈北风对此毫无办法，只能咬牙忍受。

他虽能忍受，那些支持他的人却渐渐忍不了了。

他们已经开始觉察，其他人凭借风母纹，在风灵纹的完成度上已渐渐超过自己！

他们之前支持陈北风，是因为他势强，跟着他有好处，可风母纹一出，几乎将他打得狼狈不堪，如果继续这样下去，他们恐怕会在风阁内渐渐沦为末位。

这显然是不可接受的。

于是,接下来这段时间,原本支持陈北风的风阁成员开始罢工离去。

陈北风在风阁的声势可谓一落千丈。

在如此不利的情况下,陈北风却反常地没有进行任何反击,而是诡异地偃旗息鼓下来,连露面都变得极少。对于他的低调,周元不仅没有放松,反而更加谨慎。

他知晓陈北风不是一个会心甘情愿认输的人,如今的沉寂必然是在酝酿极大的风暴。

至于风暴何时爆发,周元稍微一想便知道必然是近在咫尺的风阁阁主之争上。

一旦成了风阁的阁主,陈北风不必再受到他与叶冰凌的掣肘,反而能对他们二人发布命令,到那个时候,他们一旦不听从,陈北风便可轻易撤销他们的副阁主职位。

陈北风将最后的翻盘机会放到了此处。

在知晓了陈北风的打算后,周元开始放缓风母纹的炼制,进而将更多时间投到风域的修炼中。他很清楚自己的目标所在,那就是风阁阁主之位!

只有夺得这个位置,他才能够实现更大的野心——夺得总阁主之位,参加九域大会,将祖龙灯弄到手!

而风母纹只是达到这些目标的一个小手段。

时间流逝,不知不觉已是半个月过去。

风域。

一座孤峰上,周元盘坐,他手掌一抓,满满一把归源宝币出现在手中,血气涌动间,宝币被尽数点燃。

归源宝币化为烟雾升腾而起,高空之上的风层顿时激烈动荡起来,狂暴的呼啸声响起,只见一股巨型的青色风暴如怒龙般咆哮而下,直指周元,声势惊人。

周元看了一眼,神色颇为平淡,这大半个月来他早已经见怪不怪了。

现在他每次来风域修炼,不烧两三百枚归源宝币简直心中不舒坦。

"呜呜!"

青色风暴呼啸而下,狠狠地撞击在周元的身躯上,周围地面顿时被撕裂出万千痕迹。

周元的胸膛处有一道源纹旋涡成形,正是风母纹。

罡风掠过身躯，虽然带起了一缕缕血丝，但其中蕴含的源痕如飞鸟投林一般涌入那源纹旋涡之中。

这股巨型风暴足足持续了一个时辰，方才缓缓消散而去。

风暴散去，留下满身鲜血的周元。那些伤势虽然看上去可怕，但随着运转太乙青木痕，一道道狰狞的伤痕迅速被修复。

周元没有理会身上的伤痕，而是带着一丝迫切望着手背。只见那里青光萦绕，一道青色源纹若隐若现，随着诸多青色光点源源不断汇聚而来，那道源纹开始变得愈发完整。

当最后一颗青色光点汇入后，青色源纹猛地爆发出璀璨的光芒。

那一瞬间，周元清晰地感觉到自己的身躯好像变得轻盈起来，仿佛有一股灵风萦绕在体内，即便不运转源气，身躯都能够悬浮于空中。

感受着体内的变化，周元眼中有掩饰不住的狂喜涌出来。在阁主之争的前夕，他终于将风灵纹凝练完整了！

为此，周元不知道付出了多少归源宝币，越凝练到后面，需要的归源宝币就越多。

如果不是因为风母纹的销售火爆让他可以为所欲为，即便有混沌神磨帮助恢复神魂，恐怕他也不可能做到两个月就凝练出一道完整的风灵纹！

好在皇天不负有心人，一切付出都在此时获得了可喜的回报。

手背的源纹光芒在持续半响后渐渐散去，周元欢喜得仰天长啸一声，然后身形一动，化为一道流光冲天而起，对着风域出口的方向疾驰而去。

半炷香后，周元的身影落到了出口的悬空石台处。

来往的风阁成员见到周元，皆面色恭敬地行礼，这种待遇可不是周元刚来风阁时能够享受到的。

周元回以微笑，目光一抬，在出口那里见到了一道散发着寒气的冷艳倩影，正是叶冰凌。

当叶冰凌的美眸看见周元时，那拒人于千里的寒霜顿时消融了许多，冷艳脸颊上甚至流露出一丝浅笑。她上前轻声道："秋水说为了明日的阁主之争，她已经在风饮楼开了雅间，要为我们加油助威。"

周元闻言一笑，道："也好，大战之前稍稍放松一下。"

两人说着就朝出口走去。

还没走出几步,周元便敏锐地察觉到有破空声自后方响起,紧接着一道气势凶悍的源气波动涌现,周围顿时变得寂静下来。

周元的目光一扫,眉头微挑。来人正是陈北风,据说这家伙最近也在风域疯狂苦修。

此时的陈北风面无表情,浑身散发着一种生人勿近的冷冽。他落在石台上,也看见了周元与叶冰凌。

双方的视线对碰,空气中似有火光闪现。

陈北风最终只是冷笑一声,迈步上前,在与周元、叶冰凌擦身而过时,他脚步一顿,淡淡地道:"抓紧最后的时间高兴吧,明日之后,你们所做的一切都要被打回原形了。"

他目光怜悯地看了周元一眼。他知道周元至今没有去找吕霄,想必之后吕霄不会再对他有丝毫留情了。

这个蠢货,恐怕还不知晓得罪吕霄的后果吧?

这大半个月,周元都沉浸在众星捧月的感觉中吧,呵呵,也罢,等到明天他会发现,这一切不过是为他陈北风作嫁衣而已。

真不知道那个时候,这小子还能否笑得出来?

心中涌起畅快之意,陈北风的嘴角掀起一抹不屑与轻蔑,然后迈步踏出光幕,消失不见。

明天那一幕,可真是太让人期待了。

第八百零八章
阁主之争

翌日，当天光照耀大地时，风岛爆发出了沸腾之声。

今日的风阁可以算是四阁的焦点所在，当然不是因为风阁有多瞩目，只是因为今日风阁将进行阁主之争，这种事不论放在哪一阁都会十分盛大。

而且，此次风阁的阁主之争连郗菁大人都会亲自出席，规格不可谓不高。

当消息传出时，不仅其他三阁的阁员汇聚于风岛，就连天渊洞天其他浮空岛上都有无数人拥向此处，让原本于四阁中位居末座的风阁在今日罕见地成了天渊洞天的热点所在。

风岛西北处，一座巨大的湖泊如明镜般点缀在地面上，湖泊中央漂浮着一座大型青石广场，而广场外的湖面上有无数光秃秃如巨人手指般的石柱破水而出，如今这些石柱上落满了黑压压的人群，人声鼎沸。

"风阁阁主之位空悬多年，没想到今日终于要开始竞选了……"

"唉，如今的风阁可是大不如以往啊，连副阁主都只有三位，反观其他三阁，副阁主就没少于五位的。"

"是啊，所以此次风阁的阁主应该是从那三位副阁主中竞选出来。"

"想必会是陈北风胜出，他是风阁中资格最老的副阁主，实力极强，叶冰凌比起他都要弱一线。"

"那个周元呢？"

"嗨，一个新来的副阁主而已，实力只是神府境中期，据说是郗菁大人直接下令，空降而来的。"

"郗菁大人这一手让人有些看不懂啊，难不成她也对风阁没啥指望了？"

"据说那陈北风可是天灵宗的人呢,如果此次被他夺得阁主之位,郗菁大人岂不是连这风阁也要丢掉了?"

……

诸多窃窃私语声响起,他们的目光打量着风阁成员最前方的那三道身影,眼神里都带着一些惋惜。

除了风阁的人齐聚于此外,另外的方向,其他三阁的人也已尽数到齐。

火阁所在的位置,吕霄的身影立于最前方,他面庞英俊,身姿挺拔,气势不凡,吸引了不少年轻娇美女子的好奇目光。这位的威名,天渊洞天内显然已是无人不知无人不晓。

此时吕霄那对微赤的眼眸远远地望着风阁最前方的周元,神色淡漠,让人看不出心中喜怒。

"就是那个小子创出来的风母纹吗?"忽然身旁有声音传来,吕霄目光一转,只见一名身穿玄黑衣衫的男子来到他身旁。来人五官普通,脸庞上时刻带着和煦的笑意,让人生出亲近之意。

然而吕霄知晓这一切都是假象罢了,能够成为山阁阁主的人,又怎会是好相与的?

没错,此人正是山阁阁主,韩渊。

韩渊原本是风阁的人,并且深受郗菁大人重视,后来却被玄晶族出手挖去了山阁,担任山阁阁主。

在如今的天渊域中,天灵宗、玄晶族、白族算是盟友,所以吕霄与韩渊有些交往。

吕霄微微点头,淡声道:"一个很有想法的小子,我亲自去拉拢,没想到被拒了。"

"连你吕霄的面子都不给?这么狂吗?"韩渊有些惊讶地笑道。

"毕竟是郗菁大人看好的人。"吕霄漫不经心地道。

提起郗菁,韩渊的面色有点不自然,旋即道:"想法太多却没有本事支撑,也不是什么好事。"

他太清楚吕霄的性格了,既然周元不给他面子,想必这位就不会再客气了。

吕霄淡笑一声,道:"今日过后他再回想起来,应该会后悔吧。不过可惜这个世界上哪有什么后悔药可吃,他只会是自作自受。"

韩渊闻言,便知晓了吕霄的打算,当即双目微眯看了一眼远处风阁最前方的三道身影，重点关注了一下陈北风，轻笑道："你们这是真不打算给郗菁大人留点面子吗？"

如今四阁中只有风阁还在郗菁的手中，若是今日陈北风取得了风阁阁主的位置，那郗菁就一阁不剩了。虽说对郗菁这种层次的人来说，一个风阁不算什么重要的力量，但它终归代表着未来的新鲜血液，若是不握在手里，长远来看难免会有所损失。

吕霄平静地道："上面的博弈我一个神府境哪里看得明白，反正做好自己的事情就行了。"

韩渊耸耸肩，他同样也是棋子，上面怎么说他就只能怎么做。

风阁所在的位置。

庞大的人群泾渭分明地分为三方，一方支持周元、叶冰凌；一方支持陈北风；第三方人数最多，属于中立派。

原本陈北风的声势要比周元、叶冰凌这边更强，但经过之前风母纹事件，双方声势出现逆转，从目前来看，周元他们这边更有优势。

"叶师姐，加油！"伊秋水对着叶冰凌握紧小拳头，那温婉漂亮的鹅蛋脸此时有些紧张。

伊秋水很清楚今日这场阁主之争代表着什么。

如果陈北风取胜，他们之前的一切努力都有可能化为乌有。

其他人也纷纷为叶冰凌打气，虽说如今周元在风阁的声势越来越强，但大多数人还是将抗衡陈北风的希望放在叶冰凌身上。在他们看来，周元的进步虽然神速，但与陈北风、叶冰凌两人相比还欠缺了一些火候。

叶冰凌今日身穿白色练功服，勾勒出纤细的腰肢与修长的双腿，显得矫健动人。她望着一旁的周元，郑重地道："我先去跟他斗一场，如果不是他的对手，我会尽可能以伤换伤，为你争取更好的条件。"

周元闻言，连忙道："尽力就好，不必那么惨烈。"

叶冰凌白了他一眼，道："我只是说万一。这一个月来，借助你的风母纹，我的实力已精进不少，不一定就对付不了他。

"只是到时候我如果取胜，风阁阁主之位就是我的了，你可别眼红。当然，

如果你实在不甘心，等能打赢我的时候，我也可以把位置让给你。"她随意地说着，眼光却瞟着周元。

周元嘴角微微一抽，旋即笑了笑。他听得出来叶冰凌言语深处隐藏的安慰，似乎生怕到时候她夺了风阁阁主之位，他会想不开，导致双方关系变差。

"好好，叶师姐你就放心去吧。"周元点点头，然后看了一眼不远处的陈北风，双目微眯，沉吟道，"你要小心一些，这段时间恐怕陈北风也精进不小。"

如果陈北风打算今日有所了结，就必然会有准备，而且……

他看了一眼火阁方向吕霄的身影。自从上次碰面后，这位便再没有什么动静，但周元不相信对方真就选择放弃了。无疑，今日这场阁主之争对吕霄而言就是绝好的机会。

在他们说话的时候，忽然天地间的源气沸腾起来，然后无数人便见到在那湖泊中最高耸的两处石柱上，有两道流光从天而降。

整个天地间无数人哗然大惊。

他们发现除了郗菁大人之外，另外一道散发着滔天威严的身影，赫然是天灵宗的宗主，玄鲲！

这场风阁阁主之争，居然能够引来天渊域两位元老！

无数人神色敬畏，恭迎声响彻天地。

"拜见郗菁大人！"

"拜见玄鲲宗主！"

第八百零九章 林阁木柳

"天灵宗宗主,玄鲲?"

当天地间无数惊哗声响起时,周元的眼神有些惊奇地望向不远处那座石柱,只见那里有一道身影负手而立。

那是一名身躯瘦弱的老者,身穿月白色大袍,袍服上铭刻着层层云纹,云纹下似有巨兽之目张望,显得格外神秘。

他的面庞平静如幽潭,那对眼睛宛如深渊,难以探测。

他仅仅只是站在那里,周身没有任何源气波动,但整个天地仿佛都屈居其下。

"嗯,的确是玄鲲宗主。"

身旁的叶冰凌低声道:"你可莫看他身躯老朽瘦弱,玄鲲宗主闻名于混元天的恰恰是他那近乎入圣般的超强肉身,举手投足间可裂乾坤。"

周元的眼中掠过惊色,真没想到这位看起来干枯瘦弱的老者肉身竟如此恐怖。

"玄鲲宗主的万鲲法域可化万千神鲲,一旦纳入体内,那种力量可搬动一座大陆!"

周元感觉头皮发麻,搬动一座大陆?那是什么恐怖力量啊?难怪苍渊师父一失踪,郗菁师姐就压制不住天灵宗了,这老家伙简直就是战斗力爆炸啊!

心中感叹着,周元的目光又看向玄鲲一旁的石柱上,那里有一道修长倩影俏立,酒红色的齐肩短发随风轻扬,说不出的英姿飒爽,引得天地间无数年轻女子的眼中闪烁着星光,崇拜无比。

此人自然便是郗菁。

五大元老今日竟然来了两位,这般规格不可谓不高。

在万众恭迎声中,郗菁与玄鲲宗主轻轻点头,而后郗菁清澈的声音响起:"不

必多礼。"

她的眸子投向风阁所在,目光在周元的身上一掠而过,道:"今日风阁开启空置多年的阁主之争,还望你等全力施为,莫要让人失望。"

所有风阁弟子皆恭敬应是。

郗菁袍袖一挥,天地源气汇聚而来,在她与玄鲲宗主身后形成宝座。她伸手一引,淡笑道:"没想到玄鲲宗主竟会对风阁的阁主之争如此上心,还亲自前来。"

玄鲲宗主在宝座上坐下,慢悠悠地道:"闲来无事,来看看这些小辈也是一场乐事。"

郗菁闻言,心中却是一声冷笑。这老家伙此次前来,恐怕是担心她一旦输了,找借口否认今日的阁主之争吧,毕竟天灵宗觊觎风阁不是一天两天了。

"当初师父在的时候,玄鲲宗主可没现在这么热心呢。"郗菁道。

玄鲲宗主笑道:"苍渊大尊在的话,足以横压当世,万般事务皆在他的掌控之中,哪里需要老夫多手多脚?如今大尊离去,为了不使天渊域出乱子,老夫只能多管闲事,不然万一哪天大尊归来,老夫可不好交代。"

说到此处,他忽然一顿,道:"不知道郗菁元老最近可有得到大尊的消息?"

郗菁神色不起波澜,道:"师父他老人家神出鬼没,该归来时自然就归来了。"

玄鲲笑了笑,没有再多说,那一对如深渊般的双目令人丝毫看不出心中所想。

此时,随着郗菁与玄鲲宗主两位巨头到场,风阁阁主之争终于在万众瞩目间拉开序幕。

无数道目光汇聚向陈北风与叶冰凌,至于周元,虽说他是副阁主,此时却关注度寥寥,想来大家都不觉得今日这阁主之争跟周元有什么关系……

陈北风享受着被瞩目的感觉,旋即偏过头,冲着周元与叶冰凌露出一抹冷笑,脚掌猛然一跺。

"轰!"

脚下的石柱崩开道道裂痕,他的身影暴射而出,重重落在湖泊中央漂浮的那座青石广场上,凶悍的力量令湖面上荡漾出水波涟漪。

"风阁副阁主,陈北风!"陈北风暴喝如雷,眼神如刀般锁定叶冰凌,道,"在此请赐教!"

叶冰凌的俏脸冰寒,娇躯疾掠而出,落在青石广场上,声音冷彻:"风阁副阁主,

第八百零九章　林阁木柳

叶冰凌！"

当两人出现在湖面的广场上时，天地间的气氛顿时变得热烈起来，无数道目光饶有兴致地看向他们，在场中的人看来，今日这场阁主之争主要的看点就是这二人。

不远处，有大批人影汇聚，正是林阁的人。从某种意义上来说，林阁跟风阁关系更近一些，因为郗菁与木族算是某种联盟，一起抗衡天灵宗、玄晶族、白族。

此时，在林阁诸人的最前方，数道身影也正盯着场中的陈北风与叶冰凌。

"老大，你说这风阁阁主会落到谁的手里啊？如果是陈北风的话，对郗菁大人岂不是很不妙？"一名身躯魁梧的男子声如闷雷，说话时口沫溅射，如雪花飘舞。

魁梧男子的面前是一名面容清隽的青年，身躯挺拔，一身青衫一尘不染，整个人透着一种难以言说的干净气质。

此时，青年望着魁梧男子说话时落在自己衣衫上的水渍，眼角微微抽了抽，强忍着当场换衣服的冲动，露出笑容温和地道："蛮子，我听得见你说话，所以不用离我这么近。"

"哦。如果风阁阁主是陈北风，那以后咱们林阁岂不是要对付三家了？怕是打不过啊。"那被称为蛮子的魁梧男子点点头，说话间又有几滴唾沫溅射到青年的肩膀上。

青年不禁浑身一抖。

魁梧男子总算发现了，当即露出憨厚的笑容，道："不好意思啊老大，我帮你擦擦。"

他连忙伸出黑乎乎的大手，对着青年的肩膀擦去。

望着伸过来的黑色大手，清隽青年额头上的青筋一跳，终于忍耐不住，如电光般一脚踢出，在黑手落下之前直接将魁梧男子踢到了湖泊中。

"你个混蛋，都跟你说过一万遍了，说话就说话，不要对着我吐口水！你想气死我然后坐上我的阁主位置是不是？！"青年气急败坏地道。

周围众多林阁成员见状，都忍不住地憋笑，不敢显露。

眼前的青年正是他们林阁的阁主，木柳。

在木柳的身旁，一名淡绿长裙的少女则不加掩饰地"扑哧"一笑，她容貌秀美，腰肢如柳条一般纤细，气质淡雅。

　　她叫木青烟，乃是林阁的二号人物，先前被青年一脚踢进湖中的魁梧男子则是林阁的三号人物，名为蒋蛮。

　　林阁所有人都知道，他们这位阁主平日里风轻云淡，即使面对火阁的吕霄都丝毫不惧，唯一的缺陷就是超级洁癖，不能容忍身上有丝毫不干净的地方。

　　一旦惹上他这一点，那素来极好的修养就会直接破功，跳脚大骂宛如泼妇。

　　木青烟望着黑着脸拿出手帕狠狠擦着衣服的木柳，笑道："那你觉得他们谁能赢？"

　　木柳在将衣服清理一遍后，神情再度恢复了平常的从容清淡，闻言看了一眼场中的陈北风与叶冰凌，半晌后却微皱了下眉头，目光缓缓转向风阁最前方的周元。

　　他沉吟了一下，道："我怎么感觉那个家伙有点危险啊。"

　　木青烟微怔，美目也转向周元，有些玩味地道："那个风阁新来的副阁主？神府境中期？你确定这次的感觉没出错？"

　　她知道木柳因为某些缘故，对危险气息的感知极为敏锐，但这一次真的没搞错吗？

　　木柳一本正经地道："那家伙虽然看上去温和如兔子，人畜无害，但浑身散发着阴险的气息，肯定没少做扮猪吃老虎的事。这种人最为狡诈，不能以表面衡量。"

　　旋即他又耸耸肩，道："感觉是这样告诉我的，至于有没有出错就不晓得咯。先看看吧，如果我感觉没有错的话，今天他必然会出手，因为……"

　　他望着湖泊中心广场上那两道对峙的身影，微叹了一口气。

　　"叶冰凌不是陈北风的对手。"

第八百一十章
达到八成

湖泊中央漂浮的广场上，两道身影在无数道火热的目光中对峙着。

陈北风面色阴鸷地注视着叶冰凌，冷笑道："叶冰凌，你们今日没有机会的。"

他的双手缓缓握拢，深黄色的磅礴源气自他体内升腾起来，直冲天际，宛如化为了黄色风暴，呼啸之间有刺耳的呼啸声传出，引得人神魂动摇。

七品源气，迷神黄风气。

源气在他的身后形成了三道神府光环，散发出淡淡的九彩之光，吞吐着天地源气。

陈北风源气涌动间，便有强横的源气威压弥漫开来，引得在场不少人眼神微凝。七品源气、神府境后期、下九府……常人能够拥有其一，便能够在同层次中占据优势，而如今三者聚于一身，足以让陈北风踏入神府境的一流行列，傲视天下无数同等级的高手。

当陈北风的源气涌动、呼啸天际形成威压时，叶冰凌俏脸凝重，雪白源气自她体内喷薄而出，宛如在头顶上形成了层层如浪潮般的寒云，天地间的温度骤降。

七品源气，海冥寒气！

三道散发着淡淡九彩光芒的神府光环也在她的身后凝聚。

无论从哪个角度看，叶冰凌似乎都不比陈北风弱。

两人的目光对碰到一起，空气中似有火花溅射。

"嗡！"

陈北风的嘴角噙着一抹冷笑，率先出手。只见他十指连弹，虚空顿时荡漾出涟漪波动，天空之上千万道黄色的风刃凭空成形，撕裂虚空铺天盖地地对着叶冰凌笼罩而去。

叶冰凌头顶上那层层源气所化的寒云也开始蠕动，猛地喷发出无数雪花，每一枚都凝聚着极寒之气，与万千风刃相碰。

"砰！砰！"

两股强悍的源气对碰在一起，爆发出低沉巨响，令虚空不断震荡，而风刃与雪花也在不断破碎。

"唰！"

当风刃与雪花还在激烈交锋时，陈北风的身影却化为一道模糊的光影暴射而出，他的手掌一抓，磅礴源气汇聚而来，竟化为一柄深黄色的巨大风刃。

风刃之上缠绕着高速旋转的风，所过之处，连虚空都被割裂开来。

陈北风的身影宛如鬼魅般出现在叶冰凌上方，手中巨大风刃直接狠狠地劈斩下来。

"迷神大风刃！"

那一道风刃斩下，发出了尖锐的音波。音波有干扰神魂的力量，一旦中招，神魂恍惚间便会被那风刃一斩为二。

身为陈北风的老对手，叶冰凌对他的手段极其了解，体内源气涌动间直接屏蔽了音波，然后玉足猛地一跺地面，顿时磅礴源气涌动，一座由冰寒源气所化的寒冰墙壁轰然一声从她面前升腾而起。

"当！"

巨大的风刃斩在寒冰墙壁上，发出巨响，冲击波肆虐间，冰墙上有无数裂痕蔓延，最后化为无数碎片暴射而开。

"咻！"

叶冰凌纤细的身影暴射而出，脚尖点过一些碎片，玉手间出现了一柄寒冰长枪，直接化为残影，裹挟着磅礴雄浑的源气，对着陈北风笼罩而去。

枪影呼啸，源气映照间，无数源气星辰闪耀，那数量怕已超过千万，声势十分惊人。

"哼。"

陈北风见状，一声冷哼，手掌紧握巨大风刃，挥舞出万千刀光，磅礴源气呼啸间同样映照出无数源气星辰，丝毫不逊色于叶冰凌。

"当当当！"

半空上，两道身影如鬼魅般不断交错，短短不过数十息已交手数百回合，激烈的对碰掀起阵阵源气风暴，引发无数惊叹声。

周元望着半空中交锋的两道身影，眼神微凝。从他的感知来看，叶冰凌与陈北风的源气底蕴应该都达到了一千三百万源气星辰，比起他的一千一百万都要更强横，只是似乎陈北风要比叶冰凌稍微强一些。

不过，陈北风恐怕还留有余力。

这就是副阁主的实力吗？果然不是金腾那些统领可以相比的啊！

"周元，叶师姐能赢吗？"伊秋水紧张地问道。

周元沉吟了一下，道："从眼下来看相差不多，如果要分个高低的话，可能就要看双方对风灵纹的凝练程度了。"

伊秋水的脸颊上有一抹喜色浮现，道："这一个月来，叶师姐借助你提供的风母纹，如今风灵纹已经完成了七成，肯定比陈北风强！"

要知道，过去的一年多，叶冰凌与陈北风都只将风灵纹提升到五成的完成度，可如今叶冰凌仅一个月时间就提升了两成，这个速度显然会超越陈北风。

不过，周元没有她这么乐观，他只是紧紧地盯着场中陈北风的身影。叶冰凌这一个月的提升的确不小，但他知道陈北风不可能毫无准备。

在两人说话时，场中的激战忽然有所变化。

叶冰凌的手背之上有青光绽放，一道完成度颇高的风灵纹渐渐浮现出来。她明白如果不借助风灵纹的力量，今日不可能胜得了陈北风。

随着那道风灵纹的出现，自叶冰凌体内爆发出来的源气波动开始以一种惊人的速度节节攀升。

短短数息，她的源气底蕴便攀升至一千四百多万！

叶冰凌的这般变化引起了天地间诸多惊呼声。

"上品天源术，天莲冰玉掌！"

叶冰凌移动的速度也在此时暴涨，一个闪烁间便宛如瞬移般出现在陈北风的前方，她玉手拍出，一瞬间磅礴冰寒源气汇聚，直接形成了一道百丈左右的白玉之掌。

白玉掌心间有莲花光纹散发着玄妙之力。

此时的叶冰凌面相庄严，白玉光掌呼啸，一掌就对着陈北风气势汹汹地狠狠拍下。

叶冰凌这一掌可谓酝酿了许久,声势惊人。

滔天寒气笼罩而来,陈北风望着叶冰凌倾尽全力的攻势,嘴角却有一抹诡异的弧度掀起。

"叶冰凌,这就是你的底气所在吗?七成完成度的风灵纹还真是不赖呢。"

"不过,你真以为我以前的风灵纹完成度跟你一样只有五成吗?"

叶冰凌听到此话,俏脸不由得微微一变,心中升起不安,掌风却更为凶悍。

陈北风毫不在意笼罩下来的冰寒玉掌,道:"以前不想暴露,只是担心风阁阁主之争难以开启,现在没这个担忧了。"

他的手背青光浮现。

与此同时,他手臂的血肉中竟然也出现了诸多青色光点,那些光点迅速向着手背处汇聚,那道残缺的光纹开始变得越来越明亮。

风灵纹的完成度此时急速提升。

五成、六成、七成!

眨眼间,陈北风的风灵纹完成度便追上了叶冰凌的七成,最让人震惊的是,此时还不断有光点汇聚而来。那些光点皆是风灵纹源痕,只不过以往被陈北风以某种手段封印在体内。

随着越来越多的源痕光点汇聚,最终,陈北风手背上风灵纹的完成度达到了八成!

"哗!"

天地间,无数骇然声响起,谁都没想到陈北风竟然隐藏得这么深!

他的风灵纹赫然达到了八成的完成度!

与此同时,自陈北风体内弥漫出来的源气底蕴开始急速暴涨。

源气在他身后映照虚空,折射出无数源气星辰,粗略看去,竟然已突破至一千五百万的恐怖之数!

此时此刻,陈北风终于将自身的实力毫无保留地展现出来。

当那一千五百万源气星辰映照虚空时,伊秋水、柳之玄等一众支持叶冰凌的人面色变得苍白起来,反观陈北风的支持者则是欢呼出声。

而更多的中立派只能暗暗叹息。

看来今日这阁主之争,结果已定。

第八百一十一章
周元上场

"嗡!"

磅礴浩瀚的源气宛如风暴一般自陈北风体内爆发出来,四周的湖面都被掀起了惊涛骇浪。

这一千五百万源气星辰底蕴引来了诸多震惊的视线。

谁都没想到陈北风隐藏得这么深,甚至在火阁中,除了吕霄神色平淡外,其余的副阁主都是一脸惊异。

"陈北风的风灵纹完成度竟然达到了八成?"王尘率先失声道。要知道,八成的完成度在他们火阁都屈指可数,即便是他,如今也才堪堪达到这种程度。

以往他在面对陈北风时还稍微有些低看,如今才明白,如果陈北风毫无保留的话,自己不一定就比得过!

其他两阁中同样传出了诸多惊哗声,可见陈北风此时暴露的实力有多么震撼。

林阁那边,那蒋蛮重新从湖泊中爬了回来,捂着嘴巴"呜呜"道:"这陈北风藏得也太深了。"

木青烟秀美的脸颊上有些凝重,轻叹道:"叶冰凌要输了。"

木柳耸耸肩,道:"我先前就说过,今日风阁能与陈北风相争的恐怕只有那个扮猪吃老虎的家伙。"

木青烟闻言,依旧有些怀疑地看了周元所在的方向一眼。若是其他人这么说,她真是半点都不信,可木柳这家伙的感知素来敏锐,她只能半信半疑。

在全场最高处,郗菁神色无波地盯着这一幕,淡淡地道:"一个神府境后期竟然有本事将平日里修炼而来的源痕封印在体内,而且封印手法如此完美,真是有意思。"

玄鲲宗主双目虚眯,似在假寐,宛如没有听见郗菁所说一般。

郗菁喃喃自语道:"看来还真是有必要取消这场阁主之争。"

玄鲲宗主这才睁开眼睛,笑道:"郗菁元老还是年轻了些啊,若是你能认真一点,那种程度的封印怕是无法逃过你的眼睛。

"不过事已至此,取消是不能的,不然太不合规矩了。"

郗菁冷冷地扫了这老家伙一眼,道:"你高兴得早了一些吧。"

玄鲲宗主笑笑,没有再说话,继续双目虚眯保持着假寐。眼前的局面,陈北风胜势已定。

"嗡嗡!"

"龙魔钻!"

陈北风望着从天而降的白玉巨掌,猛地吸了一口气,顿时天地间磅礴源气顺着鼻息涌入,他的身躯随之膨胀起来,最后嘴巴猛然张开。

"呜呜!"

深黄色的风从嘴中喷吐而出,宛如一头黄龙咆哮,张牙舞爪,疯狂地旋转,尖端似巨大的钻头,连虚空都被生生撕裂。

黄龙风钻呼啸而出,直接与那镇压而下的白玉巨掌硬碰。

"吱吱!"

两者碰撞,发出刺耳的声音,碰撞处的虚空都不断地被震裂。

而这种对碰仅仅坚持了十数息,白玉巨掌上便崩裂出道道痕迹。

叶冰凌的脸色剧变。

"轰!"

还不待她加注源气,那风钻已爆发出恐怖的威能,竟生生将白玉巨掌洞穿、撕裂。

"吼!"

风钻中似有龙啸传出,尖端扭动间,虚空破碎,快若奔雷般出现在叶冰凌的前方。

叶冰凌银牙一咬,飞速后退。

陈北风见状,脸上露出一抹讥讽之意,印法一变,风钻速度暴增,最后如一头狂暴风龙重重地轰在叶冰凌的娇躯上,狂暴的源气直接在天空上形成了肉眼可见的冲击波。

"扑哧！"

身躯遭受重击，叶冰凌的红唇间一口鲜血喷出，周身源气波动迅速萎靡下来，娇躯从天空急速坠落。

此时此刻，胜负已分。

湖泊周围有无数惋惜声传出。

一道金色源气将急速坠落的叶冰凌接住，然后卷回风阁众人所在之地。

"叶师姐，你没事吧？"伊秋水迅速上前接住，有些担忧地问道。

叶冰凌俏脸惨白，眼中的冷冽早已散去，眼神有些恍惚，显然还没有从被陈北风打败的事实中清醒过来。

"叶师姐，输就输了，没事的。"伊秋水安慰道。

叶冰凌的眼眶渐渐变红，她低着头，声音嘶哑道："让大家失望了，是我本事太差。"

她为此准备了许久、努力了许久，没想到却是这种结果。

周围众人一片沉默，气氛极其压抑。叶冰凌都输了，还如何去跟陈北风竞争阁主之位？

湖泊中央，陈北风脚踏源气，立于广场上方，眼神讥诮地望着这边，淡淡地道："叶副阁主如果没有再战之力，那便认输吧。"

叶冰凌银牙紧咬，推开伊秋水，道："我还没输，我还能再战！"

她的神情充满不愿服输的倔强，她知道一旦陈北风成了风阁阁主，将会有多么严重的后果。

她勉力上前两步，然而体内的伤势直接让她唇角浮现出一丝血迹，周身源气极端萎靡。

就在此时，一只手掌从后方握住了叶冰凌柔嫩的肩，将她强行阻止下来。

叶冰凌微微挣扎了一下，却无法摆脱，只能转头，便见到周元笑盈盈地站在她身后。

"叶师姐，你的任务是揭开他的底牌，现在看来已经完成得很圆满了。"周元笑道。

叶冰凌的贝齿咬着嘴唇。

"叶师姐的名气已经不小了，这种场面让我也露露脸，赚几分名气吧？"

叶冰凌闻言，好气又好笑。这家伙当这里是戏台子吗？实力不足的话，上去简直就是自讨苦吃！哪里还能赚什么名气？

周围的众人有些疑惑地看着周元，他们听出周元这是想要上场了。

连叶冰凌都打不过此时的陈北风，周元这种神府境中期上去能有什么用？

不过被周元这么一插科打诨，叶冰凌心中的难过稍减了一些，她的美目盯着周元，最终叹了一声，道："如果打不过就不要勉强，留得青山在，不愁没柴烧。陈北风就算成了阁主，也只是有些优势而已。"

周元笑着点点头，然后迈开步伐，越过了叶冰凌。

此时此刻，天地间无数惊疑的目光投射而来，汇聚在周元身上。

广场上空，陈北风见到这一幕，轻笑出声，玩味地问道："哦？周元，你这是打算临危受命，想要上演一场力挽狂澜的精彩好戏吗？"

旋即他的笑容收敛，眼神渐渐变得冷厉。

"不过可惜，这场戏，还得问问我同不同意。"

第八百一十二章

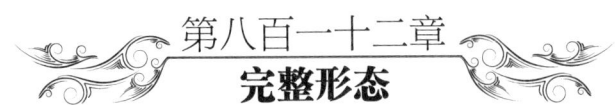
完整形态

"轰！"

当周元的身影冲天而起，如炮弹般落向湖泊中央的广场上时，天地间无数道目光带着诧异汇聚而来。

"那是……风阁新来的副阁主周元？"

"他打算上场了吗？"

"连叶冰凌都输了，他一个神府境中期上来能顶什么用？简直是自取其辱啊！"

"看来是不甘心。"

"实力差距摆在那里，不甘心又能如何？"

……

窃窃私语声在湖泊周围传开，显然没有多少人看好周元。虽说周元创出了风母纹在四阁声名鹊起，但这场阁主之争拼的是真正的实力。

所以在他们看来，周元上场只是出于内心的不甘心。

但不甘心又能改变什么？

火阁处，吕霄面色平淡地望着这一幕，对着身旁的韩渊道："果然耐不住了。"

韩渊倒是饶有兴致，笑眯眯地道："这小子胆魄不错啊，连现在这个状态的陈北风都敢招惹。"

吕霄道："那是因为他知道自己不得不站出来，一旦陈北风成了风阁阁主，往后他的日子就难过了……

"虽说他只是神府境中期，战斗力却相当强横。据说他拥有变异神府，源气底蕴不弱，如果踏入神府境后期的话，陈北风不会是他的对手。"

"变异神府?"韩渊这才有些惊讶,变异神府毕竟少见。

"那倒有点意思。"韩渊笑了笑,不过神态有些漫不经心。他与吕霄都算是天渊域神府境内的顶尖层次,连陈北风都与他们有着不小的差距,就算周元拥有变异神府,依旧入不得他的眼。

周元踏入神府境后期的话,或许还能跟他们过两招,但那得等到什么时候了?说不定那时他们已经踏足天阳境了。

源气修炼本就是一步快步步快,真要论天赋、资源之类的,他们难道会弱于那个周元不成?

"希望这位的变异神府能稍微多坚持一下吧,不然也太无趣了。"韩渊嘴角的笑容带着一丝恶意。他与周元没什么恩怨,不过对方深受郗菁重视,眼下还一副这么卖力表现的样子,让他内心深处不住冷笑。

"咦,那个人还真的上场了呢。"

林阁的木青烟看着周元的身影,有些惊讶地对木柳说道。

身躯魁梧的蒋蛮闷声闷气地道:"可别被那陈北风一招就打败了。"

木柳摇摇头,道:"这家伙恐怕没那么简单。"

他的目光瞥了一眼不远处的吕霄与韩渊的身影,似笑非笑道:"吕霄、韩渊这两个家伙虽说实力不弱,眼力却不及我的万分之一,不知道待会儿见到周元暴捶陈北风的场景,他们的脸色会不会很精彩?"

见到他这副信誓旦旦的模样,木青烟与蒋蛮对视一眼,皆半信半疑。

"没想到你真的有勇气上场……"

陈北风的身影自半空中徐徐落下,他双臂抱胸,眼神玩味地盯着周元。对周元此时上场,他心中有掩饰不住的狂喜,这样他就有了光明正大的理由将之前的场子尽数找回。

周元的五指握拢,然后松开,语气随意地道:"又不是什么龙潭虎穴,需要什么勇气?"

陈北风的眼中带着阴冷的笑意,淡淡地道:"希望你待会儿还能这么想。"

他已打定主意,今日要在所有人的面前彻彻底底将周元打爆,让他往后在风阁再也抬不起头来!

"呜呜!"

滔天般的深黄色源气充斥着陈北风身后的天际,威压铺天盖地地弥漫开来,源气映照虚空,显露出无数源气星辰,足有一千五百万之数。

"来,把你的本事都施展出来看看。"陈北风戏谑地道。

周元感受着天地间弥漫的源气威压,神色不变,下一刻,蛟龙长啸的声音从他的体内爆发而出,青金色的源气冲天而起,宛如青蛟升空。

他的手掌一握,一枚剑丸凝练而出。

"荡魔剑丸术!"

周元没有半点客气,凌厉剑气嘶啸虚空,下一瞬,一道剑光破空而出,宛如奔雷,直接对着陈北风劈斩而下。

然而,面对周元劈头盖脸的一剑,陈北风双臂抱胸,脚尖离地数丈,面庞毫无波澜。

当剑丸所化的剑光距离陈北风数十丈时,天地间狂风呼啸,一柄深黄色的风刃凭空凝现,然后与剑光重重地硬碰在一起。

"当!"

金铁之声响彻而起,掀起源气冲击。

剑光与风刃几乎是同时倒卷而回。

风刃围绕着陈北风旋转一圈,然后凭空散去。

两人第一次交锋落入诸多目光中,不出意料地引起一片哗然声。周元那一剑其实相当凶悍了,可惜的是陈北风的源气底蕴超过他足足四百万!

在这种源气差距下,即便周元施展的是上品天源术,依旧难以取得优势。

韩渊望着这一幕,道:"虽说神府境中期能够有这种程度的源气底蕴已是相当不凡了,不过想要凭此打败陈北风还差得远。"

他冲着吕霄耸耸肩,笑道:"看来这风阁阁主的位置终于要落到你们天灵宗头上了。"

吕霄神色平淡,不起波澜,显然并不觉得这是什么令人意外的事情。

林阁那边,木青烟秀眉微蹙,看着木柳说道:"那周元似乎有些弱啊。"

"继续看着呗。"木柳慢悠悠地说道。

广场中。

"一千一百万左右的源气底蕴……"

陈北风轻笑一声,似有些失望道:"你就这点能耐吗?只是如此的话,你恐怕连叶冰凌都不如。"

周元的袍袖一挥,将倒卷而回的剑丸收回体内,没理会陈北风那故作姿态的嘲讽。先前那一手只是想试探一下一千五百万源气星辰究竟有多强。

结果让他有些惊讶,他这荡魔剑丸术竟然无甚建树就被对方抵挡下来。

四百万源气星辰的差距的确让人心惊。

既然如此,那就将底蕴增强吧。

周元神色平静,下一刻所有人都见到,他的手背处有淡淡的青光涌现出来。

"要催动风灵纹了吗?"

有人摇头感叹,周元进入风阁才两个月,顶天也就将风灵纹的完成度达到五成吧?那种增幅对大局没有太大影响。

"你还打算东凑凑、西借借吗?"陈北风忍不住笑出声来。以周元那点完成度的风灵纹,能够增幅多少源气底蕴?

然而,周元手背上的青光越来越明亮。

他的周身似乎有风声呼啸起来,天地源气也隐隐剧烈地翻腾着。

如此动静,终于引得一些人的目光变得惊疑不定起来。这个阵势不对啊,先前陈北风、叶冰凌催动风灵纹时都未曾有过这个动静。

无数道目光汇聚向周元的手背,只见那里的青光在浓郁到极致后,一道古老的源纹终于缓缓浮现出来。

那道源纹呈现青色,每一道线条都极为圆满,没有任何缺陷。

懂行的人此时瞳孔一缩,面庞上有惊骇之色涌起。

"完整的风灵纹?!"

尖锐的骇然声突兀地响起。

湖泊周围,吕霄、韩渊的面色皆猛地一变。

"轰!"

下一刻,周元体内的源气猛然暴涨,气势节节攀升,源气席卷,映照虚空,有无数星辰点缀。

一千四百多万源气星辰！

完整形态的风灵纹，为周元足足增幅了三百万的源气星辰！

整个湖泊四周的哗然声戛然而止，一片死寂，无数人瞪大了眼睛，一脸的难以置信。

包括陈北风，他的脸上原本挂着的戏谑笑容此时一点点僵硬下来。

在那漫天寂静中，周元感受着无比轻盈的身躯，满意地一笑，然后抬头望着面庞僵硬的陈北风。

"现在，够了吗？"

第八百一十三章

震撼全场

磅礴的青金色源气充斥于天地间，映照虚空时显露出无数源气星辰，一股窒息的压迫感此时自周元的体内弥漫出来，平静的湖面上随之掀起了惊涛骇浪。

湖泊四周，无数观战者近乎呆滞地望着这一幕。

即便是吕霄、韩渊这般人物，都出现了片刻的失神。

他们的目光近乎凝固一般盯在周元手背那道圆满的古老源纹上。

那是完整的风灵纹？！

"怎么可能？！他怎么可能两个月就将风灵纹凝练完整？！"韩渊终于回过神来，失声道。

吕霄的眼角微微抽搐，原本胸有成竹的神情变得阴沉许多。周元这一手，连他都没想到。

"他创出了风母纹，由此可见他的神魂不弱，若是解决掉血气的问题，再加上风母纹售卖得来的归源宝币，凝练速度的确会远超常人。"吕霄深吸一口气，道。

"那也不至于这么快！"韩渊反驳道。这么多年里具备这些条件的并非只有周元一人。

吕霄没有再多说，因为说什么都没用了，不管是什么原因，周元现在做到的事情已足够引起轰动了。

两个月凝练出一道完整的风灵纹，这个速度在天渊域前所未有！

他的眼中掠过一抹阴鸷，原本他以为周元只是一个可以随意揉捏的小角色，如今看来，他的评估竟然出错了。

"两个月凝练出风灵纹？！"

林阁那边，木青烟的红润小嘴微张，小脸布满震动之色："这也太快了吧？

而且他这风灵纹怎么增长了三百万左右的源气星辰？"

模样清隽的木柳也怔了片刻，然后咂咂嘴，道："这小子真是阴险啊！我先前虽然感觉到他有所隐藏，但也没想到过竟然是藏了一道完整的风灵纹！

"至于增长的三百万源气星辰底蕴并不奇怪，这说明他凝练的风灵纹极为圆满，以往也有天资卓越的人做到过。不过，能够在短短两个月里凝练出完整的风灵纹并且如此圆满的人，他还是第一个。"

木柳感叹着摇摇头，认真地道："这家伙比我想象的还要狡猾，以后咱们离他远点。"

木青烟却美眸微亮："我觉得还不错啊，如果我们林阁和风阁联手，就可以不惧吕霄、韩渊他们了！"

木柳连连摇头："我总感觉离这家伙近了没好事，指不定就被他卖了。"

木青烟白了他一眼，道："反对无效，因为林阁我说了算！"

木柳俊朗的面色顿时一苦，低声道："我好歹是林阁正儿八经的阁主啊，你得给我点面子。"

木青烟轻哼一声，不再理他，美目看向场中。

风阁处，所有人同样处于震撼中。

许久后,叶冰凌方才平复了心情，语气有些不确定地道:"那是完整的风灵纹？"

伊秋水、柳之玄他们对视一眼，有些不敢确定地点点头，道："虽然不知道是不是真的，但周元的源气底蕴的确暴涨了。"

叶冰凌长吐了一口气，道："那就是了。"

她的美目有些复杂地盯着周元的身影，贝齿紧咬着红唇，道："这个家伙原来这么强，竟然之前还躲在后面看我的好戏，简直过分！"

虽然嘴上说着"过分"，但伊秋水他们都能感觉到叶冰凌一直紧绷的身躯此时放松了许多，眉宇间也有如释重负的欣喜之意。不管如何，阁主之位落在周元头上，要比落在陈北风头上好无数倍。

如今，显露出完整风灵纹、源气底蕴暴涨到一千四百万的周元，已经有了真正不惧陈北风的实力。

整个湖泊四周的人都沉浸于那一道完整风灵纹带来的震撼中。

这一幕同样落入最高处两位元老的眼里。

　　一直在假寐的玄鲲宗主此时双目已经睁开，视线锁定在周元身上，那深邃如渊的眼眸微微波动，然后道："原来郗菁元老也有所准备。"

　　他已明白，这位两个月前被郗菁看重，直接空降风阁的副阁主，就是她为今日准备的。

　　难怪郗菁会松口开启阁主之争。

　　郗菁斜靠着宝座，淡笑道："四阁现在只有风阁还在我手中，你们就别总是搞些无聊的事了。如果玄鲲宗主你真的想要，只管跟我开口不就行了？"

　　玄鲲宗主笑呵呵地道："这话老夫可不敢应，万一以后苍渊大尊归来，还当我这老家伙欺负郗菁元老了。"

　　郗菁面色不变，心中却是一声冷笑：你这老家伙，还想立牌坊。

　　这一次如果不是她留了周元这一手，恐怕风阁还真被天灵宗得手了。

　　对于周元在两个月内凝练出完整的风灵纹，她并不感到不可思议，因为她也修炼了混沌神磨观想法，知晓四灵归源塔的核心处有着什么，那里就连玄鲲宗主以及其他三位元老都无法进入。

　　在那万众瞩目的湖泊广场中，陈北风终于渐渐从震惊中回过神来。他望着周元手背上那完整的风灵纹，面庞变得有些扭曲，嘶哑地道："你怎么可能短短两个月就凝练出完整的风灵纹？！"

　　先前他还在冷嘲热讽，然而谁能想到，转眼间这些嘲讽便化为巴掌狠狠地甩在他自己的脸上。

　　周元那一千四百万的源气底蕴已经不比他弱多少了。

　　而且他能够清晰地感觉到，周元的源气比他修炼的迷神黄风气的品阶更高！也就是说，周元即便源气底蕴比他稍弱，硬拼起来却不见得会吃亏。

　　两人之间原本让人望尘莫及的差距，已被周元用一手不可思议的手段填补了。

　　面对陈北风有些歇斯底里的声音，周元没有加以理会。他感受着体内那如山崩海啸般的澎湃源气，深深地吸了一口潮湿冰凉的空气，再度抬起了手掌。

　　掌心间，一枚剑丸缓缓浮现。

　　"嗡！"剑鸣之声响彻而起。

　　"你再接我一剑试试？"

第八百一十四章 逆袭翻盘

"嗡!"

当周元声落的那一瞬,天地间响起嘹亮的剑吟声,空气中有锋利冷冽的气息流淌。

周围的湖面上更是不断出现一道道细微的痕迹,那是被泄露的丝丝剑气给撕裂的。

此时此刻周元再次催动的荡魔剑丸术,比起之前无疑有了极强的增幅。

周元面无波澜,双目却宛如剑锋般凛冽,他没有半句废话,手掌一抬,掌心的剑丸顿时暴射而出,撕裂了虚空。

磅礴的剑气疯狂地凝聚,直接在剑丸外化为数百丈的剑光,散发着滔天寒气,看得不少神府境后期的强者面色都忍不住一变。

"嗡嗡!"

剑光斩破虚空,直接锁定了陈北风。

陈北风的面色变得极其凝重,他双手结印,顿时磅礴源气涌动,在前方的虚空中凝练出数道巨大的深黄色风刃。

"咻咻!"

风刃呼啸而出,与那剑光碰撞。

"咔嚓!"

然而这一次剑光所过之处,数道深黄色风刃直接瞬间崩碎,化为无数光点。

陈北风的面色忍不住微变,先前他一道风刃就能够挡住周元的剑丸,可这一次数道齐发,竟然一个照面间就被摧毁了,可见此时周元的实力究竟有多强。

陈北风的身形暴退,双手合拢,暴吼出声:"上品天源术,龙魔钻!"

"呜呜!"

深黄色的狂风呼啸而出,宛如张牙舞爪的风龙,尖端疯狂旋转,释放着恐怖的破坏力。

面对此时的周元,陈北风再不敢托大,施展出拿手杀招,先前叶冰凌便是败在他这一招上。

巨大的剑光斩落,那风钻也宛如龙卷风一般直迎而上,最终凶悍无匹地撞击在一起。

"轰!"

撞击的瞬间,惊天之声响起,那冲击波便如风暴般肆虐开来。

"轰轰!"

湖面上掀起千丈巨浪,疯狂扫荡开来,好在四周石柱上有不少强者纷纷出手,才将席卷而来的巨浪压制下去。

还有的巨浪冲上天际爆炸开来,最后化为暴雨倾泻下来。

无数道视线屏蔽了雨水,紧紧锁定着场中的两道身影。

那里,狂暴的风钻已被剑光劈碎,残余的剑光又劈向陈北风,却被其周身三道神府光环抵挡了下来。

陈北风将剑丸弹回,身形在虚空滑退,面色变得更加阴沉。先前那般对碰,他竟然落了下风……

如果不是龙魔钻将剑丸的力量消耗了大半,恐怕那一剑下来,他周身三道神府光环都会被劈碎。

硬拼起来,周元这一千四百万的源气底蕴竟然比他的一千五百万的底蕴还要凶悍!

"这混蛋的源气莫非是八品?"陈北风的眼神变幻。他的迷神黄风气乃是七品,却屡屡被对方压制,显然周元的源气品质比他更高!

"这就受不住了?"

周元抬头,目光冷冽如刀锋般锁定着陈北风,语气淡然。

陈北风的嘴角微微抽搐,被周元如此压制,实在让他颜面无光。在此之前,他从未真的将周元当作对手,在他看来,周元根本没有这个资格……

周元的神色淡漠,眉心有璀璨神光绽放。

他的脚掌猛然一踏。

"砰！砰！"

石板不断崩裂，化为无数碎片冲天而起。

"魂炎！"

无形的火炎成形，覆盖在那些碎片之上，下一刻，无数碎片直接撕裂空气，铺天盖地地对着陈北风呼啸而去。

"魂炎？！"

周元这一手落入旁人的眼中，顿时引来惊呼之声。能够凝练出魂炎，说明周元的神魂已踏入了化境！

陈北风的瞳孔微缩，他预料过周元神魂的境界不弱，却没想过对方竟然已经踏入了化境！

化境神魂比起实境，无疑是一种质变，最直观的便是魂炎成形。

一旦被此火沾染，可直接灼烧神魂，可谓痛不欲生。

陈北风自然不敢让那些沾染着魂炎的碎片击中身躯，急忙暴退，与此同时，磅礴源气呼啸而出，凝聚成铺天盖地的风刃，将碎片尽数抵挡下来。

"砰！砰！"

虚空中不断发出爆裂声响。

就在陈北风抵御魂炎时，他突然发现周元的身影消失在了原地。

"不好！"他心头猛地一惊。

"玄圣体！"

在陈北风暗叫糟糕的瞬间，一道低沉的声音自他的身后响起，他眼角一转，便见到周元出现在后方。此时周元的皮肤上有玉光绽放，骨骼璀璨如银，体内血液如洪流运转。

他的身躯膨胀，宛如小巨人一般，脚下的石板尽数爆碎。

而且，在周元的身躯上竟然还有无形的魂炎在燃烧升腾。

周元整个人气势滔天，宛如凶兽扑食。

陈北风浑身的汗毛都倒竖起来。

"轰！轰！"

此时的周元眼神冰冷，无数拳影震荡着虚空，铺天盖地地对着陈北风笼罩而去，

宛如一头凶暴的巨兽。

陈北风的头皮发麻，体内的源气毫无保留地爆发出来，在周身形成无数重防御。

"轰隆隆！"

源气冲击波不断爆发，周元的攻势直接将陈北风的源气防御摧枯拉朽般撕裂。尽管陈北风已在疯狂地防御，但仍然有一些拳影落在了他的身躯上。

那些拳影力重如山，最可怕的是上面燃烧着魂炎，所以每一次落到陈北风的身上，即使只是擦上丝毫，都给陈北风带来了无法形容的剧痛，他的面庞变得扭曲可怖起来。

"扑哧！扑哧！"

源气爆炸间，一口口鲜血不断地从陈北风的嘴中喷出来。

"砰！"

当最后一道拳影落在陈北风身上时，虚空炸裂，他的身躯如同滚地的葫芦一般擦着地面倒飞出去，将广场撕裂出一道深深的痕迹。

最后，烟尘将他的身躯直接掩盖。

直到此时，广场上的人方才从周元狂暴如凶兽般的攻势中清醒过来，当即爆发出滔天的哗然声。

谁都没想到周元的爆发力竟如此凶悍，几乎将陈北风打成了麻瓜！

林阁所在之处，那蒋蛮张大了嘴巴，道："没想到这位周元副阁主看上去斯斯文文，动起手来却这么凶残。"

"竟然还有魂炎……这得多痛啊，陈北风这次怕是连站都站不起来了。"木青烟也感叹道。如果说有什么东西打到身上最是让人痛不欲生，魂炎绝对算是其中之一。

一旁的木柳手掌摸着下巴，微皱眉头望着被烟尘笼罩的陈北风，喃喃道："那陈北风有点不对啊……"

火阁那边，韩渊轻轻撇嘴，对着吕霄道："看来你们的算盘要落空了，陈北风打不过那周元。"

吕霄面色平淡道："那倒也未必。"

"我们的准备远比你想的更充分。"

"哦？"

韩渊眉头微挑，眼神惊疑地望着场中。

周元缓缓松开手掌，望着远处那散开的烟尘，神色平静，没有多少喜色，眼中反而掠过一丝疑惑。

因为打中陈北风的时候，他感受到了一丝异样，似乎有什么东西在保护着陈北风。

"沙沙。"

就在此时，他忽然听见烟尘中有着细微的声响，当即袍袖一挥，源气带起狂风便将那烟尘尽数卷走，其中的景象显露出来。

于是，广场周围有诸多的惊呼声响起。

周元的双目也在此时虚眯起来。

只见陈北风单膝跪地，身躯上满是鲜血，急促地喘着气，此时，他身上的伤痕里有什么东西在从血肉中钻出来……

似乎是一种血红色的砂子。

风阁处，叶冰凌望着这一幕，俏脸顿时变色，骇然失声。

"那是……赤魔虫砂？"

第八百一十五章
赤魔虫砂

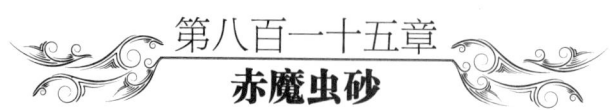

赤红的砂子源源不断地自陈北风的血肉中钻出来，宛如液体一般黏附在身躯表面，一股令人难以言明的狂暴散发出来。

湖泊周围诸多人见到这一幕时，面色皆忍不住一变，有见多识广者更是惊呼出声："赤魔虫砂？！"

"叶师姐，赤魔虫砂是什么？"伊秋水问道。她虽然不知道这是什么，但能够感觉到此时的陈北风似乎变得极为危险。

叶冰凌紧咬着银牙，柳眉紧锁道："天地间有一种奇虫，名为赤魔虫，若将此虫所产的虫卵种入血肉中，虫卵就会异化，变得如寒铁般锋锐坚韧，并且充斥着炽热狂暴之意，乃是一等一的阴毒杀招。因其细微如砂，又可吞食源气，所以被称为赤魔虫砂。

"想要得到赤魔虫砂，就得将赤魔虫种在体内产卵，那种痛苦常人难以想象。一旦催动，虫卵变得狂暴，必然会自噬血肉，一个不慎，自身就会被那无数虫卵吞噬成白骨。

"没想到，陈北风竟如此疯狂！

"但是，有了这赤魔虫砂，可谓给自身增添了一层极为可怕的防御，战斗力也会大幅提升，寻常源气攻势根本奈何不得他丝毫。"

伊秋水、柳之玄他们的神色变得凝重起来。陈北风为了今日的阁主之争，真的准备得太过周全了。

"吼！"

在场外传出诸多震惊哗然声时，陈北风的双目渐渐变得赤红，他的嘴中发出痛苦无比的咆哮声，虫砂钻出血肉，也为他带来了难以言明的剧痛。

血红色的虫砂渐渐在他的身躯表面凝结，犹如一层血红色的铠甲，狰狞凶残，令人毛骨悚然。

血虫砂不仅吞食着陈北风的血肉，还不断地吞食其体内的源气，进而令那层血红铠甲绽放出血光，浓烈得令人作呕的血腥气息弥漫开来。

陈北风赤红得不似人类的双瞳此时猛地锁定周元，嘴角有涎水滴落。

"周元，给我死！"

他发出尖锐的咆哮声，下一刻，脚掌猛然一跺，地面龟裂，他的身影宛如鬼魅般出现在周元前方，一拳狠狠轰出，发出音爆之声。

周元五指紧握，周身玉光绽放，同样运转全力，一拳轰出。

"轰隆！"

肉眼可见的冲击波自两人拳头处爆发开来，周围的地面不断龟裂，广场外的湖泊更是被余波掀起巨浪。

周元与陈北风的身躯皆是一震，然后双脚擦着地面连连后退，每一脚落下，都会令坚硬石板化为粉末。

周元强行稳住身形，眉头微皱看了一眼如白玉般的拳头处，上面有一些血沫自毛孔中震出来。

"好邪门的一层虫衣。"周元自语。他能够感觉到自己的力量在碰触到那层虫衣的瞬间便消失了大半，犹如被什么东西吃了一般。

"吼！"

陈北风咆哮，旋即手掌猛地一握，深黄色的狂暴源气汇聚而来，他手臂一抖，只见无数血红虫砂脱落下来，与那深黄色的源气相融，于是连那深黄源气都化为了血红色。

陈北风竟然将虫砂融入了源气之中！

"轰！"

血红源气洪流贯穿虚空，对着周元席卷而去。

周元的手掌一抬，剑丸闪现而出，化为百丈剑光狠狠地斩在那血红源气洪流上。

"嗤！"

剑光斩过，血红源气洪流却是一分为二，继续对着周元绞杀而来。

显然，在融入那虫砂之后，陈北风的源气变得极为诡异起来。

周元的身形急退,不敢让那血红源气沾染半分,毕竟其中有着无数的阴诡虫砂。

他催动剑光不断斩下,却是徒劳无功。

"哈哈,周元,不要再做无用功了,你破不了我这血砂源气的!"陈北风望着周元不断闪避的身影,不由得狂笑道。

周元没有理会陈北风的笑声,而是眼露沉吟地望着那不断逼近的血红源气。他能够感觉到自己的源气对那些虫砂没有太大作用,因为它们有吞食源气的异能。

再加上它们本身超乎寻常的坚硬,纯粹的源气根本奈何不得它们。

"想要破解,唯有先灭杀那些虫砂!"

周元退避的身影忽然停了下来,眉心神魂之光闪烁,一朵无形魂炎凝练出来,直接向外暴射而去,与那血红源气撞击在一起。

"嗤嗤!"

这一次,当那朵魂炎接触到血红源气时,只听见其中传出刺耳的尖鸣声,无数细微的虫卵从源气中跌落出来,那微小的生机直接被抹除了。

周元眼中神光绽放。他果然猜得没错,这虫砂虽然不惧源气,但也有克星,那就是魂炎!

魂炎能够无视肉身,直指神魂,虫砂虽然有着极为坚固的外壳,细微的神魂却是弱小得不堪一击!

"什么?!"

陈北风也发现了这一幕,当即眼瞳骤缩。他没想到,魂炎对虫砂有着如此恐怖的杀伤力。

"该死!"他怒骂一声,急忙撤回血红源气。毕竟培育这些虫砂极为不易,他不知道吃了多少苦头。

"哼!"

周元见状,却是冷哼一声,魂炎迅速凝练,化为无形火蟒呼啸而过,与那撤退的血红源气洪流相撞。

"嗤嗤!"

魂炎烧过之处,那血红源气迅速褪色,变为原本的黄色,其中的虫砂被尽数烧毁。

"你敢烧我虫砂!"陈北风咆哮道。

"我今天不仅要烧虫砂，还要烧了你！"

周元眼中寒意涌动，脚掌一踏，地面崩裂，如电光般直指陈北风。

在找到虫砂的弱点后，他已不再忌惮。

周元踏空而过，手掌一握，剑丸出现在手中，剑气凝练间犹如形成了一柄数丈长的大剑。

"玄圣体！"

周元每踏出一步，肉身上的玉光都愈发明亮。

"太玄圣灵术！"

神秘光影覆盖着周元的身躯。

"青蛟形态！"

周元的眼瞳泛起青光，宛如一对蛟龙的竖瞳。他的手掌抹过剑身，只见大剑剑刃上浮现出青色的蛟鳞，闪烁着令人心悸的寒光。

与此同时，周元手掌上有雪白的毫毛蔓延而出，包裹剑身。

"破源！"

雪白毫毛迅速化为漆黑色，深邃神秘。

"魂炎！"

无形火焰自剑身上升腾而起，这是对付虫砂最强的手段。

磅礴源气在周元身后滔天涌动，一千四百万源气星辰闪烁着光芒。

此时此刻周元的精气神攀至巅峰，一股恐怖的气势节节攀升，引得在场所有神府境齐齐色变，就连吕霄、韩渊、木柳这三阁阁主的眼神都在此时猛地一凝。

这一刻的周元，让他们都感到了些许危险。

周元的脚步在距离陈北风还有十数丈时停下。此时他的气势已至巅峰，眼神凌厉地睥睨着眼露恐惧之色的陈北风，下一瞬，手中大剑猛然斩出。

"轰！"

那一剑惊艳绝伦，光彩甚至掩盖了日光。

浩瀚剑光斩下，卷起万千波涛，周元平静的声音随之响起。

"接得下我这一剑，风阁阁主让你又何妨？！"

第八百一十六章 又是一剑

周元的冷喝回荡天地，落入诸多风阁成员的耳中，觉得分外熟悉。两个月前，当周元初来风阁时，面对金腾的挑衅，他不也是这句话外加一剑吗？

当时的一剑直接斩败金腾，奠定了周元的副阁主之位。今日这一剑又能否如当日那般立下赫赫凶威，借此夺得风阁阁主之位？！

"嗡！"

滔天剑光裹挟着恐怖之势，犹如天空都被一剑斩开，引来无数惊骇的视线。

谁都没想到，周元这酝酿到极致的一剑竟会强悍如斯！

陈北风赤红的眼瞳中此时有一抹恐惧之色涌现出来，他知晓这是自己最后的机会，如果抵御不住周元这巅峰的一剑，他今日就不要妄想染指风阁阁主之位了！

一旦他失败，必然会被天灵宗放弃，又被郗菁元老厌弃，还怎么可能在天渊洞天内待下去？

真到那时候，可谓彻底断了前程！

所以，他绝对不能失败！

"吼！"

陈北风咆哮出声，压制下心中的恐惧，体内的源气毫无保留地爆发出来，与虫砂融合。他的血肉开始枯败，那是精血被虫砂吞食所致。

但陈北风已顾不得这些，虫砂源气疯狂地压缩，最后在他的身躯之外形成了一层极厚的血红重甲。

血肉虽然枯败，但此时他的身躯已有数丈高大，狂暴的血腥之气弥漫出来，令他看上去如同深渊中爬出的修罗巨人。

"你以为我是金腾吗？

第八百一十六章 又是一剑

"赤魔不灭甲!"

他仰天长啸,啸声将虚空震裂。

"嗡!"

就在这一霎,那抹滔天剑光轰然斩下。

血红巨人双臂交叉,血光绽放。

"当!"

在那无数道惊骇目光的注视下,剑光斩在血红巨人的双臂之上,顿时有清脆的金铁之声响彻天际。

"轰轰!"

狂暴无比的源气冲击直接横扫开来。

巨大广场上的坚硬石板尽数崩裂、塌陷,深深的裂痕蔓延,将广场分裂。

周围的湖泊更是掀起滔天巨浪,连绵不尽地对着四周席卷而去,声势惊人。只是那些巨浪在接近围观者时便自动消散而去,犹如被一股无形的强大力量给凭空化解了。

一些人看向最高处的两道身影,便已知晓应该是两位法域强者随手化解了此次的冲击。

更多人却没有在意这种情况,他们的目光只是死死地盯着被漫天水幕遮掩的湖心广场。

他们很想知道这最后一次碰撞,究竟是周元那一剑更利,还是陈北风那倾尽全力的魔甲更厚?

火阁处,吕霄与韩渊早已停止了说话,眼睛盯着场中。

面对这种情况,之前一直表现得淡漠的吕霄,手掌都缓缓地握拢。

这一次对碰将会决出风阁的阁主人选!

林阁那边,木青烟有些紧张地小声问道:"他们谁能赢?"

木柳摩挲着下巴,难以回答。因为最后时刻陈北风的拼死爆发也相当让人惊奇,所以胜负还真不好说。

场中最为紧张的莫过于风阁众人,毕竟待会儿出现的结果对他们有着切实的影响。

不论是叶冰凌、伊秋水,还是那些支持陈北风的人,此时皆大气不敢出一声,

死死地盯着漫天水幕中，眼睛都不敢眨一下。

"哗啦啦！"

在那近乎寂静的天地间，重重水幕终于落了下来，溅起漫天水雾。

场中的景况也慢慢显露出来，并且变得清晰。

首先印入所有人眼中的是那一片狼藉的广场，几乎被一道巨大的剑痕一分为二。

周元的身影立于半空，一颗黯淡了许多的剑丸滴溜溜地在其周身旋转，然后钻入他的体内，先前那种让人震撼的气势也逐渐消退。

在那道巨大的剑痕尽头处，一道血红的巨人身影如铁塔般矗立，此时的他保持着双臂交叉的姿势，身躯纹丝不动。

他的周身依旧有气息流转。

"陈北风抵挡下来了？！"

见到这一幕，周围顿时爆发出惊哗之声。

吕霄暗自松了一口气，而叶冰凌、伊秋水的俏脸则忍不住变白。她们知晓先前那一剑几乎是周元的巅峰之力了，短时间内不可能再来一剑……

无数惋惜声悄然响起。

周元今日的黑马姿态似乎要到此结束了。

而周元自己对场外的惋惜声犹如未闻，他眼神平淡地看了一眼下方身形如修罗的陈北风，没有再理会，直接转身，步伐踏空，向着场外走去。

瞧着他这般举动，有人嘀咕道：这是直接放弃了吗？

就在周元踏出广场的那一瞬，整座广场忽然激烈一颤，然后轰然塌陷，化为碎石，跌落湖中。

陈北风那血红魔甲渐渐浮现出细微的裂纹，然后化为血红色的粉末飘落。

短短数息，魔甲化为飞灰。

陈北风那如干尸般的身躯显露出来。

他眼中的赤红已经退散，取而代之的是浓浓的恐惧之意。

他的身躯出现了一抹血线，却没有丝毫鲜血渗透出来，那是因为他体内的鲜血已被虫卵吞食……

陈北风低头看了一眼身躯上的血线，他知道，先前那一剑不仅斩灭了虫魔甲，更险些将他一斩为二，显然最后时刻周元稍稍留手了。

"我不甘心啊……"

"我努力多年，为何会败在这最后一步？！"

他想起两个月前，周元初至风阁时便当着他的面一剑斩败了金腾。当时他内心对周元这种拙劣的立威颇感不屑，然而谁能想到，两个月后他也败在了这一剑之下。

无尽的疲倦与不甘忽然涌来，陈北风干枯的身躯缓缓向后倒下，最后"扑通"一声坠入了湖泊中。

湖泊周围再度安静了一瞬。

接着，无数道目光瞬间转向那踏空而行的年轻身影，下一刻，震耳欲聋的欢呼声响彻于风岛。

吕霄的面色变得阴沉可怖，一旁的韩渊也是眉头紧皱。

风阁这边，叶冰凌、伊秋水她们却是喜极而泣，大起大落的感觉连她们都承受不了，而她们周围那些支持周元的人早已欢喜得嘶吼起来。

那些一直持观望态度的中立派也在此时毫不犹豫地欢呼、喝彩出声。

天地间无数道目光汇聚于那道年轻身影上，眼神中情绪各异，有好奇，有愤怒，也有欢喜。

无论如何，他们都无法否认，今日这场风阁阁主之争给他们带来了一出精彩好戏。

最高处，郗菁与玄鲲宗主平静地注视着这一幕。

玄鲲宗主的目光在周元身上停顿了许久，然后渐渐闭目，脸上看不出丝毫情绪，宛如深渊。

郗菁没有理会哑火的玄鲲宗主，一对清澈明眸盯着周元的身影，眼神深处掠过一丝笑意。这位小师弟的确有些本事，难怪能被师父他老人家选中。

她长身而起，下一刻，清澈悦耳的声音在这天地间响彻，引起震耳欲聋的欢呼声。

"今日风阁阁主之争的结果已出！"

"从今往后，这一代风阁阁主为——周元！"

第八百一十七章 风阁阁主

"恭贺新阁主!"

当郗菁清澈的声音响彻天地时,湖泊四周的无数身影齐齐抱拳,向周元发出震耳欲聋的恭贺之声。

诸多目光汇聚于周元身上,好奇地打量着这位在天渊洞天一鸣惊人的新贵。

在天渊域内,风阁阁主的地位不低,比起诸州州主都更胜一筹。若是有朝一日晋升为总阁主,地位更是等同于长老团长老,是天渊域真正的高层。

长老团的长老几乎都是源婴境的强者,若是放在其他地方更是一方巨擘,所以四阁总阁主这种特殊的高位,唯有在风林火山四阁这种广纳天下年轻天骄的特殊部门中方能诞生。

周元立于虚空,神色波澜不惊,对着四方抱拳行礼,然后身影落向风阁所在之处。

叶冰凌、伊秋水、柳之玄等诸多风阁成员迅速迎了上来。

"恭迎阁主!"

众人纷纷行礼,脸上有着浓浓的恭敬之色,即便是那些中立派的成员,此时也第一时间表露忠心。

显然他们都非常清楚以后的风阁究竟是谁说了算,而陈北风已经成了过去式。

"没想到你竟然成了我的上峰。"叶冰凌冷艳的俏脸上流露出微微笑意,感叹地说道。

两个月前周元刚来风阁时,叶冰凌恐怕不会想到这一幕。那时候她以为周元这种空降而来的能够在风阁站稳脚跟就殊为不易了,谁能想到,周元不仅站稳了脚跟,如今更夺得了阁主之位!

周元倒是有点不好意思，真要说起来，他或许算是挡了叶冰凌的路，抢了她的位。

虽说这是他凭真本事得来的位子，但两人关系如今还不错，难免会有点尴尬。

"咳，你放心，等我哪天成了总阁主，就把这风阁阁主的位置让给你。"周元道。

叶冰凌闻言，顿时没好气地白了他一眼。这家伙野心太大了吧，眼下才刚刚成为风阁阁主，就开始得陇望蜀，觊觎总阁主的位置了？真当吕霄、韩渊、木柳三位阁主是泥捏的啊！

在他们三位面前，陈北风可是连嚣张的资格都没有。

火阁那边，吕霄望着湖中央那崩塌的广场，始终沉默着，但谁都看得出来他的阴沉与恼怒。

那是辛苦谋划惨遭失败之后的不甘。

陈北风的失利，不仅令他对周元的设计失败，从大局上来说，更是让他们天灵宗错失了染指风阁的最好机会。

"呼！"

不过虽说心中震怒无比，吕霄终归还是没有暴躁地失态，而是深吸一口气，压制着心中的怒意，低沉地道："有意思，没想到我吕霄也有眼拙的一天。"

一旁的韩渊皱了皱眉头，道："风阁出现了阁主，恐怕会对如今四阁的格局造成一些影响。"

以前的四阁中火阁与山阁联手，林阁势单力薄，风阁更是一盘散沙，根本不足为虑，这就导致火阁、山阁占据了最高话语权以及最大利益。

可现在风阁出现了新阁主，等周元将风阁整合，风阁在四阁的地位或许会有所提升。

这可能会损及他们两阁的利益。

吕霄闻言，淡淡地道："风阁散乱太久，优秀的天骄都被我们两阁挖走，想要短时间内提升综合实力，就算是那周元也无能为力，所以不足为惧。"

"而且，想要动摇如今四阁的格局，一个新阁主恐怕能耐还不够。"

虽说周元战胜陈北风相当精彩，但对于吕霄他们这种层次的人来说，只是一场好戏罢了。

在见识过今日周元的实力后，吕霄只会对周元多几分重视，但还不至于忌惮

和惧怕。

韩渊轻轻点头，笑道："那就希望这位新任风阁阁主识趣一些吧。"

当湖泊四周在喧哗沸腾时，在那高处，玄鲲宗主眼中神光流转，他站起身来，慢悠悠地道："郗菁元老，既然如今风阁已经出现了新阁主，那四阁的总阁主之争也该提上议程了。

"以往你总是以风阁没有阁主为理由进行推迟，如今总不能还继续拒绝吧？若是这样，其他三位元老恐怕也不会同意。"

玄鲲宗主神色淡然，并没有因为此次天灵宗染指风阁的失利显得失望，反而转眼就将目标直接转向了更大的地方。

只要总阁主的位置被他们天灵宗掌控，未来同样可以把四阁都拿下。

郗菁瞟了玄鲲宗主一眼，自然洞穿了他心中的谋划，当即一声冷笑。不过这一次她没有反驳，反而轻轻点头道："那就定在八个月之后吧。"

玄鲲觊觎那个总阁主的位置，她又何尝不是？

以往她反对，是因为她知道一旦开启，总阁主之位必然会落到天灵宗他们手里。可如今不一样了，周元的出现给了郗菁一些希冀。

虽说此时的周元和吕霄、韩渊他们还有些差距，但她相信，给这位小师弟一些时间，最后孰强孰弱恐怕还不好说，毕竟他是被师父选中的人。

见到郗菁这么轻易就答应下来，饶是玄鲲宗主这般心性都微微一怔，旋即那如深渊般的眼眸若有若无地扫了一眼下方周元的身影。郗菁会答应得这么爽快，难道是指望着那新任的风阁阁主吗？

那周元虽说的确有些能耐，但怎么可能与吕霄、韩渊他们相比？

狐疑的心思转动，玄鲲宗主淡声道："八个月怕是太久。我听闻其他各域已在为九域大会做一些商议，谁也不确定大会定在何时，所以最好在两个月内完成总阁主之争，如此也好留给新上任的总阁主统合四阁的时间。"

虽然不知道郗菁究竟打算做什么，但老谋深算的玄鲲宗主不打算让她如意。

郗菁摇摇头，道："两个月太过仓促，那就四个月之后吧。"

她盯着玄鲲宗主，微笑道："玄鲲宗主莫不是太心急了吧？"

玄鲲宗主淡笑一声，道："老夫可不急，只是不想到时候来不及，导致在九域大会中我天渊域又落个最末名，实在给大尊丢脸。

"不过既然郗菁元老都这么说了，那就定在四个月之后吧。"

他最终稍微退了一步，能将郗菁最初定的时间斩去一半，也算是有收获。

于是，在经过两人一番交锋后，总阁主之争的时间便已确定下来。

之后，郗菁上前一步，目光俯视全场，清澈的声音再度响彻在每个人的耳边。

"如今风阁阁主已诞生，但四阁总阁主之位空悬许久，经过我等商议，决定四个月后开启总阁主之争，以应不久之后的九域大会。

"此次的总阁主之争，最后上位者可得赐一卷——小圣术。"

这番话看似简单轻巧，然而当其落下时，原本喧哗的天地间顿时死寂无声，数息后，滔天的沸腾瞬间爆发，犹如要掀翻这天与地。

那种沸腾，远超先前周元夺取风阁阁主之位时。

第八百一十八章
争总阁主

当郗菁的声音落下时,犹如油锅中倒入冷水,直接引起了滔天翻腾。

四阁成员皆一脸震撼,就连吕霄和韩渊都怔了一瞬,然后眼露狂喜。

"终于要开启总阁主之争了吗?"

吕霄内心翻江倒海,他对总阁主的位置觊觎许久。以往郗菁总是以风阁没有阁主为理由推迟竞争,令他相当郁闷,谁能想到,此时此刻郗菁竟然会宣布开启总阁主之争!

与总阁主比起来,一个风阁阁主又算得了什么?

成为总阁主,整个四阁都将名正言顺地被纳入自己的掌控中,而不是像如今这样只能掌管一阁。总阁主在天渊域中的地位与待遇也远不是一阁之主能够相提并论的。

吕霄眼神炽热地望着最高处那两道身影。在他看来,郗菁此次会退让,应该是玄鲲宗主的谋划。

以往郗菁阻挠总阁主之争的理由就是风阁没有阁主,而如今风阁阁主已经有了,这个理由就不成立了。

"郗菁大人此次恐怕是捡了芝麻丢了西瓜。"吕霄心中冷笑。先前他还在为陈北风的失败而郁闷,如今看来,还是玄鲲宗主的手腕厉害。

"而且……此次的总阁主还会被赏赐一卷小圣术!"

吕霄的眼神愈发滚烫。小圣术虽说有一个小字,但还是勉强达到了圣源术的范畴,这种级别的源术,就算在混元天也绝对是稀罕之物,如果不是立有大功者,难以获得。

别说他们神府境,就算是天阳境的强者,面对小圣术都难以遏制内心的渴望与垂涎。

林阁所在之处，木柳的脸色此时变得凝重起来。他感叹道："这下子四阁要不平静了啊。"

总阁主位置，再加上一道小圣术，这个诱饵丢出来，四阁没人不眼红。

跟这种大型竞争比起来，今日周元这风阁阁主的胜利瞬间就黯淡了下去。

风阁这边，叶冰凌、伊秋水她们同样被这个震撼性的消息震得好半晌都没有回过神来。

"没想到多年没有动静的总阁主之争，如今终于要开启了。"

叶冰凌渐渐清醒过来，美眸复杂地看了周元一眼，苦笑道："你这个乌鸦嘴。"

周元笑道："这不是好事吗？"

"好你个头啊。"叶冰凌秀眉紧锁，道，"以往郗菁大人一直阻挠总阁主竞争，因为她知道一旦开启，那个位置十有八九会落到天灵宗的手中，如今她突然松口，想必是受到了玄鲲宗主的紧逼。"

她的脸上带着忧虑之色。如果吕霄真的成了总阁主，就算周元是风阁阁主，依然会受到吕霄的打压，对他们而言不算什么好事，毕竟双方如今闹得如此不愉快。

周元闻言一笑，他并不觉得郗菁松口总阁主之争是对玄鲲宗主的妥协，她知道他的目标并不是一个区区风阁阁主，总阁主的位置才是他的最终目标。

或许那玄鲲宗主的确有意相逼，但郗菁师姐恐怕也自有想法，她可能觉得他有能力竞争到总阁主的位置吧。

"郗菁师姐这么看好我吗……"

对于郗菁的这种信任与重视，周元感觉到压力不小。看来他不能因为此次胜了陈北风就有所得意，就如叶冰凌所说，陈北风跟吕霄、韩渊那些顶尖的神府境高手比起来还有着不小的差距。

至少周元明白，如果现在就让他对上吕霄，输的概率恐怕要更大一些。承认这点不是什么丢人的事，但这只是现在罢了，周元在神府境的潜力可要比吕霄更大。

现在他的九重神府才打磨贯通了五重，若是将剩下的四重神府贯通，那他的源气底蕴必然会达到一个相当惊人的地步，远非现在的吕霄可比。

当然，潜力并不能在此时化为实力来填补双方的差距，所以接下来这四个月他不可松懈，届时一旦失手，他就真的愧对郗菁师姐的重视了。

而且，对那小圣术，周元有不小的兴趣。

如今的他身怀多种上品天源术，却从未触及过圣源术，他知道任何一种圣源术都有着让人无法想象的威能，一旦修成，对自身实力的提升非同凡响。

虽说他有苍玄七术，如果将七术修至大成，倒是能够令其融合从而化为圣源术，但这种难度太大，周元修炼至今，能够算作大成的也只有太玄圣灵术、玄圣体两种。

荡魔剑丸术都还差一些火候，更何况其他几种甚至还没来得及修炼的上品天源术。

有朝一日等他将七术融合，那将是真正的圣源术，而非小圣源术可比。

最高处，郗菁的眼波流转，酒红色的头发随风轻扬。她的目光掠过周元所在的地方，两人的目光刚好相对，彼此都心领神会地一笑。

"诸位，为了四个月之后的总阁主之争好生修炼吧。"

"与今日相比，那才是我天渊域的一件大事。"

郗菁将目光转开，俯视全场，声音响彻天地。

"谨遵大人之谕。"

无数人弯身行礼，恭敬声回荡天地。

郗菁轻轻点头，在大庭广众下她不好表现得对周元太过重视，毕竟以她的身份，即便周元成了风阁阁主，双方间的地位仍有鸿沟。于是她摆了摆手，修长纤细的娇躯直接化为虚幻，凭空消失。

在郗菁离去后，玄鲲宗主的身影也淡淡散去，只是在消失时，他的目光似是瞥了周元所在的方向一眼。

两位元老的离去令笼罩在这天地间的淡淡威压随之而散，无数人都暗中松了一口气。

伊秋水笑吟吟地看向周元，俏皮道："周元阁主，今日得胜，不打算宴请一下诸位弟兄吗？"

周元看了一眼四周眼巴巴望着他的诸多风阁成员，知道伊秋水这是在暗示他此时是拉拢人心的最好时机，于是他没有拒绝，笑着点点头："今晚风饮楼，不醉不归。"

风阁成员闻言，顿时欢呼出声，气氛热烈。

正当他们这边气氛火热时，忽有一道身影踏空而来，众人看去，竟是火阁的副阁主王尘。

叶冰凌的柳眉一蹙，不咸不淡地道："王尘副阁主有事吗？"

王尘面无表情，对着周元拱了拱手，皮笑肉不笑地道："恭喜周元阁主了。"

看得出来，他的心中极其不爽，之前见到周元时他还是一副居高临下的姿态，然而现在周元的地位却比他高了一头。

"我此次过来是想通知周元阁主，既然风阁有了阁主，那么三日后的四阁阁主会议还望莫要缺席了，毕竟阁主会议向来是我们吕霄阁主主持的。"王尘淡淡地道。

他的言语间有一丝傲然之意，在他看来，周元这个风阁阁主跟吕霄相比还有着巨大的差距。

周元双目微眯，道："四阁阁主会议？据我所知，这应该是总阁主才能主持吧？"

吕霄还真是不客气，明明只是火阁阁主，手却伸得太远。

王尘闻言，嘴角掀起一抹讥诮，慢条斯理地道："有区别吗？迟早的事情而已。话已送到，告辞。"

他声音落下，便直接转身离去。

"火阁真是太嚣张了。"

"简直目中无人！"

其他诸多风阁成员见到王尘对周元如此不客气，纷纷表示不忿。

周元神色平静地摆了摆手，道："不要因为苍蝇破坏了心情，走吧，去庆祝庆祝。"

待得众人再度欢呼起来，他微眯着双目望向王尘离去的方向。

这个阁主会议让人感觉有所图谋，不过他肯定不会缺席，只是到时候恐怕就得真正会一会那吕霄了……

第八百一十九章
新人大典

这几日的风阁被一种喜庆气氛所笼罩。

前些年风阁阁主位置一直空悬，导致风阁几乎是一盘散沙，在没有阁主统筹的情况下，风阁在四阁的地位几乎处于末尾。其他三阁，特别是火阁与山阁，不断从风阁撬墙脚，将一些天赋不错的年轻天骄尽数挖走，这也是导致风阁越来越弱的主要原因。

如今，终于有了新任阁主，而且实力还颇为不凡，这对风阁而言显然是一件天大的好事。

至于那些原本支持陈北风的群体则开始迅速瓦解，包括金腾等之前依附陈北风的统领，此时此刻都处于一种极为尴尬的境地，所以他们聪明地安静下来，灰溜溜地不敢再挑事。

他们都明白，从今往后风阁将是周元的一言堂，陈北风就算重伤痊愈，恐怕也会被压制得死死的，说不定连副阁主的位置都难保。连陈北风都是如此，更何况他们？

现在的金腾等人恨不得周元直接忘掉他们，哪里还敢再挑事？

风岛中央，镜湖。

在镜湖中央的小岛上有两座高耸的塔楼，一座是事务楼，用以风阁成员接受任务、领取薪酬；另外一座便是阁主楼，只不过此楼已经空置数年，随着如今周元晋升为阁主，方才再度启用。

阁主楼这两日已被仔细清扫过，周元从之前的小楼中搬到了此处。

在那楼顶的庭院中，周元负手而立。他眺望开来，看见波光粼粼的镜湖四周有着一座座训练场，许多风阁成员正在进行着每日的修炼与切磋。

片刻后他收回目光，瞟了一眼阁主楼之外，那里有一道人影徘徊。

"那人是叫黎坚吧？找你的？"周元转头，看向一旁的叶冰凌，笑道。

叶冰凌冷笑一声，道："这种白眼狼没什么好理会的，他现在估计又想背弃陈北风回来吧。"

之前陈北风借助捕痕纹打击他们，黎坚便第一个投靠过去。如果其他人这般行为，叶冰凌其实能理解，可黎坚是她一手拉上的统领之位，恩情可谓不小。

黎坚最终还是选择背叛，这已经触怒了叶冰凌。

周元见状，便对一旁的伊秋水随意道："那就寻个机会解除他的统领之位吧。"

如今风阁他一言可决，就算要处置一个统领，也不需要经过任何人同意。

伊秋水螓首微点，表示记下。如今风阁看上去是周元做主，但其实很多事情都是她在处理，她原本觉得这样有些越权，所以之前还事事通报周元，让他做决定。

但只过了小半日，周元便连连推开，他发现跟这些破事比起来，他宁愿去找人打一场。

之前是副阁主的时候可没这么多事需要理会，如今成了阁主才发现，掌控一阁似乎不是想象的那么让人爽快。

在见到周元对这些事宜如此抗拒后，伊秋水只能无奈地由着他当甩手掌柜。

站在后面的萧弘、陆明月等人见到周元随意间就处置了一位统领，神色肃然，心中对他不由得升起一些敬畏。

"秋水，你可真是个宝。"周元瞧得伊秋水将风阁诸多事宜打理得井井有条，忍不住夸奖道。若是没有伊秋水，现在他不知道会有多焦头烂额。

伊秋水没好气地白了他一眼。虽说风阁的事略微有些烦琐，但对曾经暗中统管小玄州的她来说不算多大的事，处理起来也算是得心应手。

"这些小事我可以帮你解决，但明日的四阁会议还得你出面。"她说道。

提起四阁会议，周元眼神微凝，道："总感觉有阴谋的味道。"

"你们可知这四阁会议会做什么？"他向众人问道。

叶冰凌沉吟了一下，道："我觉得恐怕会跟接下来的新人大典有关系。"

"新人大典？"周元眨了眨眼。

伊秋水见到周元一副疑惑的模样，忍不住轻轻扶额，轻咬银牙道："我昨天不是都搜集了资料放在你桌上吗？你没看？"

周元的面色有些尴尬,仰天打了个哈哈。

伊秋水简直无力吐槽这位新阁主的不负责任,道:"每年都会有新的各方天骄来到天渊洞天,他们经过审核后会来到四阁,这就是新人大典。

"新人大典对四阁来说极为重要,因为那代表着新鲜血液,其中不乏一些好苗子,若是能够吸纳进来,将会大大增强风阁的实力。

"所以每次新人大典,四阁都会为份额而争抢。不过这里面没有我们风阁。"

周元一怔,道:"什么意思?"

"以前按照规矩,四阁各有两成五的份额,不可超出,但后来风阁连阁主都没了,自然就没资格参加阁主会议,最终吕霄与韩渊联手吞掉了我们风阁绝大部分的新人份额。"伊秋水解释道。

周元眉头皱起,道:"吞了我们多少?"

"几乎全部。"叶冰凌答道,俏脸有些难看。

"每年的新人大典,火阁与山阁抢人最快,最后留下一些歪瓜裂枣丢到风阁,简直跟没有一样,所以这两年来风阁的底蕴越来越差。"

周元的嘴角微微一抽。吕霄、韩渊两人的吃相未免太难看了。

周元想了想,声音平静地道:"以往他们如何我不管,既然如今我是风阁阁主,那么归我们风阁的就得全部还回来。

"我不占谁的便宜,但谁也别想占我的便宜。"

他如今成了风阁阁主,这里算是他的基本盘,虽然目前都还只是一些神府境,但未来指不定就会有人在天渊域身居高位,他自然要维护好。

伊秋水与叶冰凌对视一眼,如果是这样的话,想必明日阁主会议上的动静不会小。

"还有一个问题。"伊秋水轻咬红唇,沉吟道,"就算我们拿回了份额,恐怕在新人大典上依旧没办法抢赢火阁、山阁,那些优秀的人才十有八九会选择他们,那样一来我们还是只能得到被他们淘汰的新人。"

"为什么?"周元问道。

叶冰凌有些无奈地叹息一声,声音沉重地道:"因为待遇。"

第八百二十章
最富的崽

"待遇？"

阁主楼顶，周元盯着叶冰凌若有所思地道："火阁的待遇好很多？"

"我们风阁的普通成员每月能够领取二十枚归源宝币，你知道火阁是多少吗？四十枚！

"一个月多二十枚，一年下来就是两百多枚，这不是小数目。

"那些天骄来到四阁，所为的就是四灵归源塔的四道古源纹，而归源宝币的多少将会决定他们最终的成绩，所以，跟他们谈什么都没有用，只有归源宝币最直接！

"可火阁能够如此大方，是因为他们有捕痕纹，在那种暴利之下，才能够让火阁如此挥霍！

"但以我们风阁的底蕴，如果这么做的话，不出几天就得崩溃，到时候恐怕一枚归源宝币都发不出。"叶冰凌沉重的声音响起。

说到底，还是人穷气短。

伊秋水轻轻点头，道："每年上面都会分配一些资源给四阁，但都是固定的，想要更多，就得靠各阁自己想办法。

"火阁的办法就是捕痕纹。"

周元的手指轻轻敲打着栏杆，道："捕痕纹的收入都是给火阁吗？"

叶冰凌摇摇头，道："捕痕纹的收入六成给火阁，剩下四成，吕霄与朱炼各占两成。"

周元估算了一下，两成也是极为庞大的数目了，对于吕霄这种层次的修炼来说完全足够，甚至还有极多的剩余，毕竟捕痕纹是面向四阁销售，收入自然比风

母纹更高。

按照他的估计,每年光是一成或许就不下数万归源宝币,两成就是十多万甚至更多。

而六成提供给火阁,难怪火阁这么财大气粗。

"没想到吕霄他们还挺无私的。"周元道。将六成的收入上缴给火阁,这魄力相当不小。

伊秋水却低声道:"我听爷爷暗中说过,捕痕纹的创造指不定有天灵宗的高人指点……所以那吕霄、朱炼才不敢完全居功。"

周元微微点头,沉吟片刻道:"从今天开始,风母纹的销售我只拿两成,还有七成直接提供给风阁支配,剩下的最后一成,按等级与贡献分配给副阁主、统领、副统领这些高层。"

此言一出,在场的人皆大吃一惊。

伊秋水连忙道:"周元,你没必要这样,风母纹的创造是你一个人的功劳。"

吕霄、朱炼那么做,是因为天灵宗给他们的任务是壮大火阁,但周元没有这种顾虑,所以没必要这么做。

周元笑了笑,道:"太多归源宝币我拿着能有什么用?这个东西离开四阁就什么都不是了。"

伊秋水摇摇头,认真地道:"可不能这么说。你离开四阁时可以将归源宝币上缴,同样能够换取很多好东西。"

周元随意地道:"难不成还能换到小圣术?"

他只是随意一问,哪想到伊秋水点点头,道:"八十万归源宝币就能换到。"

周元的神色顿时一僵,有点难以置信地道:"真能换?八十万归源宝币?"

八十万虽然看起来是个很恐怖的数字,但如果以捕痕纹的销量,再加上三年的时间,累计起来并不难。如今光是售卖风母纹,周元每天就有近千归源宝币到手。

叶冰凌忍不住笑道:"知道心痛了吧?"

周元有些悻悻,旋即叹道:"算了,我又不是守财奴,难道还真打算守三年去换个小圣术?与其如此,还不如抢总阁主来得快。

"就按照我先前所说的执行吧。"

其实周元在得到阁主之位时就有这种打算了,有火阁珠玉在前,如果他将风母纹的收入完全占为己有，别人虽然无法指责什么，但还是会阻碍他笼络人心。

在周元看来，归源宝币足够修炼就行了，多余的如果能够将风阁人心彻底掌控在手，还是很值得的。

见到周元最终还是如此决定，叶冰凌看着他时都有些失神。

那可是高达百万的归源宝币啊！就这么给了出去？这种魄力连素来冷傲的叶冰凌都忍不住感到敬佩。

后面的萧弘等一干统领更是激动得面庞涨红，忍不住高喊道："阁主大义！"

他们很明白周元这是给了他们多大好处，此时此刻，他们内心深处真正对周元升起了浓浓的尊崇之心，毕竟不是任何人都舍得将自己的利益分给下面的人。

"你这个决定传出去，恐怕整个风阁都会沸腾。"伊秋水轻声道。

这相当于风阁所有人都要承周元的恩情，如果现在有谁要动周元的阁主之位，恐怕就连那些中立派都会跳出来拼命。周元这一手收买人心简直完美。

叶冰凌苦笑一声，道："现在看来，你成为风阁的阁主，反倒是风阁之幸了。"

如果是她，恐怕没这种魄力，当然也没这种本钱。

周元笑笑。因为他是苍渊师父的亲传弟子，从某种意义上来说，其实也算是天渊域的最高层。按照苍渊师父的规定，他的亲传弟子皆有资格成为执掌元老，地位等同那玄鲲宗主！

整个天渊域我都有份！还舍不得这点归源宝币？

周元心中这般自我安慰地想着，然后挥挥手，道："在新人大典上我会宣布以后风阁成员的新待遇，从今往后风阁不再是垃圾收容所，我要那些天骄挤破头都想进我风阁。

"不过这不是没有代价的，往后风阁要建立严格的考核机制，每年考核不合格者，将实行剔除制度。

"我不希望用这些归源宝币养出一些无用的米虫，若是没本事，那就尽早离开，不要浪费资源。"

听到周元的豪言壮志，伊秋水一惊，连忙提醒道："你可不要乱来。虽然风母纹收入不错，但只能局限于风阁，比财力，咱们还是比不过火阁。"

火阁能提升待遇，是因为有捕痕纹支撑，而捕痕纹适用于四阁，虽说在风阁里的效果比不上风母纹，但在其他三阁还是无可替代的。

她担心周元为了面子强撑,到头来会被火阁生生耗死,一旦到那个地步,一切可就毁了。

至于严格考核,她倒是非常支持,那样会让风阁内充满良性的竞争。

周元点点头,嘴角露出一丝神秘笑意。

"放心吧……我自有打算。"

"以后,我们风阁就是四阁最富的崽!"

第八百二十一章
阁主会议

翌日。

四灵归源塔那庞大的中心圆盘处。

周元带着叶冰凌、伊秋水掠空而至，落在人气旺盛的圆盘中央，然后便在伊秋水的带领下，朝着一座高耸恢宏的酒楼走去。

来来往往的沸腾人流中不少人是风阁的成员，见到周元皆恭敬行礼。

其他三阁的成员眼神各异，毕竟如今周元在四阁中也算是声望不低的名人了。

在一路注视中，周元三人行至那座高耸酒楼前，今日的酒楼里十分空旷，大门前还有不少火阁的成员在维护秩序。

"这里今天已经被火阁包场了。"伊秋水低声道。

"真是财大气粗。"叶冰凌的柳眉微挑。想要包下这种地方，一日估计需要上千归源宝币，如果是她，恐怕一天就要倾尽身家了。

"这是直接以主人自居了。"周元淡笑一声。火阁这个气势，无疑是在散发一种信号，一种凌驾于其他三阁之上的信号。

不过，以火阁这些年的声势，再加上捕痕纹在手，的确有这个资格。

"嘿，周元阁主倒是个明白人。"周元身后，忽有一道笑声传来。

周元转过头来，只见一名身躯修长、面容清隽的男子笑眯眯地望着他，在男子身后，还有一名容颜清丽的少女以及一名身躯魁梧如铁塔的汉子。

"原来是木柳阁主。"周元一笑，认出来人。

两人相视笑了笑，虽说是第一次正式碰面，但都能够感觉到对方隐隐释放出来的善意。这并不奇怪，毕竟林阁与火阁、山阁也不怎么对付，如今好不容易出了一个风阁阁主，正好可以分担一些压力。

"今日的阁主会议恐怕对周元阁主不会太友好。"木柳意有所指地提醒道。

周元平静点头,道:"风阁不想额外要什么东西,但属于风阁的必须拿回来。"

"那希望周元阁主能够成功吧。"木柳眼神微凝,旋即轻轻点头,笑着将身后的木青烟、蒋蛮介绍了一番。

周元点头微笑,而后双方一起进了酒楼,在一名火阁成员的带领下来到了顶楼大厅,而吕霄与韩渊早已在此。

在吕霄的身旁,还有火阁的二号人物朱炼。周元一出现时,他的目光便紧紧地盯了过来,眼中充满着审视。

朱炼旁边则是一名面色微白、显得格外阴柔的男子,他双目狭长,眼神有着如蛇般的寒意,浑身上下散发出的源气波动远比朱炼要强大。

他从头到尾都未抬头看周元等人一眼,只是低头漫不经心地把玩着掌心的一颗银色铁球。

周元瞟了那人一眼,他应该就是火阁的三号人物,方鳌。

别看方鳌只是火阁的三号人物,论起实力远超朱炼,朱炼能够坐稳二号人物的位置主要是因为捕痕纹的存在。

这方鳌据说性格凶戾,手段狠辣,在四阁中拥有极高的名气,即便是之前周元见过的王尘在方鳌面前都是服服帖帖,不敢造次。

坐于首位的吕霄在见到周元、木柳到来时,脸上露出一抹淡笑,道:"就等两位了。"

周元与木柳各自带着人入座。

吕霄拍了拍手,便有人将大门缓缓关闭,顿时大厅内的光线变暗了一些,气氛也变得凝重起来。

"此次四阁会议的主题想必大家都知道了,因为七天后就是新人大典了。"

吕霄气态超凡,纵览全场,微笑道:"往年因为风阁一直没有阁主,风阁的新人份额便由我们火阁与山阁暂时替用了,既然如今风阁已有新的阁主出现,我们决定先将风阁的新人份额从之前的半成提升到一成。"

周元打断了吕霄的话,道:"吕霄阁主,若是我没记错的话,新人大典上的新人份额,四阁应该各自两成半。"

吕霄淡淡地道:"周元阁主不要急躁,你初任阁主,对很多东西还不了解。

我担心风阁一下子吸纳太多新人，会造成一些混乱，我建议还是一步步地来，等到明年新人大典，风阁就可以恢复到两成半的新人份额了。"

周元笑道："吕霄阁主的心意我们风阁心领了，不过我想两成半风阁还承受得起。"

吕霄眉头微皱，缓缓地道："周元阁主，此事我已有了决定，就先卖我一个面子吧。"

周元眼皮微垂，道："吕霄阁主，这恐怕不是什么面子不面子的问题，两成半的规矩是四阁创立时就定下的，以往风阁没有阁主，份额被你们拿走，这一点我风阁也不打算追究，但以后的份额我觉得还是按规矩来。

"如果吕霄阁主觉得有异议的话，可将此事上报给五位元老，请他们定夺。"

他声音平静，说出来的话却十分强硬。他知道今日绝不能有丝毫退缩，否则火阁往后必然会得寸进尺。

大厅内的气氛顿时变得凝滞起来。

吕霄的面色淡漠，眼眸深处却有冷光浮现。

在气氛凝滞间，火阁那位方鳌副阁主终于将那一双狭长阴鸷的眼睛抬起，冷冷地注视着周元，阴恻恻地道："这位新任的风阁阁主真是好大的脾气呢。

"不过，你有什么资格跟我火阁讲条件？"

他冷喝出声，眼神暴戾，手中银色铁球猛地化为一道银影暴射而出，直指周元。

那银影裹挟着雄浑强横的源气，连虚空都在微微震荡。

"放肆！"

叶冰凌见状，顿时怒叱出声，一步上前，玉手探出，雪白源气在掌心凝聚，化为寒冰之爪，一把对着那银影抓去。

"砰！"

两者相撞，顿时有无数冰屑溅射而出。

叶冰凌的俏脸在接触到银影时微微一变，那股磅礴之力竟撕裂了她掌心的源气，银球之上弥漫着锋锐之气，直接将她掌心刺出诸多血点。

叶冰凌的娇躯被震退一步。

而那银影光球则趁机直射周元。

周元的面庞始终没有波澜，只是待那银球出现在眼前时，方才猛地伸出手掌，

手掌之上有青色的蛟鳞浮现出来，蛟鳞下的皮肤绽放出玉光。

"砰！"

周元一把抓住了银球，然后五指狠狠一握。

"嘎吱！"

银球在他的掌心竟直接碎裂开来。

银色的铁屑在面前飘舞，周元抬起头看向那方鳌，平静但毫不留情面的声音淡淡响起。

"这里是阁主会议，你一个副阁主也有资格在这里说话吗？"

第八百二十二章
火阁方鳌

"你一个副阁主,也有资格在这里说话吗?"

当周元那冰冷的声音在大厅中响起时,方鳌本就阴狠的双目顿时有寒光涌现,他咧嘴一笑,露出森森白牙,道:"真是好大的威风,你这风阁阁主有多少斤两,心里没点数吗?

"陈北风的实力在我火阁连前五都进不了,打败了他,你就以为自己很有本事是吗?

"你如果认不清楚自己的斤两,今天我可以代劳,让你清醒一点!"

"轰!"

当方鳌的声音落下的那一瞬,顿时有着狂暴的源气洪流自他的体内爆发,强悍的源气威压笼罩全场。

"如果火阁的副阁主都是这般没规矩,那我也不介意代吕霄阁主管教一下!"周元的眼神冷洌,身躯不动,同样有着磅礴金光源气自体内震荡,引得虚空波动。

方鳌闻言,眼中戾气闪现。

就在他忍不住要暴起出手时,吕霄淡淡的声音响了起来:"方鳌,不要没规矩。"

听到吕霄的话,方鳌浑身涌动的强悍源气渐渐平息,他眼神阴鸷地盯着周元,片刻后方才冷笑着坐回去,而眼神之中依旧充满着挑衅之意。

吕霄的目光投向周元,道:"方鳌脾气素来如此,周元阁主不要太在意。"

听得他这般轻描淡写的语气,周元心中一声冷笑。这两个家伙一个唱白脸一个唱红脸,无非是要给他这位新任风阁阁主一个下马威,若是常人恐怕还真被他们给吓住了。

周元收敛了源气波动,平静地道:"一个副阁主而已,若是太与他计较,倒

是有失身份。"

方鳌的眼皮抽搐了一下，看向周元的眼中满是凶光。

周元没再理会他，道："我先前已经说得很清楚了，新人份额四阁各占两成半，这是规矩，以前没有照此来本就是坏了规矩，我已不打算追究，但如果现在还照那样来，那我只能将此事上报给郗菁大人。"

吕霄面色平淡，手掌握着茶杯，最后轻笑一声，道："好，看来周元阁主满怀振兴风阁之心，这一点我很欣赏。

"那就一切按照规矩来吧。新人份额，四阁各占两成半。"

周元点点头，道："那就多谢吕霄阁主理解了。"

吕霄随意一笑，道："小事……说起来，之前我与周元阁主谈的那事就不打算再考虑一下吗？我此次的出价会更高。"

购买风母纹炼制方法的事吗？

周元神色不变，只是摇了摇头。

风母纹对风阁而言是无价的，吕霄对此应该很清楚，毕竟他们火阁就是靠捕痕纹崛起的。吕霄一直打着风母纹的主意，无非是担心风阁也有崛起的机会。

见到周元再度拒绝，吕霄深深地看了周元一眼，缓缓地道："周元阁主，新人份额其实不是最重要的，就算有了份额，恐怕也无法招来什么好苗子。"

他的话语中已是带着一丝威胁与警告。

周元笑笑："这就不需要吕霄阁主操心了。"

吕霄一笑，道："看来周元阁主已经有了心理准备，那我就拭目以待吧。"

周元面无波澜，不再接话，反正今日他来此的目的已经达到。

在谈妥了新人份额后，吕霄又说了一些别的事，周元皆不感兴趣，全程保持着沉默。

会议在持续了半个时辰后便宣告结束。

周元率先起身，对着吕霄、韩渊、木柳等人抱了抱拳，便径直带人离去。

木柳也笑眯眯地起身而去。

随着他们的离去，大厅内，吕霄脸上的笑容收敛起来。

"嘭！"

方鳌眼神阴沉，重重的一拳砸在铁木桌上，宛如精铁的桌子直接被他砸出一个坑来。

"他娘的,一个狗屁风阁阁主而已,若是在外面,我现在就把他的头给摘下来!"方鳌眼神凶戾地道。

吕霄淡淡地道:"这里是天渊洞天,一切都要按照规则来。你若是在这里对他动手,他能够直接上报解除你的火阁副阁主职位,到时候丢脸的还是你。"

"就这样将新人份额还给他们吗?"一旁的朱炼皱眉问道。

"我说了,新人份额不重要。"吕霄摆了摆手,道,"以风阁如今那千疮百孔的底蕴,就算有风母纹,一时间也难以改变什么。你真以为以他们这种条件,能够吸引到什么好苗子吗?到头来,还是收进两成半的垃圾罢了。

"回头我会派人在那些新人中散布流言,让他们明白风阁的现状,这样一来,他们就更不可能收到好苗子。"

方鳌闻言,神色这才变缓。

"不过还是很不爽。"他冷哼道。

朱炼冷笑道:"这小子看来是不想把风母纹的炼制之法交出来。"

吕霄一笑,漫不经心地道:"不急,这只是他最后的挣扎而已,还有四个月就是总阁主之争,待我成为总阁主后,自有手段让他乖乖把东西交出来。"

他望着周元离去的方向,眼中有着一抹冰冷笑意浮现。

酒楼之外。

周元忽地停住脚步,转头看着身后的叶冰凌,她那纤细玉手上还有一些血迹。

"没事吧?"他双目微眯,眼中有一抹冷意掠过,问道。

叶冰凌螓首微摇,道:"小伤,不碍事。"

她的俏脸微微凝重地道:"那方鳌的实力的确很强,比陈北风更强!"

周元轻轻点头。先前他接了对方一招,那种如亿万针刺的尖锐源气令他手掌微麻。看来那方鳌说得没错,陈北风的实力放在火阁连前五都进不了。

按照他的估计,方鳌的源气底蕴恐怕不会弱于一千五百万源气星辰,当然,这是在他没有催动火灵纹的前提下。

火阁的强者层出不穷,底蕴远比风阁更强。

"放心吧,以后有机会我会帮你讨回来的。"周元轻声道。方鳌凶戾跋扈,

今日的冲突他记下了。

叶冰凌看了他一眼,道:"你可别胡来,那家伙不好对付。"

周元笑笑不语。这段时间他第六重神府的打磨即将圆满,一旦贯通,他的源气底蕴将会暴涨,到那个时候,若这方鳌再敢撒野,他会让他明白什么叫作自取其辱。

"周元阁主,虽说此次你拿回了新人份额,但以吕霄的性子怕是不会善罢甘休,多加小心吧。"此时忽有笑声从身后传来,只见木柳一行人缓步而来。

"多谢木柳阁主提醒。"周元笑道。

木柳饶有兴致地瞧着周元,道:"我总感觉你似乎留着制衡吕霄的手段,七天后的新人大典上莫非有好戏看?"

周元微惊,有些讶异地看了看木柳,这家伙怎么知道的?其他三道古源纹他从未透露过,就连叶冰凌、伊秋水都不知晓。

"嘿,看来我的感觉没错,有意思。"

木柳见到周元的眼神,顿时大感兴趣地笑起来,然后摇摇头,便带着木青烟、蒋蛮转身而去。

"这家伙……"

周元狐疑地瞧着木柳的背影。

不过他最终摇摇头。木柳能猜到他有手段,但应该没有联想到三道古源纹上……

周元转过头,看了一眼后方的酒楼,眼中有着冷笑浮现。

原本他还不打算将捕痕纹的生意全部抢光,可如今看来,对方似乎并没有任何要表达善意的地方,既然如此,那就怪不得他不留情面了。

你们想玩,我风阁就奉陪到底吧。

第八百二十三章
能屈能伸

阁主会议之后，数日过去。

风域。

青色风层后面，周元的神魂盘坐，此时在他面前的虚空处，黑笔行云流水般掠过，最后形成了一道玄妙的源纹。

周元的神魂之力涌动，凝练出一丝炽热的气息，落入源纹核心处。

"嗡！"

那一道源纹顿时绽放出赤红的光芒。

周元取出一枚玉简，将这道源纹烙印在上面，赤光渐渐收敛，一枚铭刻着火红源纹的玉简出现在了面前。

周元伸手接过，嘴角有一抹满意的笑容浮现出来。

"火母纹，成功了。"

没错，这并非风母纹，而是火母纹。

催动这一道源纹，进入火域修炼，便可助长火灵纹源痕的完成速度。

其效率与风母纹相等，最高品质可提升五成。

周元的神魂一动，又有两道玉简落入手中，一个呈现碧绿色，一个呈现灰黄色。

正是林母纹、山母纹。

这几天，周元不仅炼制了大量的风母纹，还将另外三种源纹也炼制了一批。

炼制的过程中没有出现任何问题，正如他当初设想的一样，只要有四道古源纹的母体，他就能够临摹出其母纹气息作为三道源纹的核心。

周元把玩着玉简，淡笑一声。

一旦这三种源纹现世，往后四阁中就没有捕痕纹存在的必要了。

周元的神魂之力涌出，卷起所有玉简飞速坠下。

风域的一座山谷中，一团神魂之光从天而降，落入盘坐于此的肉身中，周元紧闭的双目缓缓睁开。

他伸了一个懒腰，收起所有玉简，然后身影冲天而起。

风岛，阁主楼。

当周元在阁主楼现身，叶冰凌与伊秋水第一时间出现在他的面前。

"你总算出来了。你知道吗，据说在今年这批新人居住的地方，这两天不断有流言传出，都在竭力贬低我们风阁，说风阁是垃圾场！

"还说火阁的阁主吕霄四个月后就会成为四阁总阁主，统率四阁！

"现在我们风阁在那批新人的心里怕是没什么好印象！"

周元的脚步停下，眉头紧皱，道："这火阁的手段也太低劣了。"

显然，这一切都是火阁搞出来的。

伊秋水无奈地叹息一声，道："虽然低劣，但的确很有用。"

周元的嘴角有一抹冷笑。这吕霄还真是不出他所料啊，也罢，既然他们都这么不择手段了，那就别怪他出手狠辣。

"今年这批新人能力如何？"周元问道。

"实力都挺不错的，根据我们的调查，此次的新人中有三十四人名列神府榜，虽说大多都是勉强上榜。"叶冰凌有些感叹地道。

"哦？"周元有些讶异。

他可是知道这些人背后没有什么强大的背景，大多都是散修，来自混元天的各个地域，来到天渊域想必是冲着四灵归源塔而来。

能够在散修的情况下达到这种程度，足以说明他们自身的优秀，日后如果进了四阁，实力会精进得更快，未来指不定就有人能够冲入神府榜前百。

神府榜前百，相当于叶冰凌这般实力了。

"虽说明天才是新人大典，但其他三阁已经在暗中接触这三十多人，想提前笼络他们。你不在的这几天，我们也尝试过这种方法，但效果很差，这些人一听见我们风阁，就变得迟疑起来。"

伊秋水有些恼怒地道："都是那火阁散播的流言导致的！"

叶冰凌的俏脸充满愤怒，想必被火阁这一手恶心得不轻。

周元的神色还算平静，他想了想，道："也不用太急，这些人能够以散修的身份达到今日的成就，心性应该很谨慎，没到最后一刻，他们不会轻易做出决定。"

"一切都需要等到明日的新人大典。"

伊秋水螓首微点，旋即苦笑道："就算到了明日，我们风阁的吸引力也远远比不上火阁啊。"

等到明日四阁一露面，信息彻底公开，那些新人自然会知晓，如今的四阁中的确是火阁最强、待遇最好。

叶冰凌的俏脸上不禁有些黯然。

"那可不一定。"周元一笑。

伊秋水有些焦急，认真地道："周元，如果你要用风母纹来对抗火阁，那是不够的，风母纹只能在风阁卖，而捕痕纹却能在三阁卖！

"你用风母纹跟他们耗下去，反而会将风阁拖垮！"

周元笑着点点头，道："光靠风母纹的确不行。"

"那……"伊秋水与叶冰凌的秀眉皆是一蹙，既然知道风母纹不够，那周元为什么还这么坚持？

"你还有什么招？快说！"在瞧得周元那一副神秘自信的模样后，两女知道他必然藏了什么手段，当即柳眉微竖，逼问道。

见到她们这般姿态，周元干笑一声，不再隐藏。毕竟明日就要公布了，如果今日不让她们安心，恐怕觉都睡不安稳。

于是，他直接掏出三枚玉简递了过去。

"这是什么？"两女接过，有些疑惑。

"风母纹？不像啊……"

周元轻笑一声，道："这是火母纹、林母纹、山母纹。"

两女翻看着玉简的小手顿时一僵，然后猛地抬头，难以置信地望着周元。

从名字上她们已经知晓了一切。

"这、这……效果跟风母纹一样？"伊秋水的声音微微颤抖着。

"一模一样。"周元笑着点点头。

伊秋水与叶冰凌沉默了一下，下一刻她们的美眸中忽有杀气绽放，然后不约

而同地出手,一拳对着周元的脸庞打了过去。

周元莫名其妙挨了两拳,一脸茫然,不明白自己搞出了这么大的宝贝,为啥回应他的却是拳头?这个时候她们不是应该激动得直接扑入怀中,欢喜得忘乎所以吗?

"混蛋!有这种一举定乾坤的东西竟然还藏着,让我们白白担心这么久!"叶冰凌咬着银牙道。

"哼,是不是看我们焦头烂额如蚂蚁乱窜你很爽快?"素来温婉的伊秋水美目微瞪。

周元的嘴角微微抽了抽,女人都是这么可怕的吗?

还讲不讲理了!

必须给个教训!太不将他这个阁主放在眼里了!

他眼睛一瞪。

叶冰凌道:"明天的新人大典就让他自己去操办。"

伊秋水道:"风阁的事也让他自己管。"

周元干咳一声,低眉顺眼,温柔地道:"对不起,我不该瞒着你们。"

算了,大丈夫能屈能伸,何必争这一时意气?

在那不远处,萧弘等关注于此的风阁统领默默地转过身去。

第八百二十四章
优中择优

天渊洞天，一座居于外围的小型浮空岛屿。

此处有些偏僻，天地间的源气浓郁程度也比不上风林火山四阁所在之处，不过即便如此，这里对天渊域很多人来说仍然有着很大的吸引力，很多人付出高昂代价也要在此处定居。

今日，这座岛屿的中心处显得极为热闹，无数人拥来，汇聚于外围，眼神羡慕地望着在中心区域汇聚的数百道身影。

那是经过重重选拔，今日将进入风林火山四阁的新人。

只要进了四阁，便不再是散修的身份，不仅有了庇护自身的大背景，还能够在天地源气极为浓郁的四岛修炼，从此以后可谓前途无量。

"不知不觉，又到一年四阁招揽新人的时候了。"

"今年恐怕跟往年没啥区别，好苗子大部分都会被火阁收走。"

"没办法，火阁本就是四阁最强，火阁阁主吕霄可算是天渊域年轻一辈的牌面，号召力没得说。"

"喊，什么号召力，还不是归源宝币给得到位。能够通过选拔来到这里的新人哪个是省油的灯，如果换作神府榜前三的那三位，可能会震慑住他们，但吕霄这个第九，恐怕还不够。"

……

窃窃私语声在外围响起，每年四阁的新人选拔都会在这里进行，也算是每年一度的热闹大事了。

"咻！"

当那些声音响起后不久，远处的天空忽有道道光影破空而至，最后接连不断

地从天而降,落在岛屿的中心处。

正是四阁的成员,他们率先来到此处布置场地,很快便有四面巨大的旗帜自四角的石台上升起。

当旗帜升起后不久,四道气势不凡的光影自远处掠空而来,缓缓落下。

场中数百位眼神隐带桀骜的新人望着那四道身影时,神色收敛了一些,毕竟他们早已将四阁阁主打探清楚,知晓他们的强横,就算见到周元这个风阁阁主仅仅是个神府境中期,也未曾有丝毫不屑。

之前周元打败陈北风的消息,他们都已知晓。

周元落在插着风阁青色大旗的石台上,叶冰凌与伊秋水立即迎了上来。

他对着两女轻轻点头,然后目光投向了场中那数百道黑压压的人影。这些人身上,大部分都带着点凶悍气息,这并不奇怪,他们来自混元天各处,大部分是散修,而能凭借着散修身份修炼到这个层次,必然经历了无数生死争斗。

他们其中一些人或许天赋有些缺陷,性子却会更加坚韧。

周元的目光掠过,最后看向数百人的最前方,那里有三十四道身影泾渭分明地束手而立。

他们周身隐隐有着强横的源气波动散发出来,赫然都踏入了神府境后期。

而且他们全都登上了混元天神府榜,只不过排名居末。

这些都是人才,潜力不小,若是能够吸纳,再加上风阁的修炼资源,未来在神府榜上的排名必然能够攀升。

周元的目光扫过一圈,最后停在位于前方的四道身影,这四个人为三男一女,从他们的身上,周元竟能感知到比其他人更强的源气波动。

"他们四人是今年新人中最强的,凌峰、冯四、袁铁罡,女的名为商小灵。"周元身旁的伊秋水轻声说道。

周元点点头,这四个人的实力,放在风阁不会弱于统领级别。

风林火山四阁的招新大典果然有料啊,怪不得吕霄对此极为重视。

当周元等四位阁主打量着场中新人时,那些新人同样在打量他们。

一些目光掠过周元,想必对他凭借着神府境中期的实力坐稳阁主的位置感到好奇。

在这种互相打量间,火阁那边的吕霄缓步上前。他气度沉稳,淡声道:"诸位，新人大典现在开始吧。规矩不用多说，各阁将条件与待遇报出，若有动心者，可自主选择。

"另外，新人选择全凭自愿，不可强求！若是违规，将剥夺招新份额。"

说到最后，他似有似无地瞟了一眼不远处的周元。

周元闻言，则是淡笑一声，并不理会。

随着吕霄声落，场中的气氛顿时变得热闹起来，不少新人的目光都在不断地打量着四阁。总体来说火阁最受欢迎，风阁这边要显得冷清一些。

新人们没有马上做出选择，他们都在等待四阁给出的待遇。

山阁阁主韩渊率先站出来，他淡笑道："我山阁成员的待遇为每个月可领三十枚归源宝币以及六十份上品神府宝药，招收条件则需名列前两百五十名。"

在场的新人约莫有五百，之前经过测试已对每个人做出了排名。

山阁只招收前两百五十名，也就是说几乎一半的人是没资格进入的，当然，如果最后份额未满，条件自然还会放宽一点。

当韩渊话音落下时，场中一些条件不达标的人皆眼露失望。

在韩渊公布完后，林阁阁主木柳上前说道："我林阁成员待遇为每月可领二十八枚归源宝币以及五十五份上品神府宝药，招收条件则是前三百名。"

林阁的待遇比山阁稍微差点，但放宽了五十个名额。

吕霄的目光望向周元，微笑道："周元阁主你先来？免得我开口后对你们风阁造成不好的影响。"

他的神态有些戏谑。

周元闻言却摇摇头，道："吕霄阁主不用给我面子，我也想看看火阁有多大的手笔。"

他并不打算先来，因为他准备看看吕霄的手笔再行事。

吕霄轻笑一声，道："既然如此，那周元阁主可别怪我不给你路走了。"

他目光环视全场，望着诸多期待的目光，淡淡地道："往年我火阁成员每月可领取四十枚归源宝币。"

此言一出，引得诸多新人眼神滚烫。

不过，吕霄话音一转，道："但这是以往，我火阁经过决议，从今天开始，火阁成员每人每月可领取的归源宝币再提升十枚，共五十枚！"

"轰!"

场中直接沸腾起来,连那三十四名名列神府榜的新人强者都面色激动。

火阁那边的成员则在此时欢呼出声,神色骄傲自豪地扫视全场。

"当然了,我火阁虽说待遇不错,但招新同样是要择优录取,所以此次只招排名前一百八十名的。"

沸腾的场中顿时一静,不少人神色瞬间黯淡下来,五百个人里面只招揽前一百八十名,这条件简直就是严苛。

吕霄的话音落下,然后看向周元,似笑非笑地道:"周元阁主,该你了。"

周元笑了笑,缓步走上前。

此时场中的众人都还沉浸在先前吕霄带来的震撼中,一时间没什么人关注周元这位风阁阁主,而且在他们已然得知风阁的待遇可谓四阁最差,想必没什么吸引力。

周元上前数步,没有理会那些魂不守舍的新人,只是语气平静地道:"先说招收条件,我们风阁今年要优中择优,只招收排名前一百五十者。"

他的声音落下,这片区域顿时变得鸦雀无声。

就连吕霄、韩渊、木柳三位阁主都眼神惊愕地望过来。

吕霄、韩渊二人更是险些忍不住笑出声。

他们听见了什么?

风阁只招收前一百五十名?素来是新人垃圾场的风阁,竟然还要优中择优?

诸多新人也面色古怪。

这位风阁新任的阁主……莫非是疯了不成?!

第八百二十五章
全新待遇

当周元那句话说出后，新人所在之地便处于安静之中，气氛有些滑稽。

想来周元这句话带来的震撼实在太强。

而且不仅是其他人，就连风阁的诸多成员都面面相觑，萧弘这些统领也摸不着头脑，不知道周元为何会说这种听上去有点……自取其辱的话……

要知道往年的招新大典，每次都是等到其他三阁将好苗子挑光了，风阁才能在剩下的那些人中去挑……正因如此，风阁才有了新人垃圾场的称号。

但如今，周元竟然把条件提升到前一百五十名，这是想在今年的新人大典上颗粒无收吗？

那些排名靠前的新人怎么可能放着条件优渥的火阁不选，来选风阁？

"周元阁主今年打算自暴自弃了吗？"吕霄慢慢回过神来，轻笑道。

他的声音打破了安静，令场中众人从震撼中恢复过来，不少人都低笑出声。

周元没有理会吕霄的调侃，语气依然平静地道："另外在这里我还得添一句，往后风阁每年都会进行严格的考核，凡是考核成绩不佳者，将取消风阁成员的身份。"

"哗！"

此言一出，在场的风阁成员的面色皆忍不住变化，眼神有异。

那考核成绩不佳的后果太严重了！

柳之玄见到周围一些风阁成员的异动，不由得低声道："阁主，这会不会太严格了？"

他察觉到有一些风阁成员不忿，毕竟没有谁愿意凭空多出一个如此严格的考核，如果传回风岛，恐怕会引起暴动。

吕霄、韩渊对视一眼，看出了对方眼中的惊疑之色。在他们看来，周元这种行为简直就是想要将风阁瓦解。

这家伙莫非真是疯了？

木柳眉头皱起，他身旁的木青烟嘀咕道："他这是想要振兴风阁吗？想得太简单了吧。以为光用大棒就能驯服风阁那些人？这要是闹起来，就算他是阁主也镇不住。"

对于四方的动静，周元面无波澜，继续道："既然说了要求，那么接下来我再说说往后我们风阁的待遇。"

"以后，风阁的成员每月可领取七十枚归源宝币。"

简简单单一句话说出来，宛如惊涛骇浪般直接将场中所有人震得目瞪口呆。

那些原本有异议的风阁成员惊骇地望着周元。他们以前每月可领二十枚，现在足足翻了两倍还多？这是什么情况？

连柳之玄、萧弘他们这些人都面容凝固了。

除了叶冰凌与伊秋水外，此刻所有人一句话都说不出，脑子嗡鸣作响。

场中那些新人，就算是前方那三十四位神府榜上的强者也是一脸惊骇，难以置信。

七十枚？！比火阁竟然都要高出整整二十枚？！

这怎么可能？！

吕霄同样震惊了片刻，旋即面色彻底阴沉下来，冷声道："周元阁主，你是故意来捣乱的吗？以你们风阁的底蕴，凭什么给得出这种待遇？你当所有人都是傻子吗？

"如果风母纹是你的底气的话，我只能告诉你那简直是个笑话！"

韩渊也讥讽一笑，只当周元今日是在哗众取宠。

木柳的眉头紧锁，眼神惊疑不定。

其他那些新人疑惑地看着周元，看他们的模样，显然并不相信周元所说的属实，正如吕霄所说，凭风阁的底蕴根本给不出这种待遇。

面对众多质疑的目光，周元缓缓地道："风母纹的确不够支撑这种待遇，所以……在这里我还要宣布，从今天开始，我们风阁还将出售三种源纹。"

他将袍袖一挥，三道源纹玉简在他的面前悬浮升起。

"这三道源纹是火母纹、林母纹、山母纹。

"它们与风母纹同出一脉,合称四母纹,效果也与风母纹相同,能够提升四成凝练源痕的效率,专门用于四灵归源塔其他三域。"

周元平淡的声音响起,如同惊雷再度震撼全场。

这一次,吕霄与韩渊终于齐齐色变,眼露骇色。

"不可能!"吕霄面色铁青地厉喝道。

"周元,你可知道欺骗新人是什么后果?!"

素来从容的吕霄都有些失态,因为他很清楚周元所说的话如果属实将代表着什么,若说以前周元搞出的风母纹只是令他们火阁有些肉痛,那么此次出现的三道源纹就是彻底掘了他们火阁的根!

火阁能够壮大的根基就是因为捕痕纹的畅销!

如今周元造出的风林火山四母纹,效果几乎是捕痕纹的两倍,无疑会令捕痕纹再也无人问津!

周元见状一笑,袍袖一挥,有不少玉简对着三阁所在之处掠去,然后被一些成员抓住。

"这些源纹就免费赠送给你们,大家可以试试效果,到时候自然知晓真假。"

他这般随意的态度,直接引得吕霄与韩渊心头一沉:周元所说难道是真的?

火阁、山阁的成员接住玉简,有些不知所措。

倒是林阁的成员满脸惊喜地接过,连木柳与木青烟都抢了一道,他们对视一眼,眼神有些震动,显然都很清楚如果这是真的,将会在四阁带来多大震动。

原来,这就是周元隐藏的手段!

果然狠辣得近乎一击致命!

整个场中,此时显得有些混乱闹腾。

不过,从周元的态度以及吕霄、韩渊的脸色来看,诸多新人心中已有谱。毕竟在这种场合行骗,他们事后完全可以联合上报,周元定会吃不了兜着走。

所以,周元所说的一切应该都是真的。

有了四母纹,往后四阁中,风阁的潜力无限。

反观火阁,一旦捕痕纹被打压下去,他们还能支持所开出的待遇吗?

他们此时方才明白为何周元会提前公布那么严格的考核制度。

之前对周元此举还有些不满的风阁阁员的眼神早已火热，呼吸沉重。在每月高达七十枚归源宝币的诱惑下，考核算什么？就算是要拼命都没有关系！

而且这种级别的待遇，如果是庸人，的确没资格享受！

周元不顾吕霄铁青的面色，再度道："四母纹往后的销售所得，七成会给风阁用以提供阁员待遇，我留两成，而剩下一成将会作为副阁主、统领、副统领等高层的奖励，如何奖励将以贡献而论。

"所以，觉得自身有本事未来可在我风阁成为统领甚至副阁主，风阁欢迎至极。"

他这句话是对那三十四位神府榜上的新人强者说的，而效果的确是超乎想象的好，周元甚至能够看见他们眼中一点点跳出来的野心。

即便是那商小灵四人，都在此时眼神一动。

周元漫不经心地拍了拍手掌，道："接下来就开始选人吧，符合条件的新人，有兴趣的话可过来报名。"

场中陷入了短暂的寂静。

而寂静仅仅持续了瞬息，所有人都见到，排在新人最前方那名为商小灵的女子直接果断地对着风阁急射而去。

"我愿入风阁！"她略显沙哑的声音毫不犹豫地响起。

商小灵这一动，如同引动火山爆发的引子，场中的寂静瞬间被打破，下一刻，数百道身影近乎疯狂一般对着风阁所在的石台拥来。

"我也愿意！"

"我要入风阁！"

"周元阁主，收下我吧！"

……

整个场中的气氛在这一刻被彻底引爆。

第八百二十六章 一败涂地

新人大典沸腾爆发，黑压压的人群对着风阁所在的石台蜂拥而去。

四周，其他三阁的人目瞪口呆地望着这一幕，他们难以想象以往几乎是新人垃圾场的风阁，今日竟然会出现抢破头的盛况……

以往，这是只有火阁才能够享受到的待遇。

不过想到先前周元开出的待遇，就连他们的内心深处都有点蠢蠢欲动。

吸引力实在是太大了！

不仅是每月七十枚归源宝币，而且风阁的副统领、统领、副阁主这些高层竟然也能够拥有四母纹销售额一成的分成，那可不是什么小数目！

种种诱惑下，怎能不让其他三阁的人暗自心动？

周元望着拥来的人群，嘴角带着一抹灿烂的笑，脚步退后，伊秋水、叶冰凌她们则立即指挥人迎上去，开始审核。

不远处，吕霄与韩渊的面色格外阴沉，特别是吕霄，那素来从容的英俊脸庞此时隐隐有点扭曲。

对于周元，就算前些天他打败了陈北风，吕霄内心深处仍然没有把他当作什么威胁。

平日在面对周元时，虽说吕霄总是带着笑容，实则隐藏着一丝难以察觉的漫不经心与轻蔑之意。

正因为这种心态，吕霄才会肆无忌惮地施展诸多手段，他不怕真的激怒周元。

他在混元天神府榜上名列第九，不仅是天渊域年轻神府的第一人，甚至在整个混元天也有不错的名声。周元一个新晋的风阁阁主，就算察觉到了他的手段，又敢对他做什么？又能对他做什么？

可怎么都没想到，这个被他轻蔑的人的反击竟然会来得如此狠辣。

四母纹一出，简直就是将他们火阁打入了绝境！

吕霄深吸一口气，压制着内心深处的震怒，望着场中那些不断对着风阁蜂拥而去的新人，知道不能任由局势这样发展下去，否则他们火阁将会变成一场笑话，而他吕霄必然会招来天灵宗的斥责。

他很清楚天灵宗有多重视四阁，虽说这里都是一些神府境的天骄，但他们是代表着天渊域未来的新鲜血液，只要里面最后能够出现几位长老，这种投资就算大获成功。

"周元阁主还真是好手段，没想到竟然将四母纹隐藏到现在。"

吕霄带着冷意的声音在沸腾的场中响起。

诸多新人听到吕霄的声音，稍微清醒了一些，目光微闪。他们知道，如今的四阁中火阁的吕霄才是实力最强的。

周元神色平淡道："其实本不打算显露出来，不过吕霄阁主行事总是咄咄逼人，真怪不得我。"

按照他最初的打算，如果吕霄不是太过分的话，他其实不想撕破脸皮，四母纹顶多只会亮出风母纹与林母纹，留下一半的市场给吕霄。

只可惜吕霄似乎从未将他放在眼中，小手段一环接一环，最后甚至连暗中释放流言这种低劣手段都施展了出来。

既然对方都没留手，周元自然不用再做那滥好人，免得被人踩了脚还得被踩脸，说起来他的脾气也没那么好。

吕霄哂笑，道："这次倒是我失误了。

"希望周元阁主在四个月后的总阁主之争上也能如此奇招迭出，不然的话……"

场中诸多新人听到此话，心头顿时一凛，明白了吕霄话中的深意。

一旦四个月后吕霄夺得总阁主之位，整个四阁都将由他掌控，周元这个风阁阁主也会屈居吕霄之下。

那个时候，吕霄若是要做什么，恐怕周元以及风阁都会变得极为被动。

因为总阁主在四阁拥有绝对的话语权。

吕霄这是在威胁周元，同时也是在告诉新人们选择的时候要谨慎。

于是，场中刚才的沸腾气氛一下变得冰冷许多。

不少人眼中出现犹豫之色。

就连凌峰、冯四、袁铁罡目光都是一闪。

冯四声音轻柔道："两位，商小灵的选择似乎有些鲁莽，咱们可不能一时脑热，得看看往后。"

凌峰看了他一眼，道："你是因为之前火阁就找过你吧？"

冯四无奈地一笑，道："难道你们能否认吕霄阁主是总阁主最有力的竞争人选吗？"

凌峰与袁铁罡沉默，他们没有什么背景，历经千辛万苦才有了进入四阁的机会，如果未来吕霄真的成了总阁主，而他们又在此时得罪了他，是否有些不智？

然而风阁的待遇真的很诱人……真的是好诱人啊！

周元神色平静地望着场中有些冷却的气氛，淡淡地道："吕霄阁主，事无绝对，之前陈北风还百分百认定自己就是风阁阁主呢。"

吕霄摇摇头，叹道："如果你用陈北风来跟我比的话，你会吃大亏的。"

周元的心头一阵腻味，懒得跟他多费唇舌，只是将目光转向众多新人，道："对了，先前有句话忘记说了，多亏了吕霄阁主提醒才记起来。

"其实四母纹的四成提升效果只是正常版本，我这里还能炼制一种高品质版本，效果能再提升一成。呵呵，不过因为数量太少，就暂时不对外销售，只当作福利给风阁一些表现优异的阁员以及高层。嗯，就是这些吧。"

他轻描淡写地说完，便在一旁的椅子上坐下，立即有机灵的风阁成员奉上一杯热茶。

而场中则再度安静下来。

再然后，所有人都见到那三十多位神府榜上的新人强者中有二十多位同时走出，以一种缓慢而坚定的步伐直接走向风阁。

其他新人也围拢过来，虽说没有了刚开始那种沸腾，但谁都看得出来他们的心更加坚定了。

凌峰、袁铁罡望着这一幕，深深吸了一口气，对着冯四道："抱歉了，这个诱惑挡不住了。"

于是，他们两人猛地转身，向着风阁走去。

冯四望着他们的背影，面色变幻不定。那种诱惑的确让人难以抗拒，不过他最终还是颓然下来，因为之前已经答应了吕霄进入火阁，如果此时反悔，吕霄必然会震怒，他可得罪不起。

即便如此，他内心仍然十分后悔。

就算日后吕霄真的成了总阁主，也不可能将他们这拨新人全部清除吧？

场内，越来越多的新人汇聚于风阁。

吕霄的五指紧握，身躯微微颤抖着，内心的愤怒几乎令他快要爆炸。此时他恨不得直接出手将周元斩杀于此。

但最终他还是强行克制下来。

他深深地看了周元一眼，眼中的寒意几乎要将人的血液冻结。

吕霄知道，今日这场斗法他输得一败涂地。

不过没关系，这只是开始罢了……周元，等到四个月后，你会明白这些行为有多愚蠢，那个时候，你会后悔得罪我。

绝对会！

第八百二十七章
第二源纹

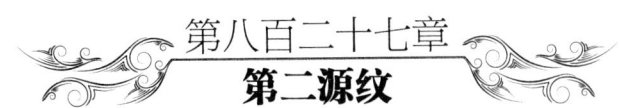

新人大典的结果以极快的速度传回四阁，然后不出意外地引起了四阁的震动。

就算是风阁的阁员，都被这种消息震撼得难以回神。

谁都没想到，这些年来被称为新人垃圾场的风阁竟然会成为此次新人大典的最大赢家，那般光芒甚至盖过了火阁……

当然，更震撼的还是风阁的新待遇以及四母纹的出现。

每个月七十枚归源宝币，可以说是风林火山四阁创立以来最高的待遇！

风阁的成员为此狂喜欢呼，其他三阁中，林阁的成员艳羡不已，而火阁与山阁则大冒酸水，诸如"风阁的人怎么配有这种待遇，简直就是浪费资源"之类的酸话不断响起。

但这种酸话毫无作用，他们都清楚，四母纹的出现让风阁有足够的底气，而且这些资源不是上面所赐，而是风阁或者说周元赚来的。

至于四母纹的效果，虽说很多人抱着怀疑的心态，但随着接下来风阁开始正式售卖，越来越多人亲自尝试后，那些怀疑就彻底烟消云散了。

于是，四母纹彻底火爆了。

风岛，阁主楼楼顶。

周元望着镜湖四周的训练场，往日这个时候上面虽说也有人修炼，但数量颇少，可这几日训练场上却是人山人海，沸腾至极。

"你那考核制度一出来，如今风阁的人可都疯了，每日拼了命地修炼。"周元身旁，伊秋水望着这一幕，掩嘴轻笑道。

"还有人反对吗？"周元问道。

考核制度极为严格，一旦不及格就会面临被踢出风阁的危险，所以前一两天还有一些成员来到阁主楼提出反对。

伊秋水道："有肯定是有一些，但他们的反对毫无作用。"

的确没什么作用，因为伴随着严格考核制度的还有那令人眼红的待遇，没有人舍得放弃每个月七十枚归源宝币的待遇，即便为此他们将付出极为辛苦的修炼。

而那些反对的人大多都是混子，不用周元出面，便会被其他风阁成员喷回去。

周元轻轻点头，转过身来，望着后方诸多身影，萧弘、陆明月等一干统领皆在此，除了他们外，还有三个陌生的面孔，正是前些天才加入风阁的新成员。

商小灵、凌峰、袁铁罡。

他们的实力不错，进入风阁后周元便给予了副统领的位置，待得稳定后，会酌情继续提拔。

"以后风阁成员的考核，你们各部若是不及格的人数超标，同样会影响你们这些统领、副统领的绩效，所以你们也莫要分心，各自盯紧点。"周元说道。

萧弘等人闻言，连忙恭敬应是。自从知晓四母纹的收入中他们这些高层也有一成的分润后，这些天来可谓干劲十足。

周元嘱咐一番后，便挥手让他们各自退去，不过一群人挪动了半天也没出去，只是眼巴巴地瞧着他。

"你们这些混蛋。"

周元见状，笑骂一声，他哪里不知道他们的心思，于是屈指一弹，便有数十道玉简射过去。

萧弘他们立即手忙脚乱地接下来，眉开眼笑，因为这些是高品质的风母纹，效果比普通版更高一成，外面可买不到。

"谢阁主！"拿了高品质的风母纹，这群人这才千恩万谢地散去。

随着这些人散去，一旁的叶冰凌轻声道："据说火阁与山阁都明令禁止购买四母纹，如今四母纹的销售只是在风阁与林阁呈碾压之势。"

周元对此并不意外，毕竟吕霄不可能眼睁睁看着捕痕纹被四母纹彻底击溃。

"他们挡不住的。"

周元摇摇头，道："火阁虽说有一些人是天灵宗天骄，但更多的人不是。吕霄这种强压行为挡得住一时，挡不住长久，继续这样下去，只会让下面的人心有怨气，一旦积怨太深，压都压不住。

"谁让风母纹的效果比捕痕纹足足高了一倍？

"吕霄不准他们用风母纹，只是在浪费他们的修炼时间，而对我们四阁的人来说，时间才是最宝贵的，拦人修行路，不亚于杀人父母。"

伊秋水轻轻点头，道："没错，吕霄挡不住的。如果他还算聪明的话，应该很快就会睁一只眼闭一只眼，或者……将捕痕纹大降价。但即便如此，也无法撼动风母纹。

"要怪就只能怪你创出的风母纹比他们的捕痕纹厉害太多。"

伊秋水抿唇轻笑，明眸瞧着周元，竟有些小崇拜。

明明论起声势与实力，吕霄都远远超过周元，但他偏偏在此次的争斗中被周元硬生生压制，想必此时他已憋屈到了极点，却又无可奈何。

叶冰凌螓首微点，旋即又有些忧虑地道："现在局面是我们占优，不过我担心四个月后的总阁主之争……"

一旁的伊秋水俏脸微凝。这的确是一个很大的问题。如果吕霄成了总阁主，那会给他们造成极大的麻烦，甚至还能直接插手风阁的事务。

比如周元制定的考核制度以及待遇，他插手进来的话足以让人恶心，削弱周元在风阁的威望。

周元双目虚眯了一下，平静地道："那就只好尽可能让他难以如愿了。"

叶冰凌苦笑一声，哪有这么容易！吕霄可不是陈北风，那是混元天神府榜高居第九的强者，如果不是因为同属天渊域，恐怕吕霄直接施展武力就能将风阁摧毁。

不过她也知道，不管如何，他们总不可能放弃。

"如今局面算是稳定下来，我要开始全力修炼了。"周元笑了笑。这段时间他一直忙着炼制四母纹，连修炼的时间都少了许多，若是不赶紧努力，四个月后他根本不可能赢得了吕霄。

伊秋水道："嗯，还是修炼最重要。如果你能够踏入神府境后期，不见得就会怕了那吕霄。"

叶冰凌的美眸看来，忽然问道："如今你已凝练出完整的风灵纹，该选择凝练第二道了，你打算选哪一道？"

四道古源纹唯有完整凝练出一道后，才能够肆意进出其他三域。

周元闻言，微微沉吟。

剩下的三道古源纹中，木灵纹有加快肉身恢复速度的效果，周元身怀太乙青木痕，这个只能算作锦上添花；而山灵纹可赋予自身强横的肉身防御，他有玄圣体、青蛟形态，所以暂时也不太需要。

算来算去，就只剩下火灵纹了。

火灵纹可令自身源气暗藏爆劲，增强破坏力，倒是非常适合周元。

当然，想要凝练火灵纹，就得进入火阁的火域，但周元没什么好担心的。这里是天渊洞天，就算吕霄对他恨之入骨，也不敢在火域对他如何，否则他这火阁阁主的位置就算是坐到头了。

难道真以为周元在天渊域没有后台啊？

当然，凡事自己心中也要保持一分谨慎小心才是。

心绪转动间，周元已有了决定，于是冲着两女一笑。

"第二道古源纹，我就选择……火灵纹吧。"

第八百二十八章
六重神府

当第二日周元的身影出现在火域门口的时候,来来往往的火阁阁员无不心中震骇,面色精彩至极。

面对这位风阁的阁主,他们的心情极其复杂。他创出的四母纹可谓断绝了火阁的好日子,可那四母纹却真真切切是个好东西,效果远非捕痕纹可比,如果他们也能使用,修炼速度必然会成倍暴涨!

可惜的是,如今火阁与山阁皆在严控四母纹,在吕霄与韩渊的威压下,两阁成员都不敢明目张胆地购买使用。

当然,这肯定是堵不住的。

加快源纹的凝练速度是四阁之人心中的重石。四下无人的时候,还是会有人偷偷摸摸地拿出不知从什么渠道得来的四母纹……

正是因为这种种,导致火阁的成员对周元可谓是又恨又爱。

他们看见周元的身影进入火域入口,心中明白,这位风阁阁主已将火灵纹作为他将要凝练的第二道源纹……

"砰!"

一间客厅内,方鳌一拳捶在身旁的桌子上,铁木所制的桌子瞬间四分五裂。他脸上有着凶戾之色涌动起来,寒声道:"这小子真的是想死吗?

"竟然敢这个时候来我们火域修炼!想故意给我们上眼药吗?"

客厅内有数道身影,皆是火阁的高层,吕霄则面无表情地坐于首位。

"不行,不能让这混蛋这么猖狂,我去火域收拾他!

"这次看我不打断他两条腿!"

方鳌眼神阴狠地站起身来。

"给我站住！"吕霄面色冰寒，冷声道。

方鳌停下脚步，怒道："老大，那个混蛋都踩到我们脸上来了！"

吕霄冷冷地道："他如今是风阁阁主，你敢在这里动他，谁都保不住你！做事用点脑子！真以为我们天灵宗已经能够在天渊域一手遮天了吗？"

方鳌面色铁青，拳头握得嘎吱作响，最终只能一屁股坐回去。他知道吕霄说的没错，如果他敢在这里动周元，必然会付出极为惨重的代价。

瞧得方鳌那一副憋屈的模样，吕霄也不理，而是看向旁边的朱炼，道："那四母纹你研究了这么多天，有什么成果没？"

朱炼的面色有些难看，缓缓摇头，道："四母纹的核心之物极为隐秘，稍稍触及便烟消云散，根本无法探测。"

"如果让宗内的源纹高人出手呢？"吕霄低声道。

"还是不行。那小子极其狡诈，创设出来的四母纹非常敏感，不论是多么细微的触碰，都会导致源纹自毁，就算让神魂比我更强的人来，恐怕还是很难发觉那核心之物。"朱炼道。

吕霄闻言，眼中掠过一抹烦躁。

这些天他被四母纹的畅销搞得焦头烂额。

而因为新人大典上的事，他已被天灵宗的长辈训诫过了。

"呼。"

吕霄深吸一口冰凉的空气，压制着心中的烦躁，沉默了半晌，道："最近暂时低调一些，你们放心，我们会有机会找回场子的。"

他抬起头，目光看向火域的方向，眼中有深深寒意掠过。

这些年来，他还从未如此憋屈过。

而且对手还只是一个他根本看不上眼的神府境中期……

不过周元，你别得意，我们的较量才刚开始呢！

火域之内，赤红如炉。

周元漫步其中，看着火域的上空，那里是厚厚的火红云层，其内竟有岩浆在流淌。

第八百二十八章 六重神府

那是火灵岩浆。

岩浆之内有着无数火灵纹源痕，一旦祭燃归源宝币就能够引来火灵岩浆，岩浆覆身，带来灼痛的同时也会将一部分火灵纹源痕留在体内。

周元跃至一座断崖上，盘坐下来，随手取出一把归源宝币祭燃。

"熊！"

很快天空上就有一大团赤红岩浆从天而降，源源不断地落在周元的身躯上。

剧烈的灼痛涌来，周元却是神色不变。在风域中，他对这种痛感早已麻木。

他用手指捏碎一道火母纹，顿时源纹在胸膛成形，形成小小的旋涡。

赤红岩浆包裹着周元的身躯，一些赤红的光点飞速朝着胸膛处的旋涡涌去。

一炷香后，赤红岩浆冷却下来，化为漆黑的石块层层跌落。

周元睁开双目，望着手背处，只见在风灵纹上方一点的位置出现了一些赤红色的光点，是火灵纹源痕。

"效果还不错。"周元轻笑一声。

"看来接下来要长时间待在这火域了……"

他伸了一个懒腰，略作休息，两手一抓，又是满满一把归源宝币，然后同时祭燃。

"熊！"

天空上，一团大型岩浆呼啸而下，宛如流星划过天际。

……

周元在火域一待便是整整一个月。

一个月内，在仿佛挥霍不尽的归源宝币的支持下，再加上火母纹以及雄浑神魂的助攻，周元的火灵纹达到了将近七成的完成度！

这个速度连周元自身都有些心惊，照这样下去，顶多再过一个月，这火灵纹他就能够凝练完整。

不到半年凝练成功两道源纹，自四灵归源塔出现以来，这个速度恐怕是凤毛麟角。

另外，这一个月在火域的修炼中，周元没有遭受到任何来自火阁的阻碍，这倒是让他稍感意外。看来吕霄是个聪明人，知道如果他在火域出了什么事，他第一个跑不掉。

没人来找麻烦，周元也乐得清静，将所有心思都投注到火灵纹的凝练上。

"熊！"

这一日，赤红的岩浆如同巨蟒一般环绕在周元的四周，可见无数赤红光点涌出，如飞鸟投林一般对着周元的胸膛处钻去。许久后，那些岩浆开始冷却，化为大片黑石坠落而下。

周元的鼻息间有一团赤红气息喷出，他缓缓睁开眼睛，看向手背处，然后嘴角流露出一丝满意的笑意。

火灵纹的完成度彻底达到七成了！

周元心满意足地伸着懒腰，刚要起身，他的神色忽地一动，眼眸深处有一抹狂喜之色涌出来。

就在这一瞬间，他感觉到体内神府有所异动。

他用神魂感知体内，只见第五重神府与第六重神府之间的障壁竟在此时变得虚薄起来！

那是第六重神府即将被贯穿的迹象！

周元心中欢欣不已。这一个月他在凝练火灵纹的同时，并没有忽视对神府的打磨，没想到在今日第五重神府终于被打磨圆满，开始贯通第六重！

待得第六重神府被贯通，那么他就算踏入了神府境中期巅峰，日后再踏出一步，就可达到神府境后期！

当然最重要的是，当第六重神府被贯通，他的源气底蕴又将迎来一次暴涨！

第八百二十九章
天湮兽心

神府之中有璀璨光芒喷涌，上千万源气星辰呼啸而出，宛如洪流，不断地冲撞着第五重与第六重神府之间的障壁。

"嗡嗡！"

在这种冲撞下，神府内发出了震动。

紧接着，细微的裂痕出现在障壁上，迅速蔓延，数十息后便密布障壁。经过周元这段时间的打磨，神府障壁已极为虚薄。

"轰隆！"

当源气冲击再度来临时，那一层阻挠周元许久的障壁终于崩碎开来。

第六重神府府门大开！

上千万源气星辰所化的洪流直接涌入第六重神府，在这重神府内，有玄妙精纯的物质洒落，与源气洪流接触，然后飞快地融合。

"轰轰！"

融合之下，那源气洪流开始以一种惊人的速度暴涨，宛如滔天巨浪，席卷于第六重神府内，无数源气星辰不断凝结而出……

磅礴的力量感也涌了出来，最后蔓延到四肢百骸。

外界，周元缓缓睁开了双目。此时的他，周身涌动着极为强横的源气波动，气势异常惊人。

他感受着神府内涌动的磅礴源气，眼中划过一抹惊喜。

在他的感知中，神府内的源气星辰数量暴涨了足足四百万！

真真切切达到了一千五百万的源气底蕴！

如果他再催动风灵纹的话，那么他的源气底蕴将会达到一千八百万的恐怖程

度！

"一千八百万……"

周元的内心翻江倒海，如果以这种底蕴再与陈北风交手，周元有绝对把握一招制胜。

"随着贯通神府的层数越高，似乎源气底蕴的增幅就越强！"周元的目光闪烁。他记得打通第五重神府时，源气底蕴只增幅了三百万，此次打通第六重神府，增幅却更强了。

如今周元还有三重神府未打通，如果彻底打通，那么他的源气底蕴起码还能增强一千多万！

也就是说，就算周元不借助任何外物，当他打通九重神府时，他的源气底蕴可能超过三千万！

三千万源气底蕴！

这种程度的底蕴，周元光是想想都忍不住咋舌。虽说他不知道吕霄打通九重神府后的底蕴是多少，但他猜测顶多也就两千万左右。

而吕霄开辟的还是九重神府中的上九府。

显然，这是混沌神府与镇世天蛟气给周元带来的巨大优势。

周元心满意足地长舒了一口气。

就在周元为自身源气底蕴大涨而欢喜时，他的身体忽地一颤，只见一抹黑光从他体内射出，悬浮于面前。

"天元笔？！"

周元见到不受控制出现的天元笔，先是一愣，然后见到在那斑驳笔身上，第六道古老源纹似乎绽放出微微的光芒。

"第六道源纹难道要觉醒了？"

周元怔了片刻，旋即再度失态狂喜。要知道天元笔的进化卡在第六道源纹处已经好长时间了，不论他如何蕴养，那第六道源纹始终没有觉醒的迹象。

周元为此头疼了许久，没想到今日天元笔终于有了动静！

难道今日要双喜临门？！

周元目光灼灼地望着天元笔，笔身上的第六道古老源纹一丝丝地绽放着光芒，隐隐有玄妙的波动传出。不过，当那古老源纹还有最后一点空隙的时候，天元笔忽地剧烈颤抖起来，然后那古老源纹便迅速黯淡下来。

天元笔也缓缓垂落，光芒收敛。

周元有些失神地望着这一幕，喃喃道："觉醒失败了？"

"怎么会这样？"

周元捧着天元笔，面色有些失望，眉头紧锁。先前那一幕，天元笔分明是要觉醒第六纹了，却在最后关头失败了。

"为何感觉这种觉醒缺失了什么一般？"周元自言自语。

以前那五道古老源纹的觉醒似乎都没有这一次这么困难。

周元感到极为头疼，他捧着天元笔，苦笑道："天元笔啊天元笔，你究竟要怎么样才能够觉醒第六纹啊？"

他本是低声呢喃，然而当他此话落下时，手中的天元笔竟嗡嗡地震动起来，然后便在周元有些震惊的目光中缓缓升起，雪白毫毛颤颤悠悠地划过虚空，化成文字。

"天……湮……兽……心……"

"天湮兽心？！"

周元紧紧盯着那四个字，然后眼神灼灼地道："你是说觉醒第六纹需要天湮兽心？！"

天元笔划完这四个字后，便静静地垂落到他的掌心，不再有动静。

周元的双目却绽放出光芒。天元笔巅峰时期可是圣宝级别，自然拥有极高的灵性，只不过以往处于严重的受损状态，难以和周元沟通。如今随着不断被蕴养，倒是恢复了一些灵性，所以此次才会主动提点。

如果不是它主动提点，恐怕周元想破头都无法猜到，天元笔第六纹觉醒竟然还需要天湮兽心。

"大哥，你应该早点告诉我啊！"周元摇摇头。早知道需要这东西，他定会全力搜寻，哪里还需要白白浪费这么久的时间？

所谓的天湮兽心，应该是天湮兽的心脏吧？

不过天湮兽是什么源兽？位列几品？

周元沉吟了一下，然后将天元笔收入体内，站起身来，身影一动便化为流光对着火域出口的方向疾驰而去。

不管那天湮兽是什么东西,既然如今有了线索,周元自然不可能放弃。

天元笔一旦觉醒第六纹,不提第六纹本身的玄妙,光是天元笔本身也会得到极大的蜕变,成为真正的上品天源兵!

而这种层次的源兵,仅次于诸多威力可毁灭天地的圣宝。

周元若是能在总阁主之争来临之前将其掌握,那么对战吕霄时,他无疑会更有把握。

第八百三十章
风阁管家

"天湮兽?"

阁主楼中,伊秋水的美眸望着火急火燎出现在面前的周元,微微沉吟道:"我倒是听过,那是一种极为强大的源兽,顶级的天湮兽位列七品。"

"七品?"周元的面色微变,七品源兽可是相当于人类的源婴境了!

"当然那是天湮兽中顶级的存在,正常的天湮兽一般处于六品层次。"伊秋水说道。

"六品也是天阳境的实力了。"周元的眉头紧皱,就算如今他底牌众多,但面对天阳境实力的对手,他依旧只能逃窜,毫无正面对抗之力。

"天渊洞天中可有天湮兽心出售?"他又问道。

"天湮兽心?"伊秋水的秀眉微蹙道,"天湮兽本就较为稀少,如果你是要天湮兽的兽魂晶,天渊洞天中未必没有,可兽心的价值不如兽魂晶,所以极少有人售卖。"

周元有些失望。天元笔已经表达得清清楚楚,它需要的是天湮兽心,而不是天湮兽的魂晶。

这让周元有点烦闷,活的天湮兽就算只是六品,眼下的他也打不过,想要收购天湮兽心又无从下手,这可怎么办?

周元在一旁坐下来摇头叹气。难道天元笔第六纹的觉醒只能继续拖下去吗?

伊秋水瞧得周元那副模样也很无奈,只能咬着红唇帮他想着办法。

过了半晌,伊秋水的神色忽地一动,似乎想起了什么,于是招来门口的一位风阁守卫,吩咐一声,后者便迅速离去。

"你想到什么办法了吗?"周元见状,顿时打起精神问道。

211

伊秋水给了他一个美好的白眼,道:"我的阁主大人,你就先在一旁待着吧,等我确定后再告诉你。"

周元笑了一声,这种有人使唤的感觉真是太好了。

两人等了一会儿,那名守卫便已迅速归来,手中还抱了一大摞纸单。

伊秋水抱着厚厚的纸单回到位子上,开始仔细翻看。

窗外有阳光照射进来,落在她的身上,乌黑长发齐至细细的腰肢,鼓鼓的酥胸,光洁如玉的鹅蛋脸颊,有一种让人心醉的温柔。

周元只是瞥了一眼,便赶紧收回目光,心中默念夭夭的名字一百遍。

当周元将一杯茶尽数喝光时,伊秋水终于轻轻伸了一个懒腰,腰线毕露。她的脸上带着一丝浅笑,站起身来,纤细玉指拎着一张纸,走过来放在周元身旁。

"找到了。"她笑吟吟地道。

周元连忙接过,目光一扫,发现竟然是一张天渊洞天发布的任务单,而这任务的名字就叫作猎杀天涅兽。

他粗略一扫,发现天渊域西南区域有天涅兽出现的踪迹,威胁城池,造成了不小的伤亡。

"活的天涅兽啊?"周元眼露失望,活的他打不过啊!

"看仔细一点好吗?"伊秋水没好气地道,扯过任务单,修长的玉指指着某处,重重点了点,"重伤的天涅兽!"

"这头天涅兽据说是从小邙州逃窜过去的,之前小邙州的州主与它大战一场,将其重创。不过天涅兽的生命力极为顽强,最后逃出小邙州,潜入到雨州,而雨州是一座小城池,在天渊域数百州中排名居末,根本就没有实力绞杀这天涅兽,所以只能将此事上报了。"

"重伤的天涅兽?"周元的神色一动,旋即迟疑道,"就算是重伤的天涅兽,恐怕也不是神府境能够对付的吧?"

伊秋水道:"看见这里的印章了吗?黑色的神府章,代表这种任务属于神府境的范畴。

"在天渊域内,任务分为绿、红、黑三个等级,这里是黑色印章,说明这是神府境中最高级别的任务,难度肯定是有的。

"这个任务,寻常几个神府境后期都不一定吃得下。"

她盯着周元缓缓地道："如果你真想要在短时间内得到天湮兽心，这恐怕是唯一的途径了。"

周元轻轻点头，微微沉吟，最终露出果决之色，道："不管有多难，我得去试试。"

"你这笨蛋不会打算单枪匹马地去吧？"伊秋水双臂抱胸，轻笑一声道，"虽说你的实力的确很厉害，不过不是我看不起你，你一个人可吃不下它。"

周元愣了愣，道："你的意思是找帮手？"

伊秋水螓首微点，道："周元，你现在可不再是当初刚落到小玄州的孤家寡人了，你是风阁的阁主！

"我们风阁虽说如今有些没落，但数十位神府境后期的强者还是凑得出来的。当然人多反而麻烦，所以贵精不贵多。"

她随手抽出一张纸，上面有着娟秀的字体，显然是她先前所写，上面有数个名字。

"我知道您老人家平日修炼忙，根本就不管风阁的事，恐怕连人都认不全，所以我已经帮你把人挑选好了。

"这上面包括叶师姐在内一共有七人，算是我们风阁神府境中最强的人，你将他们带去，应该能够让你轻松不少。先前我已经让人去找他们了，想必很快就会来到阁主楼。"

她微微偏着头，长发垂落在脸颊侧边，轻笑道："虽说因为私人任务耽搁大家的修炼时间有点说不过去，但以你如今在风阁的威望，他们肯定没人有意见。

"当然，若是成功后，阁主大人能够赏赐一些高品质的风母纹，想必大家会更加动力满满。"

望着侃侃而谈、微笑从容的伊秋水，周元的眼睛有点发直。

伊秋水被他看得俏脸微红，伸出手摸摸脸颊，嗔道："干吗这样看着我？"

周元感叹道："秋水，一来到天渊域就遇见你可真是我的幸运啊。"

周元此时算是真正见识到什么叫作内务大总管，他这边还只是一个念头，伊秋水那边就已经帮他将一切打点好，只用带人出发就行。

那种感觉，真有一种无法言语的酣畅爽快。

他甚至有点无法想象，如果风阁没了伊秋水，所有事情都让他来处理，自己该怎么办？恐怕会当场爆炸吧。

他现在已经完全离不开伊秋水了啊。

如果不是他的心中已有了夭夭，说不定……咳咳，算了算了，不要有这种危险的想法，说不定会死人的。

周元的脑海中划过夭夭那清冷如月宫仙子般的容颜，一对漫不经心如幽泉的眼眸似是能够看穿他内心所想。他微微打了一个寒战，然后心中默念一千遍：夭夭最美。

第八百三十一章
火阁算计

正如伊秋水所说，约莫一个时辰后，她通知的七人包括叶冰凌在内都汇聚于阁主楼。

周元跟他们碰了面，领头的便是副阁主叶冰凌，还有萧弘、陆明月这些比较熟悉的统领，不过最后一人让周元有些讶异，是才进入风阁不久的商小灵。

商小灵个子有些娇小，容颜也算秀丽，她的右侧眉眼间有一条伤痕，令她多了一些肃杀之意。她平日里寡言少语，但周元明白，一个女子能够以散修的身份走到如今，经历之凶险必然更甚男子。

"你可别小瞧人家，真要论起生死搏杀，萧弘他们不一定就拼得过商小灵。"见到周元的目光停留在商小灵身上，一旁的伊秋水连忙说道。

周元冲着商小灵笑了笑，他只是有点意外而已，并非怀疑她的实力。

"找你们来的原因，想必秋水已经说过了。我打算接取一道猎杀天渊兽的任务，当然，是重伤的天渊兽。"周元转过目光，对着眼前的七人笑着说道。

"不过就算是重伤的天渊兽，我一个人恐怕都难以对付，所以需要你们帮忙。

"任务有些危险，若是不愿意去的话，我也不会勉强。"

叶冰凌一如既往的干脆利落："什么时候动身？"

周元被她呛了一下，想要说什么，叶冰凌给了他一个白眼："不要啰里啰唆，大家既然会过来，自然就没什么意见，只是一头重伤的天渊兽而已，不算什么。"

周元无奈地一笑。他当然知道不会真如叶冰凌所说的重伤的天渊兽不算什么，就算是重伤的天阳境，那也高出了他们这些神府境一个大境界。

不过在知晓了众人的意愿后，周元还是有些欣慰，如今他算是彻底掌控了风阁，当然最重要的是他掌控了人心。

虽说他为所有风阁成员带来了利益，但周元可不会矫情，在这天下间，利益本就是最稳固的锁链，在没有真正生死交情的铺垫下，平白讲一些情谊，反而让人腻味。

"既然如此，矫情的话我就不多说了，此次任务不论最终成败，往后大家修炼所用的高品质风母纹我都包了。"周元笑道。

此言一出，眼前的七人顿时露出惊喜之色，就连叶冰凌的美眸都亮了起来。

素来沉默寡言的商小灵更是轻轻咽了一口口水。她以往一人散修，为了一丁点修炼资源就能够拼着性命去与人搏杀，周元这种大手笔她哪里见过。

最关键的是高品质的风母纹外面根本买不到，只有周元这里有。

"嘿嘿，阁主这手笔若是传出去，那些没参与此次任务的家伙恐怕要后悔得捶地！"萧弘喜滋滋地道。

其他人纷纷点头附和，个个面上带笑。

周元见到大家都很满意，笑了笑，道："既然都没意见，那先回去准备一下，三日之后我们就动身。"

留下三日的空闲，是因为他要为猎杀天涅兽做一些必要的准备。

"是！"

七人闻言皆应是。

三日迅速而过。

待得第三日周元与叶冰凌、萧弘、商小灵他们会合后，一行人便直接离开风岛而去。

火岛，阁主楼。

吕霄面无表情地坐于上方，下方便是方鳌、朱炼等火阁的副阁主。

"老大，突然将我们找来是有什么事？"方鳌大大咧咧地问道。

吕霄淡笑一声道："你不是不爽那周元很久了吗？现在机会来了。"

方鳌的眼中顿时有凶光闪过，大喜过望地道："什么机会？"

吕霄屈指一弹，将身旁一张任务单弹出，道："我得到消息，那周元带着叶冰凌等人离开了天渊洞天，他们的目标是去猎杀一头重伤的天涅兽。"

他们天灵宗手眼遍布天渊洞天，要知道周元的动向并不难。

方鳌接过任务单，迅速扫了两眼，有些讶异地道："这小子还真是狗胆包天啊，连天渊兽的主意都敢打？他想干什么？"

"他想干什么不重要，重要的是他给了我们一个绝好的机会。"

吕霄的手指轻轻敲打着桌面，淡淡地道："在天渊洞天内我们不敢动他，可若是离开了此处……天渊域内本就暗藏危机，他们又是去猎杀天渊兽，说不定就死在了天渊兽嘴中呢？"

方鳌心领神会，狞笑道："老大的意思，是在任务中截杀他们？"

吕霄轻轻点头，道："最好抓活的，朱炼有办法窥视一丝记忆，到时候说不定可以找到炼制四母纹的核心之物。"

方鳌咧开嘴，露出森森白牙，眼中满是戾气，道："那好，我打断他的双手双腿，再丢给朱炼去炮制。

"那个小子，我早就想弄死他了！"

吕霄轻轻点头。

虽说这样对付风阁的阁主有些不合规矩，不过如今在天渊域中，他们天灵宗如日中天，只要此事处理得干净，想必惹不出太大的麻烦。一个风阁的阁主，真要说起来，在这天渊域里其实算不得什么。

原本吕霄不打算使用这种办法，但四母纹对他们火阁的打击实在太大，长久看来甚至会摧毁火阁的底蕴，吕霄已经有些等不及四个月后的总阁主之争了。

眼下周元愚蠢地给了他一个这么好的机会，他自然不必再客气了。

吕霄道："原本我打算亲自前去的，但身为火阁阁主还是有些引人注目，所以我必须留在火阁吸引视线。"

"一个风阁阁主，哪需要老大你亲自出手？"方鳌浑不在意，冷笑道，"我这次正好让那小子明白，不是什么野狗野猫都有资格在我们火阁面前蹦跶的！"

吕霄见状，告诫道："莫要大意，那小子以神府境中期的实力就能够打败陈北风，有几分邪门。"

方鳌微微撇嘴，但还是点点头。

吕霄瞧着他这副模样，有些无奈，又想到方鳌的实力，就没有再多说。在他看来，如今四阁中除他、韩渊、木柳这三位阁主外，方鳌的实力算是三人之下的第一人。

那被周元打败的陈北风，在方鳌面前根本不算什么。

"去召集人手吧。"他挥了挥手,道。

方鳌点点头,迫不及待地转身而去,眼中的凶光瘆人至极。

吕霄望着方鳌、朱炼离去的身影,轻轻地松了一口气。他双目微眯望着远处,淡淡地道:"周元啊周元,既然敬酒不吃,那就别怪我了。"

"你放心,待我得到四母纹的炼制之法后,定会将它好好流传下去。"

第八百三十二章
西南雨州

雨州坐落于天渊域西南方向，整个州域内经年暴雨，古老雨林遍布，故而被称为雨州。

雨州的实力在天渊域八百州内居于末尾，据说州主的实力只是神府境后期，放在天渊域内简直是毫不起眼。

正因为雨州整体实力弱，所以这次天湮兽肆虐，他们无力解决，只能将其上报，等待天渊洞天派遣队伍来剿灭。

当周元、叶冰凌一行人赶到雨州时，已是五日之后。

天渊域太过辽阔，即便一些大州之间有传送结界，想要从天渊洞天去往雨州，也需经过一些辗转。

雨州。

此时天地间暴雨倾盆，周元等人立于一座青峰上，周身源气涌动，雨水在临近周身半丈距离时便凭空蒸发。

此时周元手持一份地图，眺望着眼前那绵延到视线尽头的古老雨林，那里满是参天巨树。

"怎么样，找到天湮兽所在的区域了吗？"一旁的叶冰凌问道。他们来到雨州后，先去见了雨州的州主，从他那里要来了雨州的地图以及天湮兽的一些情报。

按照雨州州主给的情报，天湮兽就藏身于这片辽阔的雨林中。

不过原始雨林中环境恶劣，还藏着诸多能力诡异的源兽，稍有不慎，就算是神府境强者也会陨落此地，所以周元他们一路而来小心翼翼，不敢大张旗鼓地肆意搜寻。

  如此一来，效率便降低了许多。他们已在这片庞大的雨林中找寻了两日，却没有任何有用的线索，显然那头天湮兽极其狡猾，知晓自身受到重创，行事并不张狂。

  周元摇摇头，道："继续往深处搜吧。"

  说完，他便已掠出，身影在漫天暴雨中若隐若现。

  叶冰凌、商小灵等人立即跟上。

  接下来又持续了两日，就在周元都有些感到不耐烦时，总算发现了一些端倪。

  周元脚踩着一棵参天巨树，望着前方，只见那里出现了一座巨大的深渊，漆黑的巨口吞噬着倾泻而下的暴雨。

  在那座深渊中，周元感知到一股隐晦而凶残的气息，让他感觉到了危险。

  "此地很有可能就是天湮兽的栖息之地。"周元轻声道。

  "此前也有几处疑似之地，但最终发现搞错了。"叶冰凌提醒道，"我们必须确定目标，否则搞错了对象，这些源兽都极为记仇，会给我们带来不小的麻烦。"

  周元轻轻点头，旋即又有些为难。那深渊内情况不明，贸然前往探测有些不智，毕竟他们这里不论是谁单独面对天湮兽都极其危险，而人多的话又很容易被天湮兽察觉。

  "探测可以交给我。"此时，一直沉默的商小灵忽然出声道。

  其他人看过去，周元犹豫了一下，轻轻点头。

  商小灵见状，双手迅速合拢，印法变幻，顿时有源气在她面前波动起来："天眼术！"

  源气波动间竟形成了一个有些虚幻的源气光球，光球内部有一颗转动着的竖眼。

  "嗡！"

  竖眼一晃，凭空消失，但周元能够感觉到一丝极为细微的波动迅速远去，到最后连他都无法感知到了。

  此时，商小灵面前的虚空微微波荡，宛如化为一道光镜，光镜内的景象飞速掠过，似乎正是那竖眼所窥。

  周元见到这一幕，眼中划过一抹惊讶之色。商小灵这一手窥探之术，虽说没有什么战斗力，却能够料敌于先，占据主动，可大大提升自身的生存能力。

  商小灵能够以散修的身份修炼到这一步，看来的确有些本事。

旋即他的注意力就投注到那光镜上，只见那里已开始接近深渊，竖眼悄然俯冲而下，深渊之中地形复杂，宛如迷宫。

众人皆屏息静气地望着。

竖眼不断地四处探测，渐渐抵达深处，下一刻，周元等人的瞳孔猛地一缩，他们见到在那深渊最深处的一座洞窟外，一头黑色巨兽静静地卧伏着。

黑色巨兽的身躯上遍布着黑鳞，头有幽青色的弯角，形如狮虎，庞大的身躯上隐约可见狰狞血痕，深可见骨。

一股强大的威压若有若无地散发出来，即便只是从光镜中窥视，都能给周元他们带来不小的压力。

但周元等人的眼中满是喜色，因为眼前那黑色巨兽的模样与任务单所描述的完全相同，正是那头重伤的天涅兽。

"就是它了！"周元如释重负地一笑，道。

商小灵轻轻点头，心念一动，竖眼便凭空消散，他们眼前的光镜随之黑暗下来。

深渊深处，当竖眼消失时，那卧伏的黑色巨兽忽地睁开猩红兽瞳，有些疑惑地抬头看了一眼，但最终没有发现什么，便继续沉睡着恢复伤势。

深渊外，周元他们在确定了目标后，气氛松缓了一些。

商小灵却是轻声道："阁主，这头天涅兽虽然还是重伤状态，但比任务单上所说的伤势要轻一些，想必是这段时间恢复的效果。"

其他人闻言，笑容顿时一收，继而面色凝重。

他们可不敢忘记这天涅兽乃是六品源兽，堪比天阳境的强者，如果它没有受伤，他们几人联手恐怕都无法撼动其丝毫。

如今商小灵说它的伤势有所恢复，也就是说此次任务的难度变得更大。

叶冰凌见状，红唇微启道："此次围剿天涅兽，周元阁主为主攻，我们大家只用协助他便可。"

如今一众人里，周元虽然只是神府境中期，论起战斗力却当属第一，以他作为主攻，无疑会为其他人分担不小的压力。

"诸位放心，如果到时候发现不敌，我们可直接退走，不必死战到底。"周元提醒众人。

"我先布置一些源纹结界，免得到时候大战爆发，动静传出后引来其他强大源兽的窥视。"说话时，周元的目光似是瞥了遥远的后方一眼，嘴角掀起一抹意味深长的弧度。

众人闻言，皆点头应是，神色一片肃然，不禁有些紧张。他们都明白，接下来这场战斗必然超乎寻常的激烈。

当周元他们在为围猎天湮兽做着准备时，远处的雨林中数道身影闪现而出，他们身披淡灰色长袍，长袍上有淡淡光纹浮现，遮掩全身的同时也将源气波动尽数屏蔽。

当先一人微微抬头，露出脸庞，正是火阁的方鳌。

"看来他们找到那天湮兽了。"

方鳌的嘴角划起一抹饶有兴致的意味，慢悠悠地道："咱们先看一场好戏吧。让他们互相厮杀，等差不多的时候我们再去收尾。呵呵，想必到时候那个周元的脸色会很精彩吧？"

身旁几人闻言低笑出声，眼中满是玩味之色。

周元恐怕怎么都想不到，他们的身后还跟着一群"渔翁"吧……

第八百三十三章 竟是陷阱

"周元似乎在布置源纹结界。"

暴雨笼罩的天地间，朱炼双目微眯望着远处，他隐隐感觉到那里有一些源纹的细微波动。

"什么结界？"方鳌眉头一皱，问道。

"应该是某种屏蔽外界感知的结界，估计是担心跟天湮兽大战起来，会将山林间其他源兽引来吧。"朱炼说道。

方鳌闻言，眉头微松，冷笑道："这小子还蛮机警的呢。"

不过周元恐怕做梦都想不到，他最该防范的可不是什么源兽，而是他们这群隐匿在暗中窥探的"渔翁"！

"待会儿我与其他人上前动手便可，你在后方压阵。"他看向朱炼，提醒道。

朱炼眼中掠过一丝不愉，他如何听不出方鳌言语间的轻视。这个家伙在火阁一直与他竞争二号人物的位置，更因为他只是神府境初期的实力就诸多小觑。

可这满身肌肉的蠢货也不想想，若不是他带来捕痕纹，火阁这些年怎么可能会发展到今天的地步？

论起贡献，方鳌给他提鞋都不配。

不过朱炼没有多说什么，只是淡淡地"嗯"了一声，因为他明白，自己神府境初期的实力，上去掺和这种级别的战斗讨不到好处。

方鳌不理会朱炼的态度，心中冷笑。只要此次他顺利完成任务，对火阁而言就是滔天大功，二号人物的位置他未必得不到。一旦吕霄三个月后夺得总阁主，火阁阁主的位置腾出来，恐怕就是他方鳌的了。

当他们这边在钩心斗角的时候，远处的源纹结界已经成形，顿时将那方天地

笼罩进去，同时那里的虚空微微扭曲，视线再难投射进去。

"应该很快就要打起来了。"方鳌笑道，眼中满是迫不及待。

虽说那道源纹结界能够屏蔽大部分动静，但若是仔细感知，还是能够察觉到一些，他们则可以从这些细微的余波中来判断里面的战斗进行到什么地步。

正如方鳌所想，就在源纹结界成形后不久，那里忽有异样的动静传出。

那是强大源气的对碰。

隐隐约约间，方鳌似乎还听见了暴怒的兽吼声响彻。

"真想看看此时他们有多惨。"方鳌伸了一个懒腰。就算那天湮兽是重伤状态，六品源兽终归是天阳境级别，周元他们八个神府境想猎杀它，必然会付出不小的代价。

不过可惜，既然是"渔翁"，自然得在最后时刻闪亮登场。

此处除了方鳌与朱炼，还有四人跟随而来，他们都是火阁的精锐，实力在神府境后期中也算是好手。他们在听到方鳌的调侃后，纷纷哄笑出声。

看得出来这里的气氛轻松随意，并没有将周元等人放在眼里。

毕竟以他们的实力就算正面硬碰，要吃下周元这些人都不难，更何况眼下他们还在暗处做"渔翁"，此次任务想必是十拿九稳。

方鳌老神在在地坐在树干上，微眯的双眼盯着远处，如毒蛇般感知着那一波接一波不断传出的源气波动。虽说看不见里面的情况，但他的脑海中已经勾勒出清晰的画面了。

那小子怕是被天湮兽撵得像狗一样乱跑吧？

方鳌算着时间，约莫一炷香后，他忽地站了起来。

"时间差不多了，现在双方恐怕都已经油尽灯枯了。"他淡笑道，有一种局面尽在掌握中的从容淡定。

"走！"

方鳌手一挥，便率先掠出，其他人立即跟上。

朱炼只能孤零零地站在原地，面色不爽地望着他们离去。

在暴雨的遮掩下，方鳌一行人悄无声息地接近那源纹结界，在近距离的观测下，眼前的结界犹如隐形的光罩一般，若不仔细看的话还真是难以发现。

"这小子的源纹造诣倒还不错。"方鳌冷笑一声。

他伸出手掌，源气凝聚，对着面前的源纹结界直接轻轻一划。

结界顿时被他轻易地撕开一道缝隙，他招了招手，数人便跟在他身后，一股脑地钻了进去。

进了源纹结界，方鳌第一时间看向前方，旋即一愣。

源纹结界中并没有他想象中的满地狼藉，反而一片平静，尤其是他们竟然没有看见天渥兽的影子，而且怎么看此地都不像是经历了一场大战。

那先前传出来的动静是什么情况？

"怎么回事？人呢？"方鳌身后的几人惊疑地问道。

方鳌沉默了一下，面色猛地剧变："糟了，中计了！快退！"

他转过身便一掌对着源纹结界狠狠拍去。

"嗡！"

不过这一次，源纹结界仿佛有了巨大的变化，上面雄浑的源气波动着，竟挡住了方鳌这一掌。

"快，一起轰开这结界！"方鳌面色铁青，厉声道。

就在他们刚要动手时，忽有一道轻笑声响起："各位刚来就打算离去吗？"

方鳌的目光一转，只见不远处的虚空微微波荡，数道身影自那里显露出来，领首一人除了周元还能是谁？而在周元身后，叶冰凌等人则有些震惊地望着他们。

方鳌咬着牙道："周元，你竟然知道我们在跟着你？"

周元微微一笑，虽说吕霄调查他的事情做得很隐秘，仅凭自己的身份和势力恐怕还真难以察觉，但他不是孤家寡人啊！

他有师姐罩着啊，虽说郗菁师姐把他放在风阁后就任其发展了，但对这个小师弟的安全还是很上心的。

所以当吕霄在探查他的行踪时，郗菁师姐的耳目便有所察觉，马上上报给她了。

郗菁自然就将此事告知了周元，让他小心行事。

于是，就有了眼下这场好戏。

"周元，把源纹结界给我撤了！"方鳌有些羞恼地厉喝道。

"方鳌副阁主应该是来看戏的吧？如今好戏刚刚上演，走了未免太可惜。"周元的嘴角掀起一抹诡异的笑容。

"你想干什么？"方鳌感觉到有些不安。

"啪!"

周元伸出手指,轻轻打了一个响指。

"轰!"

就在这一刻,远处深渊中忽然传出源气爆炸的巨响,紧接着一道愤怒暴戾的兽吼声猛然响彻而起。

周元印法变幻,云雾涌来,迅速将他们的身影笼罩,凭空消失于结界之中。

"咻!"

方鳌他们齐齐色变,只见一道巨大的黑影自深渊中冲天而起,滔天凶威弥漫,那对赤红的兽瞳直接锁定了方鳌等人。

它同样察觉到了遮蔽此地的源纹结界,认为这是天渊域在围剿,方鳌等人显然就是罪魁祸首。

方鳌等人望着天涅兽那充满暴怒的赤红兽瞳,一股寒气自脚底直冲天灵盖。

到了此时,他们哪里还不明白,他们被周元算计了!

什么鹬蚌相争渔翁得利,他们自诩为"渔翁",却根本没想过观战的"渔翁"会突然被强行扯入战圈,于是,"渔翁"与"猎物"的身份发生转变!

第八百三十四章 场面混乱

源纹结界笼罩的雨林中。

方鳌一行人面色铁青地望着不远处正充满杀意的天湮兽，心中不禁破口大骂。方鳌怎么都没想到，他们这群"渔翁"最后会变成周元的打手。

周元摆明了是要他们先与天湮兽斗一场。

"走，打破结界！"方鳌阴沉地喝道。

只要打破结界，他们便可以直接撤退，反正他们的目标不是天湮兽，周元那混蛋想把他当枪使，做梦！

"轰！"

就在他的声音刚落时，他们身后的虚空中忽有一道源气洪流咆哮而出，快若奔雷般狠狠轰向远处的天湮兽。

"吼！"

天湮兽仰天咆哮，音波滚滚，那源气洪流还未接近便被音波震碎。

这种攻击对天湮兽而言无疑是种挑衅，它发出暴怒的咆哮，赤红眼瞳盯着方鳌等人，庞大的身躯上有黑色的狂暴源气如风暴般肆虐开来。

它的巨嘴一张，只见黑色源气喷吐而出，化为道道黑光卷向方鳌等人。

在它的认知中，对方都是一伙的，都得死！只有早死晚死的区别！

"蠢货，不是我们打的你！"方鳌见状，气得吐血。天湮兽虽说是六品源兽，拥有不低的灵智，但终归没办法跟人类相比。

"快避开！"

骂归骂，面对天湮兽的攻击，方鳌不敢怠慢，急喝道。

一行人身形闪烁，迅速躲避，如同苍蝇一般在天上乱飞。

天湮兽见到攻势落空,更加愤怒,当即咆哮出声,音波将附近的参天巨树都撕开,旋即庞大的身影暴射而出,杀气腾腾地朝着方鳌等人攻去。

方鳌等人急忙狼狈退避,他们不想跟天湮兽交手,那样只会为周元作嫁衣。但天湮兽将他们当作与周元等人是一伙的,攻击起来毫不留情,似要将他们撕碎。

他们想抽空攻击结界,但天湮兽的攻势令他们难以分神,偶尔攻击过去的源气都会被悄无声息地化解,显然是周元他们在暗中出手,简直阴险!

一时间场面极其混乱。

天湮兽追杀着方鳌等人,狂暴的源气不断肆虐。

在天湮兽的追击下,方鳌等人极其狼狈,好几次差点出现死伤。

方鳌满肚子怒火,最终咆哮出声:"一起出手,先把这畜生宰了!"

若是再这样躲下去,必然会被天湮兽找到机会,眼下只能先杀了天湮兽,再来跟周元算账!

"轰!"

方鳌的声音落下,率先出手,只见他双手一合,银色源气爆发开来,宛如亿万银针洪流,带着极端锋锐的气息铺天盖地地对着天湮兽攻去。

其他人也纷纷出手,源气洪流裹挟着强悍之力轰击在天湮兽庞大的身躯上。

"轰隆隆!"

方鳌等人联手,一时间将那天湮兽轰得连连后退,身上原本就有的伤痕更是在此时崩裂,鲜血流淌。

"吼!"

剧痛让天湮兽变得更加凶暴,顶着对方一波波的源气轰击,狂暴地撕去。

双方战成一团,动静可谓惊天动地,将那下方庞大的雨林不断摧毁。

而在一团云雾之后,周元笑眯眯地望着下方的战斗,身后的叶冰凌、萧弘等人皆一脸呆滞。

"方鳌怎么会出现在这里?"叶冰凌终于忍不住问道。

"当然是冲着我来的啊。"周元淡笑道。

叶冰凌一惊,意识到什么,语气顿时变得冰寒:"吕霄真的是胆大包天!"

竟然敢下黑手对付风阁的阁主,胆子得大到什么地步?

萧弘等人也面露怒色,虽说风阁抢占了火阁的利益,但那是正当竞争,而火阁这一手可就半点也不正当了，若是传回去，必然会引发不小的震荡。

"你竟然知道他们要对付你？"叶冰凌旋即有些惊奇。周元先前布置源纹结界时他们还有些奇怪，因为那并不是他嘴上所说的遮掩动静的结界。

现在看来，这结界原来是周元挖的坑！

周元笑道："得罪了人，哪能不小心一些？"

他当然不会说是因为有郗菁的提醒，那会暴露两人的关系，进而惹来不必要的麻烦。

叶冰凌点点头，没有多想，此时再望着下方便已解恨许多，道："那方鳌原本还以为能够坐看我们与天湮兽相争，他来当渔翁，结果没想到现在却被拉下了水……"

其他人忍不住失笑，此时方鳌等人的心中必然憋屈到了极点吧？

"这样也好，天湮兽的伤势比我们想的要轻，有方鳌他们打第一波，对我们而言是好事。"萧弘说道。

周元点点头。他注视着下方的激战，天湮兽的攻势极其凶悍，照这种局势下去，方鳌那边很快就会出现死伤。

不过周元半点都不同情，眼眸中满是冰冷之意。他知道方鳌此次暗中跟来，必定心怀不轨甚至怀着杀意。

这一次如果不是有郗菁师姐罩着，凭他这风阁的阁主，怎么可能在天渊洞天内玩得过吕霄这种有天灵宗背景的？

若没有郗菁师姐的提醒，他这一次很有可能真的会被吕霄、方鳌算计。等到他们跟天湮兽打得精疲力竭的时候，方鳌笑眯眯地登场，想必他的下场不会好到哪里去。

既然对方下手不留情，他自然没兴趣当什么滥好人。

所以这一次，方鳌必须死！

就算天湮兽打不死他，周元都会打死他。

至于打死后有什么后果，周元不打算考虑，毕竟此次破坏规则的是方鳌，无论周元如何应对，他都占着理。

周元双臂抱胸，眼神冷漠地望着下方面色铁青指挥着众人与天湮兽交战的方鳌，他知道，虽说今日出现的是方鳌，但以方鳌的脑子恐怕想不出这种办法，所

以幕后的人必定是吕霄。

也罢,先将吕霄的左膀右臂斩除,以后自有机会将他一起收拾!

第八百三十五章 六纹吞魂

"轰!"

狂暴的源气冲击爆炸开来,将下方的树林生生撕裂。

天涅兽庞大的身躯硬生生地顶住那股冲击,旋即化为一道黑光出现在火阁一名神府境后期强者的后方,锋利的爪子裹挟着源气撕裂下来,连虚空都波荡起来。

"嗤啦!"

那神府境后期强者发出惨叫声,整个身躯被生生撕成两半,鲜血喷洒间,天涅兽的巨嘴一张就将其脑袋咬下,此人连神魂都无法遁逃便已死得干干净净。

天涅兽吃掉头颅后,一对赤红的兽瞳暴戾无比地盯着方鳌等人。

"孽畜!"

方鳌气得浑身发抖,此次他带了四位神府境后期的强者,是他平日里拉拢的好手,如今直接损失一位,可谓极为心痛。

"方哥,这样下去不行啊,我们根本顶不住这畜生!"另外一名神府境后期强者满头大汗,眼神惊慌。经过交手他们才知晓这天涅兽的可怕,就算此时它是重伤状态,依然能将他们几人死死地压制。

方鳌面色铁青,仰天咆哮道:"周元,你敢算计我,我们死在这里,你也别想好过!

"告诉你,我师父是天灵宗银光府府主锡光!

"你现在给我把结界打开,让我们离去,今日之事,你我了清!否则我若身殒,我师父绝不会放过你!"

虚空某处,周元双目微眯。天灵宗九府之一的银光府吗?

在其身旁,叶冰凌贝齿紧咬,低声道:"方鳌的师父的确是银光府锡光府主。"

其他人面露凝重之色，天灵宗府主锡光在他们眼中，显然是难以企及的大人物。

周元的神色却颇为平静。方鳌手段狠辣，既然今日他自己找死，周元自然不打算放过，别说他师父只是银光府府主，就算是天灵宗玄鲲宗主，今日他都得死！

不然一旦放走，反而更麻烦。

"不必理会，此事就算传回天渊洞天，也有郗菁大人为我们做主。"周元摆了摆手，眼神冷漠。

其他人见到他这副淡定的模样，心中嘀咕着原来周元的靠山也硬得吓人，难怪根本不怕方鳌。

在那下方，方鳌见到周元根本没有回应，眼中掠过暴怒与阴毒之色，可还不待他说什么，那天湮兽已再度破空而来，煞气扑面。

方鳌身形暴退，低吼道："你们拦它一下！我来斩杀它！"

他双掌合拢，天灵盖处竟有银光缓缓升起，银光中隐约可见一枚数寸长的银色长针，一股难以形容的锋锐之气散发出来，引得四周的虚空都开始割裂。

显然，方鳌要动用杀招了。

天湮兽察觉到了危险气息，兽瞳中凶光一闪，速度猛然暴涨，黑色的源气洪流自其巨嘴中喷吐而出，直接从正面轰中了一位神府境后期强者的面目。

"轰！"

对方的整个脑袋连带着神魂同时被轰碎。

剩下两位神府境后期强者的眼中满是惊惧之色，虽说他们也给天湮兽造成了一些伤势，但跟对方那种一击毙命的招式相比，简直不在一个层次上。

随着两位同伴身殒，剩下两人的压力也越来越大。

方鳌知道他们都到了极限，片刻后，他一声厉吼："退开！"

两名神府境后期顿时如逢大赦，疯狂后退。

"天碎银针！"

只见方鳌头顶的银色长针彻底显露出来，隐约看去，宛如由诸多碎芒所化，整体看似不过数寸左右，但散发出来的锋锐之气连虚空中周元的眼神都忍不住一凝。

"那是银光府镇府绝学之一的上品天源术，天碎银针！此术极为霸道，锋锐难挡，万重山岳一穿即过。"叶冰凌神色凝重地道。

周元轻轻点头，面对这种源术，就算是他，稍有不慎都可能会被重创。这方鳌虽然为人倨傲，本事的确不小。

"嗡！"

天碎银针震动虚空，下一瞬直接暴射而出，那般速度宛如瞬移一般，即便那天涅兽早已警惕地迅速后退，依旧被银针追上。

天涅兽咆哮，巨嘴中有源气洪流喷出，试图将那银针轰碎。

"咻！"

银针宛如洪水之中的鱼儿，迅速分水而过，下一瞬便化为一抹银光自天涅兽下颚洞穿！

天涅兽还是小瞧了方鳌这记杀招的穿透力。

凄厉的兽吼声顿时从天涅兽嘴中响起。这种程度的攻击，若是在它全盛时期，自然能够轻易抵挡，可它如今状态虚弱，难以做到。

因此，银针穿入天涅兽体内，不断传出细微的爆炸声，直接令天涅兽身躯炸裂，磅礴的兽血从天而降。

"杀了它！"

方鳌见到天涅兽被他重创，不由得大喜，立即朝剩下的两位神府境后期喝道。

两人闻言暴冲而出，此时的天涅兽被彻底重创，只要再来一击，就能将其毙命。

"轰！"

就在两人冲出的那一瞬，忽然有源气洪流从天而降，硬生生将两人震飞。

"想必各位也累了，接下来就由我代劳吧。"周元的笑声响起，他的身影直冲天涅兽而去，手掌上剑丸凝聚成形。

"混蛋！"

方鳌见到周元此时杀出来，气得额头上的青筋直跳，但先前他已将源气运转到极致，此时无法出手，所以只能阴沉地看着周元冲出来抢夺战果。

"嗡嗡！"

周元手中的剑丸化为凌厉光剑，一闪之下就出现在天涅兽上方。此时天涅兽浑身鲜血，咆哮挣扎，又因为重伤在身难以逃脱。

周元神色平淡，没有任何怜悯，手中光剑一震，便直接刺穿了天涅兽的脑袋。

天涅兽发出最后的愤怒咆哮，身躯挣扎了一下，最终僵硬下来。

兽尸从天而降，将森林砸出一个巨坑，周元的身影落在天涅兽的尸体上，蹲

下来,手掌一握,天元笔出现在手中,然后笔尖对着天湮兽心脏所在的位置捅了进去。

天元笔雪白的毫毛迅速延伸,刺入天湮兽的心脏,将它的心尖血尽数吸收。

周元甚至可见黏稠的血红色顺着毫毛涌回,天元笔此时发出细微的震动声,似有些激动。

周元若有所思,恐怕天元笔第六纹当年的刻画材料就是天湮兽心的心尖血,只不过这么多年来心尖血消耗殆尽,想要觉醒第六纹,就得补充这天湮兽的心尖血。

"这下总该觉醒了吧?"周元的目光死死地盯着斑驳笔身上那第六道源纹。

只见那里一点点血光凝聚,最后一股磅礴浩瀚的波动自天元笔内爆发开来,第六道源纹终于被彻底点亮。

与此同时,似有一道信息悄然传入周元的脑海中,令他的双目陡然间变得明亮起来。

他的嘴角掀起一抹弧度,手指轻轻摩挲着那第六纹。

天元笔第六纹——

吞魂!

第八百三十六章
刚好压你

"吞魂?"

周元惊奇地盯着斑驳笔身上的第六道源纹,细细品味传入脑海的信息,好半响后,嘴角有一抹微感震惊的笑意浮现出来。

所谓吞魂,乃是吞纳一切神魂。

当然这只是最初步的能力,天元笔第六纹能够将一切神魂吞入,然后将其储存于第六纹中,之后还能以一种特殊的形式释放出来。

那种形式被称为"葬魂"。

周元的目光一转,看向地面上那天湮兽的尸体。下一瞬,手中天元笔无数雪白毫毛暴射而出,直接钻进天湮兽的脑袋之中,然后裹着一颗拳头大小的黑色兽魂晶缓缓升起。

兽魂晶内可见天湮兽的兽魂在愤怒咆哮,却无法脱离魂晶的束缚。

雪白毫毛穿透魂晶,然后刺入天湮兽的兽魂之中。

"吼!"

隐约间可听见天湮兽兽魂愤怒的咆哮声。

它似是察觉到什么令自己恐惧的事情将要发生,但它的反抗毫无作用,很快它的兽魂直接碎裂,全部被毫毛吸走。

周元能够见到黑色的物质顺着毫毛流回,最后灌注进第六纹,很快就将那第六纹化为漆黑色。

"吞纳神魂,然后以神魂为葬,形成强大的攻击。"周元有些动容。不论是人类还是源兽,神魂自爆都是最后拉人赴死的绝命一搏。

甚至很多人宁愿死亡,都没有勇气自爆神魂。

第六纹吞魂却能够吞纳神魂，然后形成神魂自爆之力。

当然这种威力必然没有真正的神魂自爆强大，因为神魂自爆还包括点燃体内的源气，而吞魂吸走的神魂显然没有源气。

但即便如此，威力也相当可怕了。

最关键的是，在周元的感知中这第六纹吞魂仿佛没有极限一般，能够不断地吞纳神魂，只要周元能够扛得住葬魂时的神魂反噬，从理论上来说，他甚至能够用此招去灭杀天阳境乃至源婴境的强者。

当然法域境就别想了，身处法域的他们就犹如神祇一般，近乎无敌。

不过即便如此，吞魂已是逆天了。

"这第六纹有些意思。"周元的眼中放光。随着天元笔源纹一道道地觉醒，它开始逐渐恢复曾经的峥嵘。难以想象，当九道源纹尽数觉醒时，那时候的天元笔将会拥有何等威能？

"轰！"

当周元为第六纹的威能而欣喜时，天地间忽有异响传来。他抬头一看，只见不远处方鳌与另外两位神府境后期的强者在疯狂轰击着源气结界，在他们的攻势下，结界很快变得摇摇欲坠。

就在此时，隐于暗中的叶冰凌等人猛然出手，源气攻势呼啸而出，将那两位神府境后期强者轰得吐血倒飞。

方鳌却将那些攻势抵挡了下来，眼神阴冷地盯着现出身来的叶冰凌等人。

"周元，这天湮兽我们已经帮你杀了，还不打开结界？！"方鳌的目光转向周元，阴冷地道。

周元身形一动，出现在半空上。

"方鳌副阁主还真是厉害，只损失两人就斩杀了天湮兽。"周元感叹道。

听到此话，方鳌气得眼角直抽搐，盯着周元的眼中满是怨毒之意，今日受到的耻辱对他而言可是相当深刻了。

虽然心中怒极，方鳌却强行忍耐下来，他知道今日已经丧失了最好的机会，若要对付周元，只能等待下次。

"少废话，打开结界！"他阴沉地道。

周元摇了摇头，淡声道："方鳌副阁主，你恐怕搞错了什么。你们跟在我后面图谋不轨，想要取我性命，以为事情就这样了结了吗？"

方鳌双目虚眯，眼中有凶戾之气掠过。他盯着周元笑了一下，道："哦？周元阁主还想做什么呢？让我死在这里？"

他的嘴角掀起一抹讥讽之意，淡淡地道："不是我看不起你，就算你们人多，想让我今日死在这里，恐怕还不够。"

方鳌的声音落下，直接一步踏出，顿时雄浑磅礴的源气自他的体内冲天而起。

银光漫天，倒映出无数源气星辰，一股惊人的源气威压横扫而开。

叶冰凌、商小灵等人的面色忍不住一变，眼神惊惧。在他们的感知中，方鳌的源气底蕴竟达到了一千六百万的层次，远比陈北风更强！

"这就怕了？"

方鳌狞笑出声，伸出手掌，手背上一道完整的火灵纹显露出来，下一刻，赤红狂暴的气息涌现，他的源气底蕴再度出现暴涨，直接增添了两百五十万！

此时的方鳌立于虚空，源气在其周身形成可怕的风暴。

一千八百五十万的源气底蕴！

萧弘等人的面色忍不住变得苍白，他们没想到方鳌在不知不觉间已将火灵纹凝练完整。

在这种程度的源气威压下，他们的身躯变得有些沉重，开始怀疑是否能够阻拦得了方鳌这等凶人？

"周元，你可真是给脸不要脸，今日本想留你一命，结果你偏偏要找死！"

方鳌的面色狰狞，森然道："你真以为我要走是因为怕你们？我只是觉得没把握把你们全部杀了，跑了人会麻烦而已。既然你真想死，那我就成全你！"

随着他暴喝落下，整个天地都在剧烈动荡，源气呼啸天地。

面对方鳌那声势惊人的磅礴源气，周元脸上虽然划过一丝惊讶，但没有任何惧色，反而笑道："一千八百五十万的源气底蕴真是吓人呢。"

他没有同叶冰凌他们一般被震慑得退后，反而直接朝前踏出一步。

"轰！"

他一步踏出，磅礴的源气毫无保留地冲天而起。

一千五百万源气星辰闪烁虚空。

后方，叶冰凌、萧弘他们震惊地望着这一幕，他们可是清晰地记得一个多月

前周元与陈北风交手时,他的源气底蕴不过一千一百多万,在催动风灵纹后,才暴涨到一千五百万!

可现在周元明明没有催动风灵纹!

方鳌的瞳孔也在此时一缩。

不过周元没有给他说话的机会,再度一步踏出,手背之上青光涌动,风灵纹涌现。

"轰!"

源气暴涨三百多万,直接达到一千八百五十万,竟然与方鳌一模一样!

此时此刻,所有人都震撼了,就连方鳌也是一脸惊骇。

"以为这就结束了?"

周元的嘴角掀起一抹讥讽笑容,手背之上有赤光涌现,完成度达到七成的火灵纹也在此时被催动起来。

于是,周元的源气再度迎来一次暴涨。

虽说没有完整的风灵纹那么可怕,但依旧涨了一百五十万左右的源气星辰。

整整两千万的源气星辰充斥天地,引得虚空动荡!

方鳌呆滞地望着这一幕,一股寒气直冲头顶,他的内心深处甚至有浓浓的恐惧之意如潮水般涌出来。

周元眼神不带丝毫感情地注视着方鳌,平静的声音在天地间回荡。

"一千八百五十万源气星辰的确很吓人,不过可惜,我刚好……

"压你。"

第八百三十七章
葬魂之威

两千万源气星辰映照虚空,整个天地间的源气仿佛都沸腾起来,一股强悍无匹的威压笼罩开来,莫说是叶冰凌他们,就连方鳌的面色都忍不住大变,眼中的骇色恐惧凝聚。

"两千万源气星辰?"

"怎么可能?!"

方鳌低吼出声,眼前这一幕对他造成的冲击可谓难以想象。

一个月前周元与陈北风交手时,倾尽底牌也不过一千五百万源气星辰而已,短短一个月的时间却有了如此巨大的提升?

这是怎么修炼的?!

两千万源气星辰底蕴的神府境中期,说出去谁信?

如今风林火山四阁中能够在源纹底蕴上超过两千万这个层次的,唯有另外三阁的阁主可以做到!

但那三位是天渊域中成名已久的老牌神府境天骄,而周元呢?在来到天渊洞天之前,天渊域中恐怕根本无人听过他!

这个原本籍籍无名的人,现在却开始追上吕霄他们这些最顶尖层次了!

方鳌内心深处原本对周元是一万个瞧不上,虽说周元打败了陈北风,但在他的眼中,周元依旧没资格成为一阁之主,可现在才发现自己往日在周元面前的那些行止宛如小丑一般滑稽。

对于方鳌失态的吼声,周元未曾理会,只是眼神冷淡并带着一丝杀意地盯着他。

"周元,你跟我装什么!你不过是虚张声势而已!真当我怕了你?"面对周元那种目光,方鳌宛如受到了极大的侮辱,咆哮道。

"嗡!"

他面色狰狞,双手合拢,顿时磅礴源气凝聚,一枚宛如碎光所化的银色光针直接自其天灵盖缓缓升起。

"天碎银针!"

方鳌厉喝出声,直接催动了杀招。

"嗡嗡!"

银色光针冲天而起,就在所有人以为方鳌要对周元发动攻击时,那银色光针忽然出现在方鳌脚下,下一瞬直接驮负着他倒飞而出。

"砰!"

银色光针撞击在结界上,这一次竟生生将那结界撞裂开来。

接着,银色光针驮负着方鳌闪电般遁逃而去。

叶冰凌等人目瞪口呆地望着这一幕,方鳌竟然打都不打直接逃了!

周元也有些惊讶,方鳌虽然有时候很蠢,该逃命的时候却比谁都果断。

那剩下的两位神府境后期强者见状,也不敢再逗留,转身拼命逃窜。

"周元,你别得意,日后我与你不死不休!"方鳌怨毒的咆哮声自远处传来,显然今日被周元吓得遁逃的一幕让他的尊严受到了极大侮辱。

"怎么办?"叶冰凌问道。以方鳌的实力,如果真要拼命逃跑,他们还真是拦不住。

周元望着在视线中急速破空而去的方鳌,神色没有波澜。

"既然他们算计我都没有留情,我又何必跟他们讲慈悲?

"他们,都得死!"

周元伸出手掌,掌心中有黑光蔓延,将他整个手掌染成一种诡异的黑色,那黑色之下似乎还涌动着一种极端恐怖的力量。

周元知道这是他催动了天元笔第六纹吞魂的缘故。

今日,就用方鳌当作试炼石,试试第六纹的威能吧。

"啪!"

周元的双指一动,清脆的响指声传出。

"葬魂。"

他在心中轻声低语。

声音落下的那一瞬，周元的脑袋猛地一震，似有暴戾的兽吼之声在他脑中回荡，隐约间天湮兽的兽魂似要转动反噬于他，不过很快周元眉心的神魂便绽放出光芒，凭借化境的神魂，硬生生将那天湮兽的反噬抵御下来。

"轰！"

此时，一道极端漆黑的光芒自周元的手中呼啸而出，迎风暴涨，转瞬便化为一道数百丈的黑色弯月。

弯月划空而过，天地间有尖锐的兽吼之声回荡。

"咻！"

黑色弯月速度极快，几乎是一个眨眼间便出现在方鳌的后方。

方鳌感受到后方的波动，回头一看，骇得亡魂皆冒。从那黑色弯月上他察觉到了浓浓的死亡气息，不敢有丝毫怠慢，一声厉吼，脚下的银色光针便对着那黑色弯月暴射而去。

"当！"

两者凶悍硬碰，在天地间卷起风暴。

下一瞬，方鳌的瞳孔一缩，惊骇欲绝地见到银色光针在碰撞的瞬间直接崩裂开来。

"怎么可能？！"他骇然失声。天碎银针的威力如何他再清楚不过，可怎么在那黑色弯月下竟如此脆弱？

不过此时还不待他多想，黑色弯月已呼啸而至。

"周元，你敢杀我？！我师父不会放过你的！"方鳌惊恐尖叫。

"嗡！"

然而，面对他这种威胁，黑色弯月毫不停留，"唰"的一声便掠过了他的身躯。

黑色弯月远去，最终消失在虚空之中。

方鳌遁逃的身影却在虚空上凝滞下来，他的眼中一片空洞，细微的黑色裂纹在他的身躯表面浮现，最后遍布身躯。

"砰！"

一声闷响，方鳌的身躯爆碎开来，化为黑色碎块从天而降，连神魂都湮灭。

另外两名逃窜的神府境后期强者也被波及，吐着血从天坠落。

天地间归于寂静。

周元那黝黑的手掌渐渐恢复过来,天元笔第六纹褪去了黑色,天湮兽的兽魂之力此时也被消耗殆尽。

但周元没有觉得可惜,反而眼神微微炽热地望着远处。

葬魂的威力超出他的想象,几乎比他全力施展的荡魔剑丸术还要强横。

唯一的缺陷就是施展此术需要承受神魂反噬,若是他神魂不强,先前恐怕就已经被那天湮兽的兽魂反噬了。

在周元内心分析着葬魂的利弊时,叶冰凌、萧弘等人近乎呆滞地望着远处方鳌身殒的虚空,那道黑色弯月的力量让他们感觉到了真切的恐惧。

连方鳌这等实力都瞬间被秒杀?

就算周元的源气底蕴比方鳌强了一百多万,也不至于如此吧?

此时的周元比一个月之前究竟厉害了多少?!

这种实力恐怕都快追上那三位阁主了吧?

周元轻轻拍了拍手,浑身散发出来的强悍压迫消失,他转过身冲着叶冰凌他们一笑:"任务完成,收工吧。"

叶冰凌等人面面相觑,因为他们发现此次出来自己好像没怎么出手?

原本以为会经历一场激烈大战,谁想到方鳌他们突然冲出来,付出了两条人命的代价,帮他们制造了绝好的斩杀天湮兽的机会……

此次任务怎么看都透着一种让人哭笑不得的滑稽。

不过好在总算是顺利完成了。

只是叶冰凌心中知道,此次事件动静太大,待消息传回天渊洞天后,必然会引发不小的震荡。

不知道这对周元来说究竟是好是坏……这次可比他之前在小玄州打残莫渊来得更加严重。

当周元他们这边忙着收工时,雨林远处的一棵大树上,朱炼浑身冰凉地望着远处那一幕——他亲眼见到方鳌被那道黑色弯月所抹杀。

"方鳌死了?"

朱炼浑身都在哆嗦,满眼惊骇,旋即急忙取出一道源纹卷轴,颤抖着撕碎。

源纹光芒涌出,将他的身影包裹,下一刻直接消失在原地。

连方鳌都死了,他如果再不跑,被周元逮到恐怕难逃一死。

朱炼身影消失的同时,远处的周元忽地将目光投向此处,双目微眯道:"源纹瞬移?没想到还有人藏在暗处,应该是朱炼吧?"

他想了想,便没有再理会。

反正此次回去后震荡不会小,多一个朱炼没什么区别。

那吕霄若是知晓方鳌死在此处,恐怕会气得暴跳如雷吧,毕竟左膀右臂般的人物可不是那么容易培养出来的……

周元感应着神府之内的天元笔,淡笑一声。不管如何,他此次的目的是顺利达成了。

至于之后的麻烦……嘿嘿,如果不是有郗菁师姐当靠山,恐怕此时还真得逃离天渊域。但可惜,咱背景也超硬的。

第八百三十八章
锡光府主

天渊洞天，火阁。

阁主楼内。

吕霄在栏杆前负手而立，漠然的目光望着四方。这一个多月以来，火阁的气氛比起以往沉寂了不少，他知道是风阁的四母纹越来越畅销的缘故。

随着四母纹的畅销，他颁布的禁令开始引来越来越多的反对声音。

先前韩渊已经来跟他诉苦，说山阁那边已经撑不下去了，如果继续禁止四母纹，他这个山阁阁主的位置都有点不稳了，毕竟众怒难犯。

吕霄劝慰了一番，让他再坚持一下，好说歹说才将韩渊劝走。

虽说劝走了韩渊，但吕霄明白四母纹已成了悬在两阁头上的大刀，随时会让他们受到重创。

可一旦放任四母纹进入火阁与山阁，捕痕纹必然会遭受到毁灭般的打击。同样的价格，四母纹的效果比捕痕纹强了一倍，任谁都知道如何选择。

虽说火阁内的高层绝大部分都是他们天灵宗的天骄，但更多的人其实来自天渊域各方势力，如果吕霄强行压制，甚至可能会导致这些人转投风阁。

"这个周元……"

吕霄的眼中掠过一抹阴鸷。当初第一次见到周元时，他从未想过这个不起眼的新人竟然会给自己造成这么大的麻烦。

不过好在那人蹦跶不了多久了。

此时的方鳌应该已经得手了吧？不知道朱炼有没有得到炼制四母纹的核心之物，若是得到了，眼下的局面就可翻转了。

当然，就算得不到也没关系，只要没了周元，风阁就无法炼制四母纹，到那个时候，他们火阁的捕痕纹依旧是唯一的选择。

想到此处，吕霄轻轻松了一口气，眼中流露出一丝怜悯。周元，你的本事是不差，可惜有些不长眼，希望你下辈子能聪明一点，不要以为有点小本事就可肆意妄为。

"轰！"

就在吕霄心中刚刚闪过这般念头时，忽然间一股极为恐怖的源气威压从天而降，直接笼罩了整座风岛，当即无数火阁的成员骇然抬头。

只见一道源气光影从天而降，散发的威压令无数人战战兢兢。

吕霄察觉到这股源气威压后面色微变，还不待他说话，那道源气光影便直接对着此处暴掠而来，数息之后就出现在了吕霄的身旁。

源气光芒散去，来人是一位中年男子。他身披银袍，面庞冷厉，双瞳之中有点点碎银之光，仅仅只是目光投射而来，便让人有被针扎般的刺痛。

吕霄见到来人，先是一惊，旋即连忙抱拳行礼："弟子吕霄见过锡光府主。"

来人竟是他们天灵宗九府之一的银光府府主，锡光！

被称为锡光府主的中年男子眼神冰冷地看了吕霄一眼，直接喝道："方鳌人呢？"

吕霄一怔，被锡光府主这突如其来的问题搞得莫名其妙，不过他还是回道："方鳌弟外出执行任务了。"

"什么任务？"锡光厉声道。

见到锡光这种态度与反应，吕霄的目光一闪，心中忽然涌出不安来，小心翼翼地问道："不知道锡光府主究竟想问什么？"

锡光眼神阴寒，手掌一掏，只见一枚银色的玉牌出现在其手中，只不过此时玉牌呈现碎裂之状，黯淡无光。

见到碎裂的银色玉牌，吕霄的脑子猛地一炸，即便以他的定力都震惊失声："怎么可能？！"

这玉牌乃是银光府的神魂玉牌，眼前这一枚必然属于方鳌。

神魂玉牌代表着主人的状态，若是碎裂黯淡，则表明其主人已经身殒！

也就是说，方鳌死了？！

难怪锡光一副气势汹汹、来者不善的样子！

吕霄心中翻江倒海，甚至出现了瞬间的眩晕。方鳌带人去袭杀周元，难道失

败了？怎么可能呢？周元的实力不过比陈北风略强一点，根本不可能是方鳌的对手啊！

锡光望着呆立的吕霄，眼中的森寒银光更甚，喝道："怎么回事？"

吕霄望着眼神森寒的锡光府主，心头一寒，忍不住退后两步。他知晓这位锡光府主在天灵宗内是出了名的不讲理以及凶戾，方鳌的脾气完全是跟这位府主学来的，如果他的脾气上来了，就算吕霄不是银光府的人，恐怕都没好果子吃。

所以他不敢隐瞒，低声道："方鳌带了人外出，准备袭杀风阁阁主周元，如今出事，必然和那周元脱不了干系。"

紧接着，他又将周元以及四母纹的事情说了一遍，毕竟这是他们出手的理由。

"一个新来的阁主也敢杀我锡光的弟子？哪来的狗胆？"锡光听完，眼中顿时有让人心悸的杀意爆发出来。在他看来，方鳌去杀周元，就算失败了落在对方手中，他们也应该看在他的面子上把人交给他惩处，可这人竟敢私自动手，简直就是不将他这个锡光府主放在眼里！

至于周元若被方鳌杀了，那就不是他要考虑的事了。天灵宗在天渊域何等地位，失手杀了一个风阁阁主又能如何？到时候他顶多让方鳌辞去副阁主职务，带回银光府面壁思过就是。

吕霄见到锡光一副要爆炸的样子，连忙安抚道："此事尚不确定，方鳌弟的神魂玉牌碎裂说不定是意外。我们再等等看看，如果他们任务顺利，应该快要回来了，那个时候自然能够清楚事情始末。

"方鳌弟的实力，锡光府主是知晓的，他会栽在周元手里，实在难以想象。"

吕霄心中的确有着深深的疑虑，他实在不愿意相信方鳌被周元给杀了。他此次谋划可谓万无一失，即便方鳌那碎裂的神魂玉牌就在眼前，他也不敢相信。

锡光闻言，沉默了一下，其实他也不太相信自己看重的弟子竟然会栽在一个神府境中期的人手中。

"好，我就暂且等一等。如果真是那人所为，你记住这次的事不是你们设计袭杀他，而是方鳌带人外出执行任务，与那周元偶遇有所争执，而周元心肠歹毒，直接下黑手杀了方鳌等人。"锡光府主眼神阴沉地道。

吕霄目光一闪。这位锡光府主是在为出手找理由了，到时候只要将屎盆子扣到周元头上，就算真的把他杀了，也有余地好扯皮。

第八百三十八章 锡光府主

这位银光府主虽然性格凶狠,但也颇有心计。

于是他连忙点头,然后将锡光府主迎进楼内。

吕霄与锡光府主等待的时间并没有太长,就在锡光府主到来这日的黄昏,一个狼狈的身影冲进了火阁,一头撞进阁主楼中。

"朱炼?!"

见到冲进来的狼狈身影,正在给锡光奉茶的吕霄顿时一惊,急忙看向他的后方:"方鳌他们呢?"

朱炼跪坐在地上,一脸的惊骇欲绝,嘶声道:"死了,都死了!

"都被周元给杀了!"

吕霄的身躯一震,眼中满是难以置信,旋即失态怒喝:"以你们的身手怎么可能全部栽了?"

朱炼面色惨白地道:"预估错了,那周元的源气底蕴已经达到了两千万,方鳌都不是他的对手!我如果不是逃得快,恐怕也得死在那里!"

吕霄的瞳孔猛地一缩,两千万的源气底蕴?!

周元之前与陈北风对战时,撑死也才刚刚到一千五百万!

"嘭!"

还不待他再说什么,身后一股令人心悸的杀意已经爆发开来,锡光将手中的茶杯重重地拍在桌面上,茶杯与桌子瞬间化为粉末。

他面色阴冷,整理了一下袖口,冷漠的声音在楼中响起,令人不寒而栗。

"给我盯着天渊洞天的传送结界处,一旦那人出现,立刻擒住。

"另外,记得通知风阁,准备给他们的阁主收尸吧。"

第八百三十九章 暗杀周元

天渊洞天，小渊岛。

小渊岛是天渊洞天诸多岛屿中的主岛之一，地域庞大，人气极为鼎盛。在那岛屿中央，巨大的传送结界闪烁着璀璨光芒，每一次闪烁都代表着有人进入了天渊洞天。

此时，在传送结界不远处的一座高楼上，锡光面无表情，在其身旁还有吕霄。

"我已经安排了人手在传送结界处，只要那周元一现身，就会以最快的速度将其擒获带走。此事最好做得悄无声息，不要引发任何动静。"锡光散发着细碎银光的眼瞳盯着运转的传送结界，淡淡地道。

"只要将其带离此处，我会直接宰了那个人，免得多生事端。

"之后若是有人追究，你可将事情推到我头上。既然那周元对火阁的威胁这么大，我将其除掉，想必掌教内心深处也会赞同。

"你们这边只管死口咬住是周元残害同僚，此事就翻不出什么浪，顶多我受掌教几句斥责。

"如今这天渊域内，没有谁会为一个死掉的风阁阁主与我天灵宗为难。"

吕霄听得这些话，轻轻点头，道："锡光府主能够除掉此子，于我天灵宗是一桩功劳，掌教内心深处必然愉悦。上次这人就打乱了掌教的计划，令掌教心有恼怒。"

锡光冷哼一声，道："若非你们不顶用，我又怎会不要脸皮地来做这种事？"

凭他的身份地位，亲自屈身对付一个风阁阁主，就算事成了，往后也会引来一些风言风语。不过锡光对这些不是很在乎，这个仇他必须帮方鳌报。

吕霄不敢辩驳，恭敬应是。毕竟他才是此次设计周元的主谋，却害得方鳌身殒。

如果不是看在他那位同为府主的师父的面子上，恐怕锡光不会放过他。

"对了，确定人都死了吗？"锡光忽然问道。

如果方鳌等人确定都死了，而不是留有活口在周元手上，他们就可以随意捏造事实，让那周元有嘴说不清，反正无论如何不能承认方鳌等人暗中袭杀周元之事。

吕霄道："听朱炼所说是都死了，跟随方鳌去的四人，其中两位是我们天灵宗的弟子，我确定他们的神魂玉牌的确碎了，想必另外两人也是相同的结局。

"如果他们抓了活口，一定会带回来，到时候也可找机会灭口，那周元再精明，恐怕也想不到我们会在传送结界外对他动手。"

锡光闻言，这才轻轻点头，眼中有着森冷光芒流转。

锡光不再说话，吕霄也沉默了下来，只不过他们的目光皆紧紧地锁定着那传送结界的方向。

时间流逝，然而两人没有任何不耐，静静等待着，犹如等待猎物的豺狼。

传送结界的光芒在周元眼前闪烁，天渊洞天那磅礴精纯的天地源气自四周源源不断地涌来。

"总算回来了。"叶冰凌如释重负的声音在耳边响起。

周元笑着点点头，看了一眼身旁的叶冰凌、商小灵等人，然后抬脚走出传送结界，边走边道："先回风阁。"

叶冰凌、商小灵等人点头跟上。

此时传送结界外人流不息，来来往往。

有两道人影悄无声息地与人流相融，然后迅速朝周元靠近，他们的身法极为诡异，数步之下已接近周元，掌心间源气涌动，一掌便对着周元的身躯拍去。

他们的攻势颇为诡异，甚至连天地源气都未曾引动丝毫。

"阁主小心！"

当他们接近时，周元眉心的神魂忽然一震，下一瞬，略显尖锐而嘶哑的声音响起，一道娇小的身影从周元身旁射了出去，一掌与那两道人影拍在一起。

那娇小的身影竟然是商小灵！

虽说她没有周元那种神魂感知，但以往她总是游离于生死之间，对危险有着如野兽般的直觉，所以在周元的神魂有所感应的那一瞬，她便已下意识地冲了出去。

"砰!"

碰撞的瞬间,商小灵的小脸顿时一变,那股磅礴狂暴的源气直接震碎了她体外的源气,一口鲜血喷出,娇小的身躯倒射而出,撞碎了街道上的一根根石柱。

"小灵!"

突如其来的变故终于让叶冰凌他们从震惊中回过神来,当即急喝出声。

"你们是谁?竟敢在天渊洞天伤我们风阁的人!"叶冰凌的美目带着震怒望向那两道人影,叱喝道。

那两道人影眉头微皱。原本以为手到擒来的事竟然被那个毫不起眼的女孩阻拦了,他们对视一眼,没有说话,身影暴射而出,宛如鬼魅般直射周元。

他们必须在动静没有扩大之前,将那周元擒住!

强悍的源气波动自他们体内若隐若现地涌出,令叶冰凌、萧弘他们如处冰窖,他们发现这两人竟然是天阳境的强者!

为什么天渊洞天会有天阳境强者在此对他们出手?

"周元快走,他们是冲着你来的!"叶冰凌急喝道。

"拦住他们,他们不敢在此杀人!"这句话是对着萧弘等人说的。

声音落下时,她率先冲出,想要阻拦对方,萧弘他们见状,牙一咬,也冲了上去。

"滚!"

那两名天阳境强者微怒,恐怖的源气爆发,直接将冲来的叶冰凌等人震得吐血倒飞。

而此时,传送结界处传出骚动,显然是人们被这里的动静惊到了。

周元面色极其阴沉地望着这一幕,心思急转,马上明白了眼前这两人的目的。当即脚掌一跺,身影如闪电般冲天而起。

那两名天阳境强者急追而去。

周元自虚空疾掠,眼露寒芒,然后深吸一口气,下一刻如雷霆般的声音响彻天地:"天灵宗造反了!

"天灵宗要杀风阁阁主!

"天灵宗要背叛天渊域了!"

雷鸣般的声音响彻天地,远远扩散开来,凡是听到这个声音的人无一不是满脸呆滞,显然是被喝声中的内容吓得不轻。

那两名天阳境强者也被惊到了，险些一口血喷出来：这个混蛋简直就是信口雌黄！

一句比一句恶毒狠辣！

不过，不管他们如何愤怒，当周元那带着惊悚的声音传荡开来时，天地间有无数人对着这个方向掠来，恐怕很快连天渊洞天的执法队都要赶来了。

"砰！"

一座高楼上，锡光面色铁青，一巴掌将面前的栏杆拍得粉碎："这两个废物，抓个小小的神府境竟然搞出这种动静！"

吕霄面色阴沉，道："这个周元真是狡诈，他这么一吼，半个天渊洞天的人都听见了！"

"哼，蝼蚁的挣扎而已，待他死了，一切都会平息了！真以为闹大了我就不敢出手吗？真是低估了我锡光的凶性！"

锡光眼含凶戾之色，下一瞬，他的身影直接凭空消失在了原地。

这位源婴境强者，竟然被逼得亲自出手了！

第八百四十章 法域出手

"咻!"

天空之上,三道光影疾掠而过,带起尖锐的破风之声。

周元将速度催动到极致,不过即便如此,他仍然感觉到后方的两道身影在迅速接近。他面沉如水,眼下自己不需要摆脱他们,而是要拖延时间。

事到如今,周元如何猜测不到这里的截杀必然与火阁甚至天灵宗有关系,他没想到对方会如此丧心病狂,这可是要引起众怒的啊,就算是天灵宗也顶不住吧?

周元心中掠过这些心思,下一瞬他的面色忽然剧变,因为他感觉到四周的空间变得黏稠起来,而他的速度陡然减缓,犹如被困入琥珀之中的蚊虫一般,难以挣扎。

"虚空凝固?源婴境强者?!"周元的眼中掠过一丝骇然。

为了对付他一个神府境,竟然出动了源婴境强者?这还要不要脸了?

在周元的前方,虚空波荡,一道银袍身影闪现而出,恐怖的威压铺天盖地散发出来,压得周元浑身的骨骼都在嘎吱作响,犹如将要爆碎。

"小小阁主,竟敢污蔑我天灵宗,今日谁都保不了你!"

银袍身影眼神阴冷,手掌拍出,看似轻飘飘的一掌却蕴含着死亡的气息,直接对着周元的头颅拍去。若是被拍中,恐怕连神魂都会被当场抹杀。

天地间不少人都看见了这一幕,当即爆发出惊呼。

"那是天灵宗银光府府主锡光!"

"发生什么事了?这位锡光府主竟然在这里对风阁阁主出手?"

"难道天灵宗真要造反了?"

"怎么可能?"

远处，诸多气势凶悍的光影暴掠而来，正是天渊洞天的执法护卫，他们远远地看着这一幕，皆是怒喝出声："停！"

虽说都知道这锡光府主的蛮横在天渊域是出了名的，但在天渊洞天出手，就是坏了规矩！

面对那些执法护卫的暴喝声，锡光目光一闪，犹如未闻，掌风更为凌厉地拍下。今日之事做都做了，只有将周元抹杀，才能够解决问题，一旦周元活下来，绝对会疯狂撕咬，反而更加麻烦。

萦绕着死亡气息的一掌在周元的眼瞳中急速放大，那股浓郁的死亡味道让他浑身都紧绷起来。

"嗡！"

就在那死亡之掌距离周元不过尺许时，天地间忽有一道难以言明的波动荡漾而过，然后周元便发现那锡光的身影似乎也如他一般凝固了。

而且，锡光掌上凝聚的恐怖源气在这一刻不受控制地散逸开来，他体内那磅礴无尽的源气似乎已被封闭，再也无法运转丝毫。

"法域？！"

锡光脸上掠过一抹骇色，此时的他犹如毫无源气的废物。而能够让源婴境强者变成这般，唯有那无所不能、宛如神祇的法域了！

天渊洞天的法域强者出手了？

他那原本凝聚着恐怖源气的手掌落在周元的天灵盖上，却只带来轻轻的声响，那种感觉宛如轻拍了一下周元的脑袋。

感受着脑袋上宛如抚摸般的掌力，周元愣了愣，那点力量连他的头皮都破不了。

什么情况？

心中惊疑着，但身形恢复的周元手脚不慢，几乎是条件反射般直接抬腿一脚踹在了面前身形凝固的锡光脸上。

一个黑黑的脚印出现在锡光的脸上。

而他也被周元这一脚踹飞出去。

锡光稳住身形，气得险些发疯，当着这么多人的面，堂堂银光府府主竟然被一个神府境一脚踹在了脸上？！

就在他气急败坏要冲向周元时，一道清澈的淡淡声音忽地在这天地间响起。

"什么时候连天灵宗的一个府主都能够在天渊洞天肆意妄为了？这是将我师父苍渊大尊亲自定下的规矩视为无物吗？"

听到那清淡的声音，锡光的面色顿时一变，浑身一个激灵，猛地抬头，只见虚空上一道修长的身影显露出来，那鲜明的酒红色发丝以及英姿飒爽的容颜气质，直接表明了她的身份。

"拜见郗菁元老！"

那下方的小渊岛上，无数人影躬身行礼，面露敬畏。

"郗菁大人。"锡光连忙抱拳行礼。他怎么都没想到这位元老竟然来得如此快，而且这种事情怎么会引来元老呢？

有执法护卫不就够了吗？

郗菁冷彻的眼眸盯着锡光，眼神深处意味不明。周元与她都修炼过混沌神磨观想法，所以两人间的神魂有一种特殊的联系，她便是察觉到了周元神魂剧烈的波动，才能够第一时间赶来。

若是周元没有修炼过混沌神磨观想法，恐怕今日还真被锡光得手了。

"锡光府主要解释一下你在做什么吗？如果坏了规矩，就算你是天灵宗府主，今日也得遭受惩处。"郗菁冷声道。

锡光闻言，急忙就要说话。

不料周元先声夺人，大喝道："禀郗菁大人，前些时日我外出执行任务，遭遇火阁副阁主方鳌率人袭杀，被我识破后反杀掉了。锡光府主意图在此暗杀我，视苍渊大尊所定规矩于无物，此心等同谋逆，我怀疑银光府有心要给天灵宗抹黑，背叛天渊域，还望大人明察！"

周元今日被这锡光惊出一身冷汗，心中惊怒，眼下直接一个巨大的屎盆子先扣过去。

天地间，无数人听到此话皆哗然出声。

锡光被气得面色铁青，怒喝道："满嘴胡言，郗菁大人，这周元残害同僚，我弟子方鳌便是被他所害，我此次出手只是想要将他擒获，问明缘由！"

郗菁平静地道："你二人各有说辞，此事我暂且不理，但你在天渊洞天违规出手却是众人亲眼所见，不得不罚。"

她那纤细白皙的手指伸出，对着锡光一点。

锡光身躯之外有源气锁链凝练成形,直接将其捆住,锡光堂堂一个源婴境强者竟是半点反抗都做不到,便已束手就擒。

周元见到这一幕,忍不住惊叹,先前锡光对他出手,仅仅只是气势就几乎将他生生碾碎,可如今在郗菁师姐面前,锡光却宛如婴儿一般被随意制裁。

法域强者,恐怖如斯。

锡光见到郗菁直接将他制住,心中有些恼怒,却不敢怒斥,只能忍着气道:"郗菁大人,此事我不服,我要求见玄鲲宗主!"

郗菁淡淡地道:"放心,我已经派人去通知了,我也想听听玄鲲宗主对于在天渊洞天违犯苍渊大尊所定规矩的人如何惩处。"

锡光嘴角微微抽搐了一下,他不明白以往比较平和的郗菁为什么这一次竟然会有如此大的反应。

为了一个小小的风阁阁主,至于要和他们天灵宗闹僵吗?

他摸不准郗菁的心思,不敢再多说,只能安静下来。

随着他们的沉默,天地间的气氛变得压抑起来,很多敏感的人已经隐隐察觉到,今日的事情恐怕会引起不小动静。

这般沉默持续了半晌,此处的虚空便波荡起来,然后无数道敬畏的目光见到一名瘦弱的老者缓缓出现。而此时天地间的源气也变得愈发沉重。

天渊域五大元老之一的玄鲲宗主,真身降临。

第八百四十一章
颠倒黑白

当虚空上那位瘦弱的老者出现时，天地间无数人再度躬身行礼，神色敬畏。

"拜见玄鲲元老。"

玄鲲宗主摆了摆手，旋即那如深渊般的眼睛便投向锡光，眉头微皱道："锡光，你什么时候如此不懂规矩了？"

锡光府主垂头道："宗主，我……"

玄鲲宗主道："天灵宗也是天渊域执掌者之一，身为执掌者若是都视规矩于无物，还如何管制偌大的天渊域？"

周元低眉垂首，旁人看不见的眼中却有光芒一闪。玄鲲宗主真不是省油的灯啊，看似在斥责锡光府主，言语间却在不着痕迹地表明他们天灵宗的地位，是在告诉郗菁师姐他们天灵宗也是天渊域的执掌者，郗菁不能私自惩处吗？

玄鲲宗主看向郗菁，微微一笑，道："郗菁元老，锡光今日的确莽撞了，给点教训是应该的。"

郗菁淡淡地道："玄鲲宗主，今日的事恐怕不是一句莽撞就能够糊弄过去的吧？堂堂源婴境强者当街暗杀一阁之主，此事可是罪大恶极呢。"

周元先前险些被锡光斩杀于此，眼下玄鲲宗主一句轻飘飘的教训就能够揭过吗？

玄鲲宗主看了一眼一旁没有说话的周元，道："我已知晓了事情缘由，此事的源头应是这位风阁阁主残害了锡光的弟子吧？

"真要论及规矩的话，残害同僚可是要被废除修为，逐出天渊洞天的。

"锡光胡来是该给予惩罚，但这位风阁阁主如此心狠手辣，就更不应该放过。"

周元见到这老家伙直接对他抹黑，心中暗骂一声，面上却是恭敬地道："禀玄鲲元老，此前并非我要杀方鳌，而是因为他趁我外出执行任务，设计袭杀我，我为了自保只能出此下策。"

玄鲲宗主不置可否地一笑，道："这只是你的一面之词。"

周元平静地道："我领取的任务是前往雨州猎杀重伤的天湮兽，在任务阁是有报备的，那为何我前脚刚到雨州，方鳌就带着人到了相同的地方？如果这不是有意图谋，怕是说不过去吧？"

玄鲲宗主呵呵笑道："我之前已派人查探过了，方鳌他们也接了猎杀那天湮兽的任务，在任务阁同样有报备，可以查到。"

听到此话，周元有些惊讶，他可不相信方鳌他们接过这道任务。但以玄鲲宗主的身份以及天灵宗的势力，要做手脚显然没什么难度，查也查不出什么问题。

不过这只是怀疑，他不可能当众质疑玄鲲宗主在暗中使诈。

"所以此事或许并非如你所说，说不定是你们因为天湮兽发生了争执，最后你暴起出手呢？"玄鲲宗主慢慢道。

显然他打算将方鳌之死彻底按在周元头上，只有让周元成为罪魁祸首，锡光的含怒出手才有了理由，那样就算有所惩罚也会比较轻微。

反观周元，却会因为大罪而受到极重的惩处。

郗菁的柳眉皱起，盯着玄鲲宗主道："玄鲲宗主所说同样只是一面之词。"

玄鲲宗主没想到郗菁会出言反驳。到他们这种层次，博弈中也有取舍，舍弃一个风阁阁主，未必没有其他收获，但郗菁此次似乎没有退让的意思。

玄鲲宗主淡笑道："倒也不是一面之词，此次方鳌他们并非全军覆没，还有一个朱炼逃了回来。"

他袍袖一挥，空间扭曲间一道人影直接闪现而出，正是朱炼。

"朱炼，将之前的事情说说吧。"玄鲲宗主淡淡地道。

朱炼连忙点头，然后便指着周元一通怒骂，话中的意思跟玄鲲所说的如出一辙，无非是他们接了前往雨州猎杀天湮兽的任务，然后被周元一行人伏击，导致方鳌等人被杀。

他们显然是要颠倒黑白了。

周元沉声道："此次跟随我去的还有风阁其他人。"

玄鲲宗主道："他们算是嫌犯，说的话如何算数？"

郗菁摇摇头，道："如果是方鳌他们去袭杀周元，那么朱炼也是嫌犯，他的

话同样不足信。"

周元紧皱着眉头。玄鲲宗主的确是老奸巨猾，心思深沉，眼下这种情况，如果不是有郗菁力挺，恐怕这黑锅就真的压得他无法反驳了。

"那此事说起来可就有些麻烦了，毕竟死无对证。"玄鲲宗主笑道。

郗菁与周元都明白过来，这老家伙故意将事情搅得一团乱，如此一来，谁也无法将锡光今日之事闹得太大，想要严重惩处也不太可能。

这让周元有点不爽，他刚刚差点被锡光杀死，如果仅仅只是让锡光受到两句斥责就完事，实在有些过分——周元可不是有仇不报的人。

而且，对方这种颠倒黑白的手段也让他极其不舒服。

他沉默了一下，忽道："如果我能找出证据呢？"

玄鲲微怔了一下，然后双目微眯盯着周元，不动声色地道："什么证据？"

周元淡笑道："其实方鳌他们没有全军覆没，我抓了一个活口，不过为了保险起见我没有带回天渊洞天，而是留在了外面。"

朱炼闻言，面色顿时一变。

锡光府主也心头一震，有些恼怒地看了朱炼一眼——这个家伙不是说人都死光了吗？

周元看着朱炼，笑道："既然大家分不清楚真假，那我建议直接搜魂这位活口与朱炼副阁主，我想以两位元老的手段，应该可以做到不伤及他们自身而找寻到想要的信息。"

朱炼大惊失色。

锡光府主面色变幻。

玄鲲宗主则微微默了一下，道："你有这般证据，为何此时才说？"

周元淡淡地道："因为我喜欢与人为善，如果不是被逼得太急，也不想撕破脸皮，希望到时候不会得到一些意料之外的信息吧。"

他盯着郗菁、玄鲲宗主，道："两位元老可需要搜魂他们？若是需要，我这就去将人带来。"

"可以。"郗菁毫不犹豫地道。

玄鲲宗主深深地盯着周元，因为他有些不太确定周元所说究竟是真是假。可如果周元真的将人交出来，并且让郗菁来搜魂，那么他刚才所说的一切都会站不住脚。

而且到时候还会波及未曾露面的吕霄，吕霄是火阁阁主，有望夺得四阁的总阁主，玄鲲可不打算让他栽在这里。

那么，是否要赌一赌周元手中究竟有没有人呢？

面对玄鲲宗主那令人心悸的目光，周元却颇为坦然，同时心中怒骂：真要论及身份，我可是跟你平起平坐呢，装什么大头蒜！

玄鲲宗主沉默良久，最后面无表情地收回目光，淡淡的声音响起。

"此事是方鳌独自所为，与其他人没有任何关系。"

第八百四十二章 天炎祭祀

玄鲲宗主这句话说出来的时候，一旁锡光的面色顿时大变，因为玄鲲宗主将所有罪责都推到了方鳌身上，这样说来方鳌就算是白死了！

"宗主！"锡光府主忍不住出声。

然而当玄鲲宗主淡淡的目光看来时，他浑身一个激灵，有些畏惧地低下了头。

玄鲲宗主对锡光今日的表现有些失望，当然，他失望的不是锡光暗杀周元，而是他竟然没有第一时间将周元斩杀，反而还惹出了郗菁，将事情闹大。

如果锡光第一时间得了手，此时的周元就是个死人，到时候就算郗菁斥责，他顺水推舟给锡光一些不轻不重的处罚，想必郗菁也不会为了一个死人和他闹僵。

但可惜……锡光此事做得太不干净利落了。

周元有些惊讶地看了玄鲲宗主一眼，他没想到这个老家伙如此果断。他清楚玄鲲这是不想将此事闹大，免得牵扯到更多人，尤其是吕霄。

周元可不相信此次袭杀他的主意是方鳌那个没脑子的家伙搞出来的。

不过周元也知道既然有玄鲲力保，那么他是不可能扯出吕霄的，只能见好就收。无论如何，方鳌之死已说清楚了，是方鳌咎由自取，完全不关他的事。

而火阁损失了方鳌以及数位精英，恐怕也会伤筋动骨。

说到底，这一场交锋火阁完败，周元没有吃任何亏，还借助方鳌之手解决了天浬兽，不然换作他们自己，虽说可能不会减员，但重伤恐怕也是不可避免的。

一旁的郗菁脸色平淡地望着这一幕，道："既然方鳌的事情已经搞清楚，那么也该说说锡光的事了。他当街暗杀风阁阁主，此事若是不处理，恐怕难以服众。我建议剥夺他长老团长老的身份。"

锡光面色一变，如果被剥夺了长老团长老的身份，那么他在天渊洞天内可就没有任何权势了，只能回归天灵宗本宗。

而且更为严重的是，长老团的位置极为重要，每一个名额都是天灵宗费足心思方才谋取到手，每一个长老团长老都代表着一份话语权，如果因为他的私人事情导致位置被剥夺，无疑会对天灵宗造成重大损失。

玄鲲宗主苍老的面庞没有波澜，他轻声道："郗菁元老，老夫知道你时刻想要减少我天灵宗在长老团的话语权，锡光此次虽然有错，但这个处罚太重，老夫不可能接受，请换一个吧。"

一旁的周元低着头，没有掺和这些话题。他知道这是郗菁师姐在借题发挥，想要取得更多的好处，这种博弈现在的他可没有资格说话。

郗菁对玄鲲宗主的反对并不意外，她本就是在狮子大开口，能够剥夺长老之位最好，不能的话也可退而求其次。

"既然玄鲲宗主反对，那我此次便给你一个面子。"

郗菁想了想，唇角浮现一抹笑意，道："下个月就是天炎祭，今年的天炎祭是由你们天灵宗主持吧？"

玄鲲宗主的眉头顿时一皱，点点头。所谓天炎祭，是天渊域一年一度的一种祭祀，说是祭祀，其实是对天阳境以下天骄的一种修炼福利，同时也用来吸引其他各域的天骄。

之前新人大典上那些进入四阁的新人中也有不少人是冲着今年的天炎祭而来的。

天炎祭的举办需要出动九十九位天阳境强者，他们将催动天阳境特有的天阳炎，灌注进那座由苍渊大尊亲自炼制的天阳鼎。

天阳炎极为玄妙，拥有锤锻肉身、灼烧源气两重神效。

若是神府境强者能够将其吸收炼化，对肉身、源气皆有着极大好处。

只不过天阳炎对于天阳境强者而言颇为珍稀，很少会有天阳境强者消耗自身的天阳炎用来帮别人，所以，天渊域这天炎祭是一个极大的手笔。

天炎祭每年一次，由五大元老轮流执行，今年刚好就落在天灵宗的头上。

郗菁轻笑一声，道："那我希望今年的天炎祭采取自由炼化的方式，不再分配份额。"

按照以往的规矩，主持天炎祭的一方将会获得四成的份额，余下六成由其他几方分配。郗菁这么说，显然是要打破这个规则。

玄鲲宗主自然明白郗菁的目的，淡淡地道："看来郗菁元老不从我们天灵宗身上挖一块肉下来，是不会善罢甘休了。"

九十九位天阳境强者竭力催动天阳炎，这不是什么小手笔，之后天灵宗为了补偿他们，必然要消耗巨大资源。为了弥补这些损失，按照规矩，主持方固定拥有四成天阳炎。

"郗菁元老对风阁倒是挺看重。"

郗菁笑道："好歹也是我手底下的小家伙，总得为他们争取一些好处，希望未来真能出个不错的栋梁。"

玄鲲道："就算是自由争夺，火阁的实力也远胜风阁，到头来不过是白忙活一场。"

"不试试怎么知道呢？"郗菁道。

"真要如此？"

郗菁微笑不语。

两人交锋了片刻，最终玄鲲沉默了一下，点点头道："好，那就依郗菁元老，今年的天炎祭就各凭本事吧。"

见到玄鲲宗主妥协，郗菁轻笑一声。

玄鲲宗主看了一眼一旁的周元，然后冲着郗菁意味深长地道："郗菁元老对这位风阁阁主似乎有着不同寻常的看重。"

他的眼光深处似有戏谑，用一种特别的语气道："若是苍渊大尊见到这一幕，或许会很开心。"

说完，他的袍袖一挥，便带着锡光凭空消失而去。

周元与郗菁则面面相觑，因为玄鲲宗主的话语中似乎带着一种暧昧。

"他误会了什么？"周元尴尬一笑。他好像……被当成了小白脸？

郗菁白皙的额头上青筋跳动，咬着银牙道："不要脸的老东西！"

那玄鲲宗主的确极为敏感，他察觉到周元与郗菁之间似乎有关系，却从没想过或者说不敢想两人竟然会是师姐弟……所以最终经过猜测后，觉得郗菁有可能是看上了周元……

这并不奇怪，以郗菁的身份地位，想要包养面首什么的不要太简单，虽然他不知道周元哪一点值得郗菁看上。

只是从他先前那眼神来看，倒是很希望如此，如果郗菁的眼光只是这样的话，对天灵宗而言算是一个好消息。毕竟以郗菁的条件，只要她有意，恐怕混元天中不乏一些连玄鲲宗主都会忌惮的人会心动。

"他都不确定一下那活口究竟是不是真的吗？"周元瞧得郗菁的眼神有点危险，赶紧转开话题。

郗菁没好气地道："真假已经不重要了，重要的是他已经妥协了。"

周元若有所思地点点头，旋即笑道："其实活口虽然有，但被我伤了神魂，跟死了没什么两样，搜魂也搜不出什么。"

郗菁啧啧称奇："你这胆子……不过多亏了你，否则很难从那老奸巨猾的老东西手中榨出什么好处来。"

"天炎祭吗？"周元好奇地问道。

对天炎祭他知晓得不多，只知道这是天渊域中年轻天骄的一大修炼福利，一年一次，可以说是盛典。

"以往除非是轮到我主持，不然的话，风阁在天炎祭的份额简直少得可怜，风阁的孱弱你是知道的。"

郗菁看了周元一眼，又道："如今虽说你进步很快，但想要与吕霄竞争总阁主，恐怕还有所欠缺，所以此次的天炎祭对你而言是最好的机会。"

周元闻言，轻轻点头，没有因为郗菁如此直白的话就感觉到难以接受，毕竟这是事实，他也从未小觑过吕霄的实力。

"这些天多了解一下天炎祭，可别辜负了你这次用命换来的机会。"郗菁笑了笑，然后挥挥手，纤细的身影便消失而去。

周元点点头。从严格意义上来说，玄鲲宗主会妥协是为了不剥夺锡光的长老团位置，而锡光会受到惩处，又是因为来暗杀他。所以说这是他用命换来的机会倒也没错。

"这样的话……

"那天炎祭我可得多吃点才不亏……"

第八百四十三章
联合镇压

当方鳌一事的处罚结果出来后，无疑在四阁之中掀起了巨大波澜，谁都没想到方鳌竟然会如此不顾规矩，直接对周元暗下杀手。

很多人心中对此都颇为不齿，只不过碍于火阁的威势，不敢在明面上表露。但火阁的成员平日里遇见其他三阁的人，特别是风阁、木阁时，都会感受到对方眼中蕴含的鄙夷，这让他们心中有些憋屈，却又无法辩驳。

毕竟这种盘外招的确惹人厌恶。

因此，他们只能在心中将那方鳌骂得狗血淋头，以作发泄。

火阁，阁主楼。

吕霄面无表情地坐于上方，下面便是朱炼以及火阁其他副阁主，只不过此时的气氛格外压抑，所有人的面色都异常难看。先前有天灵宗的长老持玄鲲宗主的旨意，将他们所有人都狠狠地训斥了一顿。

此次他们的失策，令玄鲲宗主在与郗菁的较量中吃了亏，甚至险些丢掉一个长老团长老的位置。

"这次的事是我失误了。"沉默了许久，吕霄缓缓开口道。

朱炼连忙道："阁主，这与你无关，只怪周元那混蛋太狡诈，竟然隐藏了那么多的实力。"

原本他们以为凭借方鳌的实力，就算暗袭失败，想要带人脱身也不是难事，可谁都没想到周元的实力在短短一个多月竟提升了那么多，直接一招就秒杀了方鳌。而且就连锡光府主出手都未能干净利落地解决掉周元，反而险些将自身搭进去。

此次如果不是玄鲲宗主出面，直接将所有罪都盖到方鳌头上，恐怕连朱炼都要受到波及。

"以他如今那两千万源气星辰的底蕴，整个四阁唯有我们三位阁主能够将他压制。"吕霄深吸一口气，眼神略微有些阴鸷。周元进步之快简直让他心惊。

"我们都小看他了……如果没猜错的话，那家伙的神府恐怕是变异九神府。"

其他副阁主闻言皆面色微变，变异九神府可是相当稀罕，整个混元天神府榜上都不多见，难怪周元那家伙在神府境中期时就能够达到如此惊人的底蕴。以前他们只是猜测周元可能是变异七神府，但如今看来，他们太小觑周元了。

"虽说他如今有两千万源气星辰的底蕴，但我要镇压他依旧不难。

"但前提是在总阁主之争来临前，不能再让他继续提升这么快了。

"所以，下个月的天炎祭……"

吕霄的眼瞳中有寒光涌动："我们必须断绝风阁从中获取丝毫的好处！"

此次天炎祭原本应该按照份额分配，他们火阁会占据其中四成，但先前那位长老来传令，表示此次的天炎祭将会变成自由争夺。

也就是说今年的天炎祭将会出乎意料的激烈。

周元的危险性，此时火阁内包括吕霄都不敢再有所小觑，他们毫不怀疑如果稍微放松一点，那周元必然会从天炎祭中得到巨大的好处，到时候万一他的实力再度暴涨，说不定真的会在总阁主之争上对吕霄造成威胁。

那位长老传令时，也隐晦地告诫过他们这一点。

"朱炼，天炎祭捕获天阳炎，需以神魂之力为网，而论及神魂境界你当属火阁最强，所以此次的天炎祭我们得以你为核心了。"吕霄看向朱炼道。

天阳炎可灼烧源气，所以捕捉方式需要神魂之力，吕霄的战力虽说是最强，但神魂境界不如朱炼，所以在天炎祭上他的作用反而不如朱炼大。

朱炼闻言立即道："阁主放心，我们火阁整体实力远胜于风阁，天炎祭上我们必能成为最大的赢家。"

如果让朱炼去跟周元以源气相斗，或许他现在没那胆子，可如果是神魂比拼，他却丝毫不惧对方。不论怎么说，他朱炼在天灵宗年轻一辈中的神魂境界当算翘楚。

而天炎祭上看重的可不是源气修为，而是神魂修为！

吕霄摇了摇头，道："你错了，这一次我们的目的不是让火阁成为最大赢家……"

他的眼中掠过一丝寒光，道："我们的目的是要让风阁毫无收获！让那周元无法借此机会增长实力！"

朱炼一怔，有些迟疑地道："凭我们火阁的实力，就算能够将风阁死死压制，我觉得他们终归还是能够夺得一些份额，毕竟我们不可能直接把他们封锁了。"

"单凭火阁不行，那就联手其他人。"吕霄冷声道，"我已通知韩渊，到时候山阁会联手封锁住风阁，让他们无法得到天阳炎。"

"山阁也出手吗？"

吕霄的眼皮微垂，道："为了保险起见，我今日还会去找木阁的木柳。木阁如果此时愿意和我们联手，我保证他们能够分到三成的天阳炎。"

"三成？"朱炼一惊。如果这样的话，那他们火阁恐怕就得大出血了，毕竟以往木阁到手的也就两成。

看来吕霄此次为了对付周元可以说是下足了本钱。

"木柳跟我们不太对路，他会答应跟我们联手吗？"一名副阁主问道。

吕霄平静地道："他们不需要真的跟我们联手，只要他们固守一方，封锁住一些天阳炎即可，而当我们封锁风阁时，他们只要袖手旁观就行了。"

"那木柳跟周元没多少交情，应该不会为了周元拒绝这么大的利益吧？"

其他人面面相觑，这是要将风阁彻底孤立啊。

朱炼眼神灼灼，道："如果是这样的话，那我们应该可以做到完全封锁，让那风阁在此次的天炎祭上颗粒无收！"

那周元据说神魂也踏入了化境，与他相同，但在比拼整体实力时，一人的神魂再强也是有限！

这一次，定要让那周元尝尝什么叫作无能为力！

吕霄轻轻点头，只要将周元在这次天炎祭上按住，那么接下来的总阁主之争他就有绝对的把握，将周元彻彻底底镇压下去并且夺得总阁主之位。

只要总阁主的位置落到他的手上，那么之前的一切劣势他都能够翻转。

吕霄抬头，眼神冰冷地望着风岛的方向。

"周元，郗菁元老以为可以为你争取一次拉近你我差距的机会，但我只能告诉你，想得太天真了！"

第八百四十四章 神魂夺炎

"你知道天炎祭的祭祀之地吗？是在大炎山。那大炎山上有一座巨大的水晶琉璃鼎，这是当年苍渊大尊亲自炼制，专门用来进行天炎祭，故而也被称为天炎鼎。

"想要催动天炎鼎，需要九十九位天阳境强者全力灌注天阳炎……这些天阳炎在经过天炎鼎的增幅后，将会变得格外精纯与磅礴。

"另外，天炎鼎内，肉身不可入，唯有神魂能进，因为天炎鼎内的天阳炎太过浓烈，肉身进入可能会被直接焚毁，唯有神魂方可避免。

"所以，想要在天炎鼎中捕获、采集天阳炎，唯有依靠神魂之力。

"虽说你的神魂乃是化境，但只依靠你一人恐怕作用不大，因为这次必须依靠整体，你一个化境神魂再强也顶不过数百位实境的神魂吧？

"所以天炎祭中想要抢夺天阳炎份额的关键，最好的方式是以你这化境神魂为核心，我们风阁其他人催动神魂，你来居中协调、指挥，那种感觉就是……你是将军，我们是小兵。"

……

风阁的阁主楼内，伊秋水在为周元恶补着天炎祭的相关信息。

"原来如此……"

周元点点头，彻底明白了这天炎祭的机制。

这跟他想的有些不一样，天炎祭上居然不论源气强横，反而是要论整体神魂的强弱。

"不过就算是比神魂之力，我们风阁也是四阁之末。你可知道去年天炎祭我们风阁得了多少吗？"一旁的叶冰凌轻叹一口气，然后竖起一根纤细玉指。

"堪堪一成的天阳炎。

"去年是由玄晶族主持的天炎祭，山阁拥有固定的四成天阳炎，而火阁夺了三成，木阁两成……

"所以即便今年天炎祭的规则变成了各方自由争夺，但凭我们风阁的能力，到头来恐怕还是一成左右……"

伊秋水闻言，却轻轻摇头道："也不用如此悲观，往年风阁在天炎祭上成绩差，是因为没有凝聚在一起。毕竟以前没有阁主，只有叶师姐与陈北风两位副阁主，而陈北风又偏向火阁那边，所以那时候的风阁简直是一盘散沙。

"今年有了周元这位阁主，如今风阁人心齐聚，如果全力争夺，我觉得两成天阳炎总是能够得到的。"

"对，我们相信阁主的能力！"

"只要有阁主指挥，我们风阁此次一定能夺得两成天阳炎！"

萧弘等一干统领纷纷点头，看向周元的眼中满是狂热的尊崇。这几个月下来，周元展现出来的本事已经彻底征服了所有风阁成员，让他们对周元的信心越来越强。

周元望着众人期盼的目光，冷静地道："此次火阁吃了这么大的亏，我觉得他们不会在天炎祭上毫无动静。"

他沉吟了一下，看向伊秋水，问道："我们风阁实境神魂有多少人？"

"实境神魂有两百三十二人，不过大部分都处于实境初期。"

伊秋水想了想，又道："而火阁那边，朱炼的神魂境界踏入了化境，不比你差，实境神魂者约莫五百多人。"

周元的眼神微凝，不论火阁还是风阁，这些神府境强者绝大部分都没有修炼过正统的锻魂术，不过是随着自身源气境界增长，神魂同样受到滋养，进而变强了。

一般来说，只要源气修为踏入神府境，自身的神魂也能够慢慢突破到实境。

类似他这种源气、神魂双修皆取得如此好的进展的年轻天骄并不多，就如那朱炼，虽说他也是化境神魂，可如果抛掉神魂比拼源气底蕴的话，周元一巴掌就能把他活活打死。

再如吕霄，虽说他眼下源气底蕴比周元更强，但若是比拼神魂，周元有把握几息之内就用魂炎将他的神魂烧成虚无。

当然，这种比较没有太大的意义，朱炼不会蠢得跟他比拼源气，而吕霄也不会蠢到和他比拼神魂，没人会选择以短击长。

一旁，叶冰凌、萧弘、商小灵等人的神色变得凝重起来，双方整体的实力差距真的是太大，让人感到了巨大的压力。

火阁的整体实力远胜于他们风阁，如果真要针对风阁的话，的确能够给他们造成不小的麻烦。

"兵来将挡水来土掩，我们也不用太过惧怕，毕竟光脚的不怕穿鞋的，再差还能差得过往年？"周元见到气氛沉闷，不由得开口笑道。

听到他这另类的安慰，众人都忍不住一笑，神色渐渐放松下来。的确，以往他们风阁已经是最惨的了，再惨总不能比那时候还惨吧？

"接下来这段时间，各统领将麾下成员协调好，每日晨间汇聚于阁主楼前。既然大战在前，我们也得做一番神魂操练，以作应对。"周元略作沉吟，下了命令。

这种指挥诸多神魂作战的方式，周元以往还从未有过，为了到时候不手忙脚乱、不知所措，眼下还是得多练习一下，增强经验。

众多统领皆抱拳应下，然后转身而去。

望着他们离去，周元那轻松的面色方才渐渐变得凝重。此次的天炎祭自由争夺，是郗菁师姐为他争取来的机会，他当然不可能真如先前跟大家所说的那样赚个保底就满足了。

就算是两成，他都觉得少了！

总阁主之争越来越近，这次的天炎祭是他最好的机会，如果把握得好，他便能够真正拥有与吕霄一争的实力。

但凭风阁这整体的神魂实力，差了火阁真的不是一星半点⋯⋯

周元眉头微皱，这种实力差距，一旦对方不怀好意，他们风阁怕是捞不到多少汤水⋯⋯风阁都没有几分汤水，那他这个阁主同样只能喝风，毫无所得。

此次的天炎祭对他而言至关重要。

这一点，恐怕那吕霄也能够猜到。之前数次较量火阁都吃了暗亏，如果他是吕霄，这一次绝不会再心怀小觑，定会倾尽火阁之力将风阁打压下去。

周元渐渐闭拢双目，喃喃自语。

"看来，必须得想个法子以作应对了⋯⋯"

第八百四十五章 神魂操练

翌日，镜湖旁的训练场。

所有风阁成员汇聚于此，黑压压一片看不见尽头。虽说风阁在周元来之前就已日渐没落，但所谓烂船也有三斤钉，底蕴还是颇为不凡的。

此时，无数道目光带着浓浓敬畏望着前方青石之上站着的一道修长身影。

"拜见阁主！"

数千人齐齐行礼，阵仗不小。

周元摆了摆手，直接盘坐下来。今日他就要为天炎祭做准备，操练风阁诸人的神魂。

"都将神魂召出。"周元的声音响彻在每一个人耳边。

听到周元的命令，所有人盘坐下来。只见他们眉心的神魂之光闪烁，下一刻，数千道神魂便自天灵盖处升起，漂浮于头顶之上。

数千道神魂同时出现，场景相当壮观，连周元都忍不住咋舌。他目光扫视，只见数千道神魂中唯有居于最前方的两百来道显得格外凝实，模样也如真人一般。

这是踏入实境的神魂！

而在后方，其他的神魂皆有虚幻之意，说明那些神魂还只是虚境，不过看神魂的光芒，应该是处于虚境后期。

数千道神魂汇聚一堂，显得格外杂乱。风岛内常年有罡风呼啸，狂风掠过时，一些虚境神魂顿时尖叫着摇摆起来，宛如要随风而去。

整个场面极为混乱。

这些风阁的人平日里对肉身以及源气掌控得虽然游刃有余，却对自身的神魂极少关注。不过这很正常，除了像周元这种神魂、源气双修的人，一般独修源气的人很少会将心思放在神魂上面。在他们看来，神魂之力够用就行，有那个时间还不如多吸收炼化一些天地源气。

周元有些无奈地望着这混乱的场面，袍袖一挥，数十枚兽魂晶暴射而出。

"吼！"

魂晶碎裂，顿时有数十头兽魂咆哮而出，它们生前皆是五品源兽。

"把这些兽魂都灭了。"周元喝道。

数十头兽魂张牙舞爪地冲向风阁诸人的神魂，而他们却面露惊惶。他们此时是神魂状态，没有源气可以调动，可自己对神魂之力的掌控又格外生涩，于是一时间，数千道神魂的阵容竟然被几十头五品兽魂冲击得七零八落。

好在不是所有人都是废柴，总归有人能对神魂之力进行掌控，于是便可看见一道道神魂之针凝聚成形，与那些兽魂缠斗起来。

待得半炷香后，场中的兽魂被尽数剿灭。

青石上的周元望着这一幕，面色发黑。只要稍稍懂得运转神魂之力，数千道神魂能够轻易将那些兽魂抹灭，由此可见，风阁成员对神魂之力的运用有多差。

这种状态有什么资格去跟其他三阁抢夺天阳炎？

场中的混乱逐渐平息，风阁诸人望着周元发黑的面色，知道自己的表现奇差，当即安静下来，大气不敢出一声。

在周元身后，叶冰凌有些尴尬。以往的风阁是由她和陈北风掌管，可两人谁也不服谁，反而将风阁搞得一团乱。至于这些人为何对神魂之力的掌控这么差，还不是因为往年天炎祭他们都抱着混点边角料的心态……而其他三阁见到风阁这么识相，也不介意剩点残羹冷炙给他们。

周元吐了一口气，实在有些郁闷。他想过风阁这些家伙神魂造诣或许不会太好，但没想到会这么差。

如果说风阁这些人的源气修为还算勉强能打的话，那么神魂修为可就真的只能用一个烂字来形容，想必修炼这么多年，他们使用神魂之力战斗的次数屈指可数。

指望他们站都站不稳的神魂去跟火阁争？周元觉得还不如自己一个人去单挑算了。

周元无奈地摇摇头，沉声道："从今日开始，每日操练三个时辰，两人为一组，运转神魂之力互相攻伐。

"我不要求你们将神魂之力运转得多么出神入化,但最起码能够达到初步操控神魂之力的地步!否则此次天炎祭还不如不去丢人现眼!"

听到周元恨铁不成钢的语气,大家面面相觑。

"各统领管辖所属麾下,十日之后我会再检查,若是还如眼下这般模样,就扣除这个月的归源宝币!"

听到周元这话,所有人的心头顿时一颤。这个处罚可不算轻,要知道如今风阁成员一个月的薪酬是七十归源宝币,一个月被扣去可是天大的损失。

各大统领不敢怠慢,立即纷纷怒喝出声,将麾下人马驱赶开来,两人一组遍布于镜湖四周的训练场,开始操练神魂。

周元望着这热火朝天的一幕,面色才稍稍好看一点。他知道这怪不得他们,风阁阁主空悬多年,无人统率,难免会成为一盘散沙。

"看来我有些高估大家的神魂造诣了。"一旁的伊秋水叹道。昨天她还在反驳叶冰凌,没想到今天就被打脸了。

周元心中叹了一声,虽说如今已经开始加紧时间操练,但对神魂之力的掌控不是一朝一夕就能够提升的,他觉得这次天炎祭如果指望他们顶住火阁,恐怕难度不小。

此时天地间有一些神魂之力的余波自四面八方涌来。

周元屈指一弹,数滴火星弹出,瞬间将那些余波燃烧殆尽。

那些火星,自然是魂炎所化。

周元盯着消散的火星,心中感叹道:"神魂交战,还是魂炎的杀伤力最强啊。"

"如果能够将风阁诸人的神魂之力凝聚,化为魂炎,那可就厉害了……"周元想了想,旋即苦笑一声,还真是有些异想天开啊。

魂炎唯有化境神魂方可衍生而出,这里人再多,恐怕都不可能凝练出一丝魂炎。

他摇了摇头,就要站起身来。

就在这一瞬,他似是猛地想起了什么,身体顿时一僵,眼中有一抹奇光涌现。

因为在这一刻,他的心中掠过了一道源术。

"魂灯术……"

苍玄七术之一,灵纹峰的镇峰之术,魂灯术!

当初在苍玄宗的夺圣战中,周元可是清楚地见到,叶歌虽然还未踏入化境神魂,却凭借此术生生凝练出了魂炎！

周元的目光闪烁，隐有一丝振奋之意。半晌后，他取出一枚玉简，以神魂之力在其中刻画了一些材料。

地魂骨、阴葵木、冥牛血……

林林总总上百道材料，皆是用来修炼魂灯术的必需之物。

"秋水，这些材料不惜代价以最快的速度收来。"周元将玉简交给伊秋水。

伊秋水瞧着周元郑重的神色，虽然不知道他想要做什么，但还是接了过来，认真地点点头。

周元深吐了一口气。原本他准备修炼的下一道源术是影仙术，可谁想到天炎祭突然到来，为了应对眼下，只能将影仙术稍微往后挪，先将魂灯术的修炼提上日程……

第八百四十六章 木柳到访

四阁没有不透风的墙,当风阁第一日的神魂操练结束后,那惨不忍睹的操练结果很快传遍了四阁。

"哈哈,那周元真是异想天开,真以为凭借风阁那烂底子就能够在天炎祭上跟我火阁竞争吗?"火阁阁主楼,听到这个消息的朱炼忍不住大笑出声,满脸戏谑。

其他副阁主的笑容也颇为玩味。短短数个月,周元的确让风阁有了巨大的改变,甚至还创造出了四母纹,按照这种情况持续下去,风阁很有壮大的可能。

但神魂造诣不是一朝一夕就能够提升的,以往的风阁在每年的天炎祭上根本就是混吃等死。如今周元突然间要他们崛起,哪有这么容易?

吕霄的神色还算平淡,道:"虽说风阁在神魂造诣上的底子差,但那周元有些邪门,不能小觑。"

朱炼点点头,道:"放心吧阁主,我们火阁也开始操练了,我会时刻紧盯着。"

之前在雨州他被周元吓得仓皇而逃,如今想来实在是狼狈不堪。他明白论起战斗力,自己远不如周元,若是一般情况,他想找回场子可谓难如登天,眼下的天炎祭却给了他天大的好机会。

在这种神魂为王的祭祀中,他的作用甚至会超过吕霄。

这一次他正好可以一雪前耻,好好羞辱那周元一番!

那周元虽说能耐不小,但此次天炎祭火阁占据绝对优势,周元再能蹦跶,也会被他镇压下去。

"对了阁主,木阁那边怎么说?"朱炼看向吕霄,问道。

他说的自然是联合山阁、木阁在天炎祭上一起打压风阁的事。

吕霄淡淡地道:"暂时还没回音,不过我想木柳是个聪明人,应该知道我们此次对打压风阁是志在必得，他若是不长眼，就别怪我们连他们一起收拾了。"

朱炼轻轻点头，这是在逼木柳站队，如果木柳优柔寡断无法做出选择，那待他们收拾风阁后，木阁就是下一个目标。

以往的天炎祭，他们不想吃相太难看，还是给木阁留了一口肉，可今年情况不同了，如果木阁不识趣，那他们只能跟风阁一样去吃残羹冷炙……不，今年……他们连汤都没有！

接下来一段时间，四阁变得平静了许多，大家都在为那即将到来的天炎祭做着准备。

在天渊域中，当年苍渊大尊为了吸引混元天内的诸多散修天骄，设置了两种充满诱惑的修炼福利，其一就是四灵归源塔，其二便是这每年一度的天炎祭。

四灵归源塔取决于自身修炼，天炎祭则更偏向于整体，显然是当年苍渊大尊故意所为，或许是为了培养团体意识。

能够成为天渊域用来吸引外域天骄的诱饵，天炎祭的效果自然是超乎想象的好。九十九位天阳境强者倾尽全力提供天阳炎，这些天阳炎在经过天阳鼎的增幅与净化后，效果会被提升到一种难以想象的程度，一旦吸收炼化，不仅能够锤锻肉身，还能够淬炼源气，使源气更加精纯与雄厚。

对于这种原本只有天阳境强者才能够拥有的宝贵修炼资源，就算强如吕霄，都心有垂涎，更何况其他人？

对很多四阁的成员来说，恐怕总阁主之争在他们眼中的吸引力都不见得会比天炎祭来得高。

总阁主之争固然会决出最高的荣耀，但能够争夺这个荣耀的人屈指可数，九成九的人只能够在外面作为旁观者。可天炎祭不一样，这是一个集体的盛典，所有人都会参与其中。

所以，虽说这段时间四阁平静下来，但谁都能感觉到那平静下有暗流涌动。

十日之后。

风阁，阁主楼楼顶。

此时天色渐暗，但在周围的训练场上还有风阁的成员在操练着神魂。而经过

这段时间的操练，大部分风阁成员总算勉强有了一点样子，起码不会再如十天前那般狼狈了。

不过以周元的眼光来看，他们对神魂的掌控还是非常粗糙，顶多只能勉强以神魂凝聚成长针来进行攻伐。

周元也知道不能以自己为标准来看，毕竟这些人不修源纹，动用神魂之力的次数自然极少。

"勉强能够用来做一些简单的防御与攻击了。"周元自语道。到时候他再指挥一下，倒也能形成一定规模的神魂攻势。

但周元心知肚明，光凭这些，根本不足以和火阁竞争。

好在周元没有真的将希望放在他们身上，此次的胜负关键点，还是他准备的魂灯术。

想起魂灯术，周元的目光从远处拉回来，将心思投注到这十日里时刻都在研究的这道苍玄七术之一的源术上……

魂灯术颇为特别，是一种作用于神魂之力的特殊源术，它的催动方法不是依靠源气，而是依靠神魂。

这段日子的研究中，周元时刻都在感叹魂灯术的玄妙，而正是对它的了解加深，方才让周元对天炎祭上的以下克上有了一些信心。

依仗四母纹销量带来的利润，周元让伊秋水准备了十份修炼魂灯术需要的材料，这段时间他尝试了三次，但都以失败告终。

不过周元对此并不沮丧，只要在失败中吸取经验，他有把握在天炎祭来临前，初步将魂灯术修成。

周元这般想着，双目便再度闭上，继续在心中推演着魂灯术的修炼之法。

就在他的眼睛刚刚闭上时，忽然眉心间的神魂光芒一闪，于是他睁开眼望着阁主楼之外的那片树林，道："木柳阁主既然来了，为何不现身？"

随着周元声音落下，只见树林那里微微波荡，一道人影似乎从树体内缓缓走出，身形一闪，就出现在了楼顶上。

正是木阁的阁主，木柳。

"这么晚了，木柳阁主怎么会来我风阁？"周元有些讶异地问道。

木柳依旧是那副干净得不惹尘埃的模样，连头发仿佛都被清洗了多次，整个人显得俊朗出尘。此时他有些无奈地挠挠头，道："想了好多天，还是打算来找你。"

"怎么了？"周元疑惑地道。

木柳撇撇嘴，道："吕霄联合了山阁，此次天炎祭要倾尽全力打压风阁，应该是想阻挠你借此提升实力。吕霄这回应该是真的动怒了，他甚至还找上了我们木阁。

"他给我们开出三成天阳炎的好处，要木阁联合他们一起让风阁惨败！"

"周元，如果三阁联手，不论你有什么手段，都不可能翻盘。"

周元的瞳孔微微一缩，他没想到吕霄这次竟然舍得付出这么高代价，就为了遏制他提升。

正如木柳所说，如果三阁联手，在绝对优势面前，任何手段都毫无用处，包括魂灯术。

"周元，虽然我不喜欢吕霄那家伙，但我也得为木阁众多成员的利益考虑，他可是给了不小的好处。"木柳说道。

"理解。"周元点点头。

木柳和他的交情谈不上多深，但这时前来提醒他，已经算是仁至义尽。不过，他不打算让木阁被吕霄拉走。

周元面露沉吟，旋即道："火阁给的条件不错，不知道木柳阁主有没有兴趣赌一次大的？"

"什么意思？"木柳眉头微挑。

周元双目微眯，眼中有寒光浮现，一字一顿地道："我们两阁联手，干掉火阁、山阁，平分天阳炎！"

木柳面露惊容，道："就算我们联手，也斗不过火阁、山阁的。"

周元平静地道："火阁交给风阁对付，木阁只需要缠住山阁。"

"风阁怎么可能斗得过火阁？"木柳忍不住道。

"那就得试试了。"周元淡笑道。

木柳缓缓地道："你给我的感觉是在以卵击石，太疯狂了，我恐怕无法说服木阁其他的人。"

周元的眼眸微垂，道："如果木阁愿意，那么此次天炎祭不论最终成败，以后每个月我可以以普通四母纹的价格，向木阁提供三百道高品质的四母纹。"

"嘶!"

木柳吸了口冷气,眼神中忽然有灼热之色涌出来:"是那号称有五成效果的四母纹?!"

对于高品质的四母纹,他早就有所耳闻,可惜的是这种只提供给风阁的高层,根本不外泄,买都买不到!

周元轻轻点头。

木柳的眼神不由得有些变幻,他挣扎了十数息,最终眼中掠过一抹狠色。吕霄那混蛋,以为丢出点骨头就能让他木柳屈服?真是太小看他了!

"既然敢提出这种疯狂的建议,想必你是有点干货的,我的感觉一直很准……也罢……

"这次我木阁,就陪你疯一把!

"干了!"

第八百四十七章 风木联手

"所以说,你原本只是打算去风阁提醒一下那周元,结果却变成了咱们林阁要和风阁联手,去干翻火阁和山阁?"

绿树葱郁的木岛,木青烟双臂环胸,斜着眼望着站在面前一脸讪笑的木柳。

木柳尴尬地道:"青烟,用词文雅点,你这么漂亮的一小姑娘干来干去的可不好听。"

木青烟伸出纤细的手指狠狠地点了点木柳的胸口,没好气地道:"少给我转移话题!我说你是不是傻呀,被周元随便忽悠一下就信了,还打算跟他联手做掉火阁、山阁?"

一旁那如铁塔般的蒋蛮露出憨笑,道:"听起来还蛮刺激的。"

"闭嘴!"

木青烟瞪了他一眼,然后看着木柳,道:"我们的实力顶多与山阁不相上下,就算我是化境神魂,可山阁也有啊。

"周元说火阁交给他们风阁,可你知道火阁有多少实境神魂吗?五百多个。而风阁呢?两百多个,人家几乎是他们的三倍。在这种局面下,就算化境神魂也顶不了太大的作用。

"而且风阁的底子太烂了,你没听说吗,他们之前神魂操练的结果那叫一个惨不忍睹!

"你告诉我,风阁在天炎祭上怎么跟火阁斗?"

木青烟气鼓鼓的。木柳这家伙原本是去提醒周元,谁想到带回来这么一个震撼的消息。

她觉得木柳肯定是被周元忽悠了,而且还被忽悠瘸了!

周元那家伙太心黑了吧，这不是将他们林阁往火坑里推吗？万一到时候火阁将风阁三两下就给收拾了，回头来对付他们林阁怎么办？以往火阁虽说霸道，但为了吃相也不敢将林阁逼得太狠，可如果此次林阁选择帮助风阁，那吕霄就有了足够的理由狠狠打压他们。

木柳干笑道："不能这么说吧，那人挺邪门的。比如之前谁知道他能干翻陈北风，甚至连方鳌都栽在他的手中。"

"周元本事的确不小，但这次跟以前不一样，天炎祭是比拼整体实力，你总不能告诉我周元一个人就能够干翻整个火阁吧？"木青烟生气地道。

木柳笑笑，道："不管他能不能干翻火阁，你知道的，就算不和他合作，我也不太可能接受吕霄的提议。他那算什么？以为扔根骨头出来，我就会跟着跑？当我是什么呢？"

木青烟微怔。别看木柳成天笑嘻嘻的，但她知道他的心中充满着傲气，即便强如吕霄，也不可能让他服气。

"我觉得老大说得没错。吕霄看似给了林阁一些好处，但我觉得如果接受了他们这一次，我们的骨气就被打压下去了，以后咱们林阁的兄弟见到火阁的人也会低人一头。"一旁的蒋蛮闷声道。

木青烟抿了抿唇，神色渐渐缓和，道："照你们这样说，吕霄这混蛋还真是不安好心。"

她想了想，最终一咬银牙："算了，既然你都做了决定，那就跟风阁联手吧。希望周元那家伙不是纯粹为了帮风阁解围而忽悠我们。"

见到木青烟点头，木柳松了一口气。别看他是阁主，但木青烟才是他们林阁人气最高的，如果她反对，还真会有不少成员站到她那边。当然最重要的是此次天炎祭林阁还得依靠木青烟指挥呢，她要是撂挑子不干了，还真是会让人头疼。

"周元也不是完全忽悠我，他答应不管此事成败，往后每个月都按照普通四母纹的价格为我们制作三百道高品质的四母纹。"木柳笑道。

此言一出，木青烟与蒋蛮都眼睛一亮。

"是那种五成效果的四母纹？"

对这种效果能够提升五成的高品质四母纹，他们眼热许久，但这玩意极为稀少，只有风阁一些高层能够得到，偶尔流出来一些，也会被人第一时间以高价抢走。

所以最近四阁中有关这种高品质四母纹的消息，热度一直是最高的。

木青烟他们对此自然是颇为垂涎，但奈何没有路子。没想到这一次周元竟然承诺往后每个月给他们提供三百道！

这倒是意外之喜。

"如此看来，那家伙还算有诚意。"木青烟道。

如果以后每个月都能得到三百道高品质的四母纹，那即便此次天炎祭失败了，也能够弥补一点损失了。

至于周元说要率领风阁与火阁整体对抗，木青烟心中仍在打鼓，并不看好他们，毕竟双方整体实力的差距实在太大了。

即使现在周元励精图治，竭力地改变风阁，但他才来几个月，时间太短了，而火阁的巨大优势是这几年一步步积累起来的，周元想要追赶谈何容易？

只希望这一次他们不会输得太难看吧，不然有点丢脸啊。

算了，输了就输了吧，就当陪土豪玩了！

木青烟心中这样自我安慰着。

"阁主，林阁来人，拒绝了我们的联合提议。"火岛，朱炼望着吕霄的背影，开口道。

吕霄闻言转过头来，淡淡地道："那还真是让人失望呢。"

朱炼低声道："据我们在林阁的探子回报，木柳可能要和周元合作。"

"弱者和弱者的合作吗？"吕霄摇摇头，道，"木柳什么时候变得如此不智了？算了，原本还想给他们林阁一点福利，眼下看来他们没这个机会了。"

对于林阁的选择，他没有丝毫怒意，因为他的计划中林阁本就没占太大比例，如果不是此次想要彻底打垮风阁，他也不会去找林阁。

让他有些意外的是，木柳在他和周元之间，竟然选择了后者。

"算了，随便他吧。"

"既然他选择站在我们火阁对立面，到时候就不要怪我吕霄心狠手辣了。"吕霄转过头，眺望着远方。往年的天炎祭，他还是给林阁留了点面子，所以林阁才能够混口肉吃，没想到他的仁慈并没有换来对方的诚心。

既然如此，他就不打算再客气了。

"朱炼，我们准备得怎样了？"吕霄淡淡地道。

朱炼点点头，自信满满地道："早已妥当，而且按照之前阁主的吩咐，我还专门回了一趟天魂府。只是我觉得阁主未免太抬举周元了，我们火阁本就占据绝对优势，如今还准备了如此底牌，简直是杀鸡用牛刀啊。"

吕霄将双手负于身后，道："吃了之前的亏，我不会再犯同样的错了，狮子搏兔亦用全力。

"这一次，我要让周元感觉到真正的绝望！"

同时他也会让林阁明白，他们这次的选择究竟有多愚蠢。

"以卵击石，自寻死路。"

第八百四十八章
吞魂源痕

时间一天天流逝,距离天炎祭越来越近了。

四阁在抓紧一切时间疯狂地操练,平静之下暗流涌动。

最近几个月由于周元的出现,风阁在四阁中宛如焕发了新生,声望与实力一天天见涨。然而当风阁日子越来越好时,火阁却日渐低落。

捕痕纹彻底被四母纹打败,销量惨淡,导致火阁最大的收入来源被切断,以往那种傲人的待遇一点点削减,引得内部怨声载道,连吕霄的声望都因此受到影响。

面对这种情况,吕霄阴险地不断派人在火阁中散布舆论,将一切源头指向周元。

这种做法也有些效果,毕竟周元实打实损害了火阁的利益,所以最近火阁内几乎人人对周元怀有愤懑,所有人心中都憋着一口气,意图在接下来的天炎祭上狠狠反击风阁,给周元一个好看。

风阁虽说实力在渐渐提升,但现在四阁中最强的依旧是他们火阁。此次的天炎祭比拼的又是整体实力,最终结果如何,其实已经不言而喻。

这一次,将是他们火阁洗刷耻辱,让风阁以及周元明白四阁中究竟谁才是真正老大的最好机会!

天空之上,数千道神魂整齐站立,场面壮观。

周元的神魂立于虚空,周身散发着强大的神魂波动,而且他的神魂凝练得宛如真人。如果说在场数千道神魂犹如萤火,那么周元的神魂就如同皓月一般明亮璀璨。

周元的神魂手持一柄青色大旗,猛地挥舞起来。

"嗡嗡!"

数千道神魂爆发出波动,只见一根根一尺左右的神魂长针凝现出来,虽然有些透明虚幻,但如此规模仍让整个天地间有寒气浮现。

"攻!"

下一瞬,数千枚神魂长针暴射而出,汇聚在一起宛如洪流,所过之处连虚空都在剧烈震荡,那种刺耳的尖啸声,若是被正面冲击,神魂必然会震裂。

长针洪流来回呼啸,如同虚幻大龙,攻势显得颇为磅礴。

如此操练了一个时辰,周元微微点头。经过这大半个月的操练,风阁的神魂阵势总算具备了一些威能,虽然这种将神魂凝练成长针的攻击形态对周元来说仍然有些粗糙。

所谓一力降十会,数千枚神魂长针汇聚成洪流,就算是周元这化境神魂也只能避其锋芒,不敢硬碰。

"真是可惜,如果他们在源纹上再有所造诣,完全可以以神魂勾勒源纹,那样才能够将神魂的力量发挥到极致。数千人一起发动,就算是天阳境强者都只能逃窜。"周元的眼中掠过一丝惋惜之意。

但他明白自己想得太美好了,源纹一道博大精深,想要钻研领悟是何等困难。不是所有人都能如他这般,兼顾源气修炼的同时还没有将源纹丢下。

只是在周元心中自我吹捧时,却忘记如果不是夭夭曾对他严格监督,始终盯着他的源纹修行,并时刻给予指点的话,恐怕他如今跟风阁这些人也只是五十步笑百步罢了。

周元的神魂自虚空落下,落回肉身之中。

"这段时间的操练效果倒是不错呢。"在他身旁,伊秋水有些欣喜地说道。

叶冰凌蛾首微点,唇角露出一丝笑意。

周元望着正在休整的众多风阁成员,却轻轻摇头,道:"想要凭此就和火阁斗,还远远不够。"

伊秋水与叶冰凌轻叹一口气,她们知道这没办法,毕竟火阁整体势强,在这种绝对压制下,风阁本就处于弱势。所以在她们看来,此次天炎祭风阁的任务不是跟火阁较量,而是尽可能多得到一点天阳炎。

周元凝视着前方,火阁那边光是实境神魂就接近六百人,虚境后期更是数不胜数,远超风阁。

面对火阁这种强大的整体实力，即便周元如今已经初步将魂灯术修成，但心中依旧没有把握。以他对吕霄的了解，在吃了前几次的亏后，这一次对方恐怕会将吃奶的劲都使出来。

吕霄他们背后就是天灵宗，保不齐他们会折腾出什么玩意来。

不可不防啊！

但眼下风阁操练到这种地步已经算是极限了，想要再提升，不是短时间能够做到的。

这不是周元第一次如此想了，这些天来他一直都在想办法，但依旧束手无策，只能在心中感叹巧妇难为无米之炊。

周元心中叹了一口气，手掌握着斑驳的天元笔，用雪白的毫毛挠了挠额头——风阁孱弱，他这阁主压力大啊，什么都得靠自己。

雪白的毫毛落在眼前，周元吹了一口气，将其尽数吹起。

望着毫毛飞舞，周元的目光忽然猛地一闪。

"天元笔……"

周元的目光掠过斑驳笔身上那已经隐匿起来的第六纹，脑海中灵光闪现，旋即心念一动，顿时有一根雪白毫毛脱落下来，被他用双指夹住。

那毫毛比牛毛还纤细，闪烁着淡淡光泽，上面还有着玄妙的纹路。

这根毫毛上烙印着天元笔第六纹吞魂。

当然，并非是真正的吞魂，而是带着一丝吞魂之力的纹路，或者说吞魂之纹的源痕……

天元笔第六纹吞魂对神魂有着强大的克制力，甚至能够直接吞噬并化为己用，如果这种毫毛能够附在其他人身上，能否发挥出吞魂的效果呢？

虽说肯定跟母纹没法比，但足以让风阁整体神魂的战斗力暴涨。

"秋水。"

周元的目光看向伊秋水，笑道："把你的神魂召出来，与叶师姐交手一次。"

伊秋水与叶冰凌疑惑地看过来，伊秋水更是白了他一眼，道："我的神魂才是实境初期，叶师姐已经中期了，如何打得过？"

她当周元是在消遣她呢。

"试试呗。"周元催促道。

伊秋水见状，只能将神魂召出。周元则屈指一弹，雪白毫毛飞出，缠绕到伊秋水神魂的手指上。

伊秋水有所察觉，疑惑地看了一眼，虽然不知道周元在搞什么，但她还是迅速用神魂凝练出了一枚长针。

周元看去，见到伊秋水的神魂长针上散发出一丝异样的波动，正是吞魂。

叶冰凌也召出神魂，凝练出神魂长针。下一瞬，两枚长针破空而出，直接撞击在了一起。

"叮！"

隐约间似乎有细微声响起。

叶冰凌显得有些漫不经心，因为她的实力本就强过伊秋水一大截。在她看来，周元这突如其来的吩咐实在有些莫名其妙。

但他毕竟是阁主，叶冰凌还是打算应付一下。

神魂长针碰撞，下一刻，应该就能直接撞碎伊秋水的神魂长针了吧？

"叮！"

就在叶冰凌这么想着的瞬间，她忽然感觉到自身那枚神魂长针上的神魂之力莫名消失了一些，而伊秋水那枚长针上神魂之力的波动则陡然增强。

短短数息，两枚神魂长针碰撞了十数次。

叶冰凌的神魂长针每一次碰撞后都愈发黯淡，而伊秋水那边则渐渐变得明亮璀璨。

那种感觉，仿佛叶冰凌的神魂长针上凝聚的神魂之力在一次次的碰撞间被伊秋水的神魂长针吞纳了一般！

"砰！"

最终两枚神魂长针狠狠一碰，叶冰凌那一枚瞬间崩裂，化为透明的光点消散开来。

叶冰凌与伊秋水望着这一幕，俏美的容颜一点点凝固，眼中满是震撼之色。

伊秋水实境初期的神魂长针竟然打碎了叶冰凌这个实境中期？

好半响后，伊秋水方才回过神来，盯着周元，有些手足无措地道："你、你对我做了什么？！"

第八百四十九章 又一底牌

当伊秋水说出这句话时，脸上满是震惊与不知所措。她的神魂境界只是实境初期，叶冰凌却是实境中期，远比她强横，这一点她们之前已经测试过很多次了。

可先前那一幕却是她生生将叶冰凌的神魂长针击碎！

如果不是亲眼看得真真切切，恐怕伊秋水自己都不敢相信。

所以她只能瞪大俏目盯着周元。她太清楚自己的实力了，此次能够打碎叶冰凌的神魂长针，必然是先前周元做了什么事情

叶冰凌冷艳的俏脸此时同样有些呆滞，片刻后，她猛地清醒过来，眼神灼灼地盯着周元。

"你怎么做到的？"

周元手握天元笔，轻轻敲打着掌心，他没有说话，但眼眸深处同样有掩饰不住的惊喜。

先前他只是灵光一闪，想要试试能否将吞魂以毫毛分化而出，这个灵感来自风灵纹那四道古源纹。它们在四灵归源塔采集源痕，可以凝练出完整的子纹。

子纹虽说没有母纹那般威能，但还是能够残留一些。

吞魂对于神魂有着巨大的杀伤力，能够吞噬对方神魂反哺自身。如果他能够想办法让风阁的成员也拥有如此能力，即便威力被削减了，那也能够大大提升风阁的神魂作战之力。

不过想要分化出源痕并不是简单的事情，这一点凭借周元自身肯定是做不到的，毕竟四灵归源塔中有潜藏在深处的斑驳神磨。

周元虽然没有神磨，可他有天元笔。

这个曾经的圣物，即便如今不复往日光辉，却依旧有着玄妙之力。

所以,周元把握住这道灵光,轻松借助天元笔分化出毫毛,并且将吞魂之纹的源痕附在上面,再把毫毛缠于使用者身上,到时候神魂之力一动,便可令其神魂攻击上附带一丝吞魂之力。

先前伊秋水能够打碎叶冰凌的神魂长针,便是此缘故。

从先前的试验来看,一根天元笔毫毛上所依附的吞魂源痕能够发动约莫五次神魂吞噬,五次之后源痕就会烟消云散。

这个次数不算多,但如果用在关键之处足以逆转局面,力挽狂澜。

而且天元笔的毫毛无穷无尽,虽说同时抽离数千根会有所损伤,但只要温养一段时间就能够完全恢复过来,不会留下任何隐患。

只不过直接以毫毛的形象出现难免会引人注意,虽然郗菁师姐说过如今笔类源兵在天渊域并不少见,但他觉得还是谨慎一点比较好。

如果他要以吞魂源痕来增强风阁神魂战斗力的话,还得想个办法用别的形式包装一下。

周元的心思急转,眼神却越来越兴奋。如果他的想法真的可行,那么这一次天炎祭上他不会再忌惮火阁了。

想到兴奋处,周元按捺不住,对伊秋水、叶冰凌道:"接下来这段时间的神魂操练就交给你们了,我先闭关数日。"

说完,不待两女说话,他便身影一动,破空而去。

伊秋水、叶冰凌见他不说清楚就跑了,气得直跺脚,但最终只能无奈地对视一眼。

"这家伙还真是风风火火。"叶冰凌红唇一撇,道。

伊秋水点点头,旋即俏目微亮,低声道:"不过看样子他似乎想到了什么不得了的法子。"

"神神秘秘,也不跟我们说清楚。"叶冰凌嗔了一声,却眼含喜色。周元不是无的放矢的人,他如此表现,必然是想到了好办法。

毕竟先前伊秋水打碎她神魂长针的那一幕实在是神奇。

"这样看的话,今年的天炎祭有好戏看了呢。"伊秋水轻笑一声,道。

叶冰凌忍不住叹了一声,道:"这家伙的确很有本事,如果换作我成为阁主,我们风阁恐怕永远不可能有如今的日子。"

她为人本就骄傲，周元初来风阁的时候，她只是将其视为新人，主动与其接触也并非是察觉到他有什么与众不同，只是单纯因为两人都是郗菁大人麾下，可随着接触加深，周元展现出来的能力让她扭转了心态，直到现在彻底地心服口服。

"难怪郗菁大人会这么看重他，他的确比我厉害多了。"

听到此话，伊秋水明眸微动，悄悄地道："最近天渊洞天有些流言，你听说了吗？"

叶冰凌听到此话，俏脸顿时寒霜凝聚，却又有点微红："都是些蠢货乱嚼舌头，郗菁大人乃是我天渊域之凤，怎会……"

最近天渊洞天中隐隐有一些流言传出，说郗菁大人极为看重周元，并非是因为周元的本事，而是因为周元乃郗菁大人的面首。

伊秋水也有点尴尬，点头表示认同。

只不过她的心中难免有些异样，因为她最清楚周元的底细。周元来到天渊域一年都不到，算是毫无根底，郗菁大人却对他格外看重，不仅一来就赋予风阁副阁主的重任，还屡屡作为后台为他撑腰。

不得不说，郗菁大人对周元真的很好。

难不成还真有点什么？

只是她很清楚周元的性格，看似温和，实则傲骨凛冽，面首之事绝对不可能，难道他们是互相有意？

想到这一点，伊秋水又猛地暗自摇头，心中啐道："瞎想什么呢，周元虽说天赋超卓，但郗菁大人是何等身份，什么样的绝世天骄没见过，周元怎么可能入得了郗菁大人的眼？"

这般念头一旦生出，便犹如落了根，让伊秋水俏脸连连变幻，也不知道心中究竟在想着什么。

接下来的日子周元闭关不出，风阁的神魂操练都交由伊秋水、叶冰凌负责。

随着时间迅速流逝，天炎祭也悄然而至。

第八百五十章 万事俱备

"咚!咚!"

风岛镜湖周围的训练场上,风阁成员尽数汇聚在此,黑压压的人群将庞大的训练场占得满满当当,此时,他们所有人都眼神狂热地望着前方高台上的一道身影。

正是闭关数日,终于现身的周元。

"诸位,今日便是天炎祭,我们苦练月余,终于到了检验战果的时候。"周元环顾四方,声音如雷。

"以往都说风阁是四阁之末、是四阁的垃圾场,我却不这么认为。这段时间大家的苦练我都看在眼中,我们风阁并非旁人说的那么不堪,以往我们只是受条件所限罢了!"

"我相信若是我风阁有着媲美火阁的条件,绝不会逊色于任何一阁!"

听到周元的喝声,不知道多少风阁成员眼睛通红,面色激昂。他们来自天渊域各处,以往也算是天骄,可这些年来因风阁式微,他们受尽了屈辱。

最近几个月以来,随着周元升任阁主,风阁开始出现翻天覆地的变化,他们的待遇如今是四阁中最好的,而这一切都是周元带来的!

对于周元,如今风阁所有的人都抱着深深的感激与敬佩之意。

"我将风阁的待遇提升到四阁最高,虽然这些待遇是我们风阁自己挣来的,但仍然有人说我们不配这种待遇!"周元高声喝道。

"今日这天炎祭上,我要你们用实际行动告诉他们,你们配不配?"

"配!"

下一瞬,惊雷咆哮震耳欲聋地响起,连镜湖上都掀起了涟漪。

所有风阁成员都激动不已,眼中满是赤红与战意。

他们知道风阁这些年底蕴浅，短时间内想要赶超火阁难度极大，但他们没有因此而放弃，这段时间神魂操练的强度，他们敢说绝对是四阁最高！

他们同样想证明给周元看，他所带来的待遇，并非是在喂养一群废人！

望着高昂的士气，周元满意地点点头。人心可用，风阁所有人心中都憋着一口气，这会提升他们的作战意志。对这天炎祭，周元心中的信心更多了一分。

"我知道诸位为今日一战苦心操练，风阁底蕴差这一点没什么不好承认的，此次只要竭尽全力便可。

"另外，此次天炎祭我也为大家准备了一件好用之物。"

周元面露笑意，袍袖一挥，顿时有无数道玉简自乾坤囊中飞出，粗略看去，数量有数千。

这些玉简在周元的控制下，精准地落向在场的每一位风阁成员手中。

众人满脸好奇地接过，只见玉简之上似有玄妙的纹路，却不知其有何作用。

这就是周元闭关数日的成果。他将天元笔毫毛封印于玉简深处，如此可以防止被人窥测，使用时只需捏碎玉简，毫毛之上的吞魂源痕便可被催动。

待得源痕耗尽，玉简与毫毛都会化为虚无，整个过程可谓干净利落。

周元没有详细解释，只是道："天炎祭上你们随时听我指挥，我让你们取出玉简，你们便直接将其捏碎，自有作用。"

如今周元在风阁中威望极盛，再桀骜的人都对他心服口服，所以即便他说得模糊，所有人都恭谨地点头应是。

一切安排妥当后，周元深吸一口气，眼神渐渐灼热起来，转头看向叶冰凌、伊秋水两人，道："动身吧！"

"唰！"

声音落下，他的身影率先冲天而起。

"咻！咻！"

在那之后，叶冰凌、伊秋水等人也催动源气紧随而上，数千道身影汇聚在一起，浩荡如云，声势壮观。

大炎山，位于天渊洞天东北角。

通体赤红的巨山矗立于大地上，山上有岩浆如洪流般奔涌，整个天地间弥漫

着高温。

往日，大炎山除了一些修炼火属性源气的人外，几乎少有人迹，而每到一年一度的天炎祭，此处就会成为天渊洞天最热闹的地方。

谁都知晓，天渊域有两大吸引各方天骄之处，一是四灵归源塔，二是天炎祭。

天炎祭需要九十九位天阳境强者全力供奉天阳炎，当然，这个条件虽说不易，但对混元天一些顶尖势力来说不难办到。而天炎祭之所以是天渊域独有，主要是因为大炎山上那一座名为天炎鼎的水晶琉璃鼎。

这座天炎鼎乃是苍渊大尊亲自深入大地深处，自地脉中采取数十万年的炎髓以及诸多天材地宝炼制而成，有着增幅、净化天阳炎的玄妙之能。

其中，净化之能尤为重要。

毕竟天阳境强者提供的天阳炎乃是他们自己修炼而得，必然掺杂着他们自身的意志，如果让神府境的年轻天骄直接吸收，不仅有害无益，还会伤及自身，所以必须经过净化后才能够供人炼化吸收。

这也是为何天炎祭能够成为天渊域招揽各方年轻天骄的王牌之一。

"唰！唰！"

大炎山四周，此时不断有光影破空而至，落在各处。

其中最引人注目的便是三方浩荡人马，正是火阁、山阁、林阁……

三阁人马以火阁规模最为壮观，起码上万人，吕霄立于最前方，神色淡漠，自有一番惊人气势，让人不由暗赞。

"火阁不愧是四阁之首，如此气势，恐怕今年又是最出彩的。"

"据说今年的天炎祭乃是自由争夺。"

"之前天灵宗的锡光府主当街对风阁阁主周元出手，被郗菁大人抓住了把柄，玄鲲宗主只能退让一步，将今年的天炎祭改为自由争夺。"

"郗菁大人的想法是好的，但恐怕有些想当然了，自由争夺不见得就对风阁有利。"

"是啊，按照以往的规定，火阁虽说有四成的固定份额，但风阁好歹也能混个保底。可如今火阁心中怀有怒气，到时候说不定不顾吃相，逼得风阁颗粒无收，那他们今日可就要成为笑话了。"

"风阁虽说有崛起之势，但底蕴终归太差了……"

……

窃窃私语声响起，大家都不觉得自由争夺的方式对风阁有利。

郗菁大人的这番良苦用心怕是要付诸东流了。

在众人议论纷纷时，远处忽有破空声响起，然后他们便见到数千道身影呼啸而至，落在四阁成员汇聚之地——正是风阁的人。

吕霄微闭的眼睛此时缓缓睁开，淡漠地看了一眼不远处的风阁，然后视线掠过最前方的周元，眼神冷冽如刀锋。

周元察觉到目光，转过头来。两人视线对碰，周元回以淡笑。

"周元阁主，风阁可准备妥当了？"吕霄淡淡地道。

周元一笑："待会儿吕霄阁主来试试便知晓了。"

吕霄没有与周元多费唇舌，只道："多说无益，只是希望周元阁主到时候别输得太难看，那样的话可就辜负郗菁大人的一片苦心了。"

周元摇摇头，道："倒是吕霄阁主应该想想，若是这一次火阁输了应该如何跟玄鲲宗主交代吧。"

"大言不惭。"吕霄面无表情。

"那就拭目以待吧。"周元微笑。

两人目光对碰，皆有寒光闪烁。

就在此时，天地间源气波荡，有两道流光从天而降，直接落在了大炎山最顶处，那里岩浆流淌，化为两方莲座，流光落在上面，两道身影显现出来。

正是郗菁与玄鲲两位元老。

郗菁的明眸俯视四方，发丝轻扬，有着说不出的英姿飒爽，清澈的声音响彻而起。

"既然人已齐至，那便开鼎吧！"

（未完待续）

本书由天蚕土豆委托湖北知音动漫有限公司正式授权长江出版社,在中国大陆地区独家出版中文简体版本。未经书面同意,本书的任何部分不得以图表、电子、影印、缩拍、录音和其他任何手段进行复制和转载。违者必究。

元尊 12 · 天渊风云

作者
天蚕土豆

选题策划
知音动漫图书·时代坊

封面插图
Dr. 大吉

封面 & 内文设计
方 茜

策划编辑
陈 婧

执行编辑
杨 鸿

责任发行
周冬梅

出版社
长江出版社

总出品
湖北知音动漫有限公司

制作出品
知音动漫图书·时代坊

平台支持

图书在版编目（CIP）数据

元尊 .12，天渊风云 / 天蚕土豆著 .
—武汉：长江出版社，2019.6
ISBN 978-7-5492-6542-8

Ⅰ.①元… Ⅱ.①天… Ⅲ.①长篇小说 – 中国 – 当代 Ⅳ.① I247.5

中国版本图书馆 CIP 数据核字（2019）第 112472 号

本书由天蚕土豆委托湖北知音动漫有限公司正式授权长江出版社，在中国大陆地区独家出版中文简体版本。未经书面同意，不得以任何形式转载和使用。

元尊 12·天渊风云 / 天蚕土豆 著

出　　版	长江出版社	
	（武汉市解放大道 1863 号）	
发　　行	湖北知音动漫有限公司	
作品企划	知音动漫图书·时代坊	
责任编辑	李海振	
特约编辑	陈　婧　杨　鸿	
装帧设计	方　茜	
印　　刷	湖南新华精品印务有限公司	
版　　次	2019 年 6 月第 1 版	
印　　次	2019 年 6 月第 2 次印刷	
开　　本	700mm×1000mm　1/16	
印　　张	18.5	
字　　数	300 千字	
书　　号	ISBN 978-7-5492-6542-8	
定　　价	32.80 元	

版权所有，盗版必究（举报电话：027-68890818）
（如发现印装质量问题，请寄本公司调换，电话：027-68890818）